U0518120

春潮NOV+

回到分歧的路口

有人跳舞

辽京 著

中信出版集团 | 北京

图书在版编目（CIP）数据

有人跳舞 / 辽京著. -- 北京：中信出版社，
2023.8
ISBN 978-7-5217-5067-6

Ⅰ.①有… Ⅱ.①辽… Ⅲ.①短篇小说-小说集-中
国-当代 Ⅳ.①I247.7

中国版本图书馆CIP数据核字(2022)第234838号

有人跳舞

著　　者：辽 京
出版发行：中信出版集团股份有限公司
　　　　　（北京市朝阳区东三环北路27号嘉铭中心　邮编　100020）
承 印 者：北京盛通印刷股份有限公司

开　　本：880mm×1230mm　1/32　　印　　张：14　　字　　数：300千字
版　　次：2023年8月第1版　　　　　印　　次：2023年8月第1次印刷
书　　号：ISBN 978-7-5217-5067-6
定　　价：59.80元

尽处有微光

目录

名

字

一

它没有自己的名字，也不知道自己住的这栋楼会在深夜突然倒塌，几分钟后，地震的消息已经在网上传遍。它睁着一只眼，另一只眼被眼屎糊住了，费了些力气才睁开。周围一片黑暗。对一只猫来说，这并不算真正的黑暗，只需要一点儿微光，它就能看清周围的一切。那些人类制造的物件，猫已经习惯的墙壁、地板、瓷砖、沙发、桌椅、电视机等，每一件都支离破碎。它稍微挪动身体，就碰上一根断掉的椅子腿，断开的部位露着尖锐的毛茬儿。

猫小心地站起来，仔细观察四周。几个小时之前它还被女主人放在膝头，轻轻地抚摸、温柔地呼唤，它习惯了这些爱抚，不以为意，甚至有些厌倦，渐渐地闭上了眼睛。深夜，四周传来无数咯啦咯啦的响声，像千万只老鼠在墙里挠着，它懒洋洋地睁开一只眼睛，紧接着便是轰然一响。

到处都是裸露的钢筋头，一块块裂开的混凝土。一栋楼房像支离破碎的骨肉，许多人的家被毁掉了。猫自然不会有什么伤怀的故旧之情，在人编出来的动物故事里，猫都是孤独又自私、神秘又无情的形象。对它来说，主人的抚爱常常像一阵骚扰，它不会表达，也不会反抗，只会耐心地承受，作为一只温顺的纯种短毛猫，这就是它来到这世上的意义。优胜劣汰，它们被一代代地挑选，被人挑选出毛色最漂亮的、眼睛最大最圆的、性情最温顺的，人们像木匠细细打磨一件家具那样完成这个过程，只不过这过程长达成百上千年。最后它们被挑选出来，作为家中一件精美雅致的陈设，只要躺着就完成使命。

现在，主人消失了，一切都消失了。它伏低了身子，钻过一道横下来的大梁，什么地方汩汩流着水，水声将它吸引过去，紧接着一股浓重的腥味像倒掉的墙壁一样压过来。两个人在低声说话。

"银行密码是……"一个人低声说，声音像被大风吹散的蜘蛛网似的，稀薄喑哑。"740923。"他说。那个女人的声音听起来比他好一些，虽然虚弱，犹带着一丝强硬的怒气，"她的生日？"

男的不说话了，发出嘶哑的呻吟，女的接着说，仿佛要把一辈子没说完的话都倒出来："你用她的生日当密码，你连我的生日都想不起来，我过生日你连一束花都没送过。她叫什么名字？"

男人用力地吸气，他被压在一块混凝土下面，下半身已经隐没不见，猫听见的并不是水声，而是流血的声音。他的脸向上，眼睛睁得很大，又重复了一遍："740923。"

女的还在骂，但是骂声渐渐小了，哭声渐渐大了，她也被压住了一条腿。"我要银行密码有什么用？"她哭着说。猫从她身边匍匐而过，越过一堆瓦砾，绕过一堵墙——原来是另一户人家，进入一个房间。

不同的楼层堆叠在一起，废墟就像迷宫一样，是无论如何都走不出去的。它脚下踩到一处柔软的地方，是一个沙发的软垫，亚麻质地，粗糙，还是干净的，没落上灰尘。它试探着卧下，蜷起身子，眯起眼睛，好像什么都没改变。幻觉只持续了几秒钟，它就迅速地起身跳开，刚好躲过一根突然倒下来的房梁，压住了那一角干净的沙发。它惊魂未定，向前跑了几步，睁大的圆眼睛宛如烛光。它路过一些人类的身体，他们已经发不出声音，只剩下余温。很快，它就适应了新的环境，在砖石瓦砾中寻摸出一条隐约的小路，恰好供一只猫行走。

又一户人家，一个三角形的空间，一个小女孩安稳地睡在床上，被子盖得严严实实，被面上干干净净。它跳上去，小心地不踩到小女孩的身体，她均匀地呼吸着，四周一片宁静，房间的这个角落完整地保留了下来，小女孩翻个身，继续睡。床头柜上放着一杯水。

猫再次蜷卧下来，这里随时有再次坍塌的可能，但目前还是个安乐窝。柔软的床，还带着一点儿洗衣液的味道，小女孩枕头边放着一只玩具猴。那种不祥的咯啦咯啦的声音又响起来了，猫警觉地站起身，那阵响声过去了，房间安然无恙。

它口渴了，小心地跳到床头柜上，把头伸进杯子里喝水。它决定把这里当作一个据点，接下来再去外面转转，看哪里有能吃的东西。它已经迅速地适应了新的环境，回归一只猫的本性，为了觅食独自游荡。

在一间厨房的残迹中，它发现了一些泼洒出来的牛奶，从纸盒里渗透出来，它伸出舌头，一点点地舔舐。这里还有洒出来的大米、面粉、青花瓷的碎片、钢化玻璃的碎片、翻倒的铁锅和钢铲，出事的时候，有人正在炒菜。

半夜炒菜，多半是个孤独的人。它踩到一片没来得及熟透的生肉，生肉上裹了一层尘土，它低头嗅嗅，放弃了，从出生起它就没吃过生肉，怕有寄生虫、细菌、病毒。它的主人有洁癖，吃苹果都要用开水烫过一遍，再剥皮切块，用小叉子扎着吃；还有平整的餐桌上罩着小格子桌布，桌布上面有餐垫，餐垫上面还摞着圆圆的茶杯垫，最后再放上一只装苹果的玻璃碗，每一样都精巧细致、玲珑剔透。它看不懂人类的这些烦琐，餐桌布置得像动物做窝一样，层层叠叠，猫只需要一个干净的猫碗就行了。它并不知道自己也是这烦琐生活的一部分，纯血统名猫，每根毛发都是被代代筛选过的。

但是猫那远古的野性并没有完全消失。它轻巧地跃过一根钢筋，看见一个人躺在一片屋顶上，眼睛亮晶晶的，看上去十分清醒。它走上前，发现他张着嘴，眼睛一动不动地盯着上方，一处漏水的管子，水正滴在他嘴里，攒足一口，就吞咽一下。水不紧不慢地滴下来。他的下半身完全掩埋在一片碎水泥中，看不见了。

它转身离开那个挣扎求生的人，同时感到一股饥饿隐隐地升起来。猫没有时间概念，确切地说，它什么概念也没有，只有落入眼中的一个个画面。现在它的目标更明确了：食物、水。

它走进一个昔日的三口之家，客厅的地板像一张揉皱了的废纸，到处都是扭曲的。它蒙眬地看见两个头颅，几声呻吟，玄关台上的金鱼缸碎了，金鱼散落在各处，它伸出爪子拨弄一下，鱼翻了个身，一动不动。呻吟声更大了。

一个女人低声地叫："桃子，桃子！"她身上没压着什么东西，但是倒在地上，仿佛受了伤。她缓慢地转动身体，胳膊撑着地面，努力着坐起来，第一次失败，第二次失败，第三次终于成功了。她坐在地上，一脸迷茫，卷曲的头发上沾满了灰。猫从她身后绕到身前，将她吓了一跳。

桃子没有回应。她又开始叫："程晖？程晖？""程晖"应该是她丈夫的名字，声音在空洞里来回撞击，她坐着的位置曾经是他们的卧室，程晖可能已经被埋到下面，也可能是她自己被埋到了下面，各个楼层混杂在一起。

程晖也没有声音，她木然地坐在那里，伸手摸了摸猫的后脖子，它的毛浓密厚软，像丝滑的毯子，然后她再次尝试着站起来，重新适应自己的身体和四肢。猫走过来蹭着她的小腿，感受着人类的体温。她弯下腰，摸着它的背，慢慢地尝试新动作，然后再次呼唤："桃子！桃子！"

它再次逃开了，离开那个伤心的画面，跳进下一个频道。周围的色彩渐渐明媚起来，天要亮了，不知不觉，它已经走进了楼层的上半部分，遇到一处完好的飘窗。这里原本是一间书房，书架倾倒了，各种各样的书籍到处散落，地板翘起来顶在倾斜的墙上。它小心地穿行，最后跳到一摞硬皮书上，飘窗的一角朝向外面，一缕早晨的阳光透进来了，将这里蒙上一层隐约的深蓝。

二

雨从早晨下到傍晚不停。三号楼的大门前，出入的人开始越来越多，新装的门禁锁又坏了，因为总是有人没带门禁卡，或者懒得把门禁卡拿出来刷，喜欢生拉硬拽，或者让门长时间开着，用一块砖头或者灭火器来抵住，这样谁也不必多费事了。很快，门锁就坏了，形同虚设，一拉就开。

这栋楼是一室一厅或者两室一厅的公寓，住的全是租户。房子盖得像模像样，租房子的人想不到这其实是违章建筑。人们印象中的违章建筑总是盖得横七竖八、歪歪扭扭、有碍观瞻，而不会像三号楼这样漂亮齐整。其实这栋楼跟最初批下来的规划图完全不是一回事。他们按期缴纳房租，并不知道真正的房东是谁，只有一个物业管理公司的员工出面收钱，收钱后开一张潦草的手写收据，大家叫他"老刘"。平常，老刘就坐在一楼的便利店里，跟店主有一搭无一搭地聊天。

这里租金便宜，虽然位置偏僻，周围很多平房，是所谓的"城中村"，但是交通便利，附近还有幼儿园和小学。沈婷婷大学毕业后就住在这里，一开始找人合租，后来薪水涨了，就一个人住，她有洁癖，跟合租的室友总是合不来。

猫是去年买来的，花了她大半个月的工资，卖家给她发了一张血统证明的扫描件，真假难辨，但是小猫的确是可爱健康的，她坐地铁带它回家，把它装在一只前面开窗的猫包里，它吓得不敢向外看。从地铁口出来，要走一段还没修完的土路，尘土飞扬，小猫感受到她胸口的温度。没多久它就被放出来，或者说被主人从背包里倒了出来，接触到一块柔软的布料，一只草编猫篮，就此安顿下来。

很快，它就融入了沈婷婷的生活。婷婷的起居像时钟一样准确无误。每天早晨六点起床，用买来的吐司面包当早饭，或者用牛奶冲速食麦片，往一只粉红色的双格瓷碗里添加猫粮和清水。出于一种奇怪而不安的心理，她没有给小猫起名字，而是像叫一只流浪猫一样叫它"咪咪"。婷婷经常带朋友回家，吃火锅、聊天，猫最喜欢其中一个叫花姐的女孩。花姐每次来都给它带好吃的，鳕鱼罐头或者肉干，婷婷出差或者回老家的时候，花姐时常上门照顾它。

有时候，花姐也留下来过夜。那天，花姐来了，吃晚饭之前，她们为一件小事起了争执，拌嘴的声音听在猫的耳朵里，就像一阵时缓时急的雨。它蹲在窗台上，看着外面飞来的鸽子，婷婷会在空调外机上撒一些大米，吸引路过的鸟，让猫看着取乐。猫看得心痒难耐，俯下身体，细小的肌肉都绷紧了，蓄势待发。玻璃外面，鸽子沐浴着阳光，啄着大米，时不时整理羽毛，神态悠然，吃饱了便振翅飞走，在空中抡圆了翅膀。猫痴痴地看着，一直到鸽子消失在远处的高楼之间，她们的争执还没停止。

婷婷抱着双膝坐在沙发上，用手揪着睡裤的边，把一根线头越拉越长，最后用力扯断了。花姐走进厨房。回家的路上她们买了不少东西，晚饭吃火锅，花姐在厨房洗洗切切，婷婷叫一声"咪咪"，猫跳下窗台，走过来跳进她的怀里。

等待火锅汤滚的时候，花姐说："给它起个像样的名字吧。"

"起了名字，就要养它一辈子。"婷婷说，"我保证不了。"

花姐夹了几片土豆扔进汤里："你总是拿电影台词当信仰。"

"汤都没开呢。"婷婷要拦着她。

"先煮着。土豆要多煮一会儿。"

"我妈身体不好。"沉默了一会儿，婷婷说，"你都知道的，别逼我了。"

花姐点了点头。土豆沉在锅底，她用汤勺把它们搅上来。

"他们的意见一点儿都不重要，你明白吧?"

花姐没说话。

汤终于滚开了，尚未解冻的肉片被丢进去。

外面的雨还在下。婷婷不肯关窗，想让摆在窗台上的那两盆绿萝沾沾雨水，绿萝的枝蔓垂向地面，婉转曲折得像一本长篇小说。火锅咕嘟咕嘟冒着泡，两人对坐，猫趴在另一张空椅子上，眯起眼睛。

门外传来轻轻的敲门声，婷婷去开了门，是邻居家的小女孩，婷婷不知道她的大名，只知道小名叫"桃子"。桃子手里抱着一只棕色的玩具猴。

"家里又吵架了?"婷婷让桃子进来，桃子向花姐问好，管她叫"花花阿姨"。

花姐给她找出一盒苹果汁，她却盯着花姐杯子里泛着泡沫的啤酒，问："这个可乐怎么是黄色的?"花姐便给她尝了一口，桃子苦得脸都皱起来，"这个可乐是苦的呀!"花姐哈哈大笑。

婷婷嗔怪道："你怎么给小孩儿喝酒?"

"尝一口没关系。我弟弟三岁就喝白酒了，我爸爸拿筷子头蘸了往他嘴里抹。"花姐说着，把杯子里剩下的啤酒喝干，又拉开一罐。

桃子吃过晚饭了。通常，她父母的吵架都是在吃晚饭的时候开始，先拌几句嘴，越说越生气，声音渐高，桃子在这时候就会安静地离开客厅，回到房间，抱起她最爱的玩具猴，偷偷跑去婷婷阿姨家。婷婷阿姨从来不会大声说话，花花阿姨也非常和气，桃子喜欢跟她们俩待在一起。跟她们待在一起，像浸泡在一整罐香甜的花蜜里。

她抱着玩具猴出了门，把那些争吵一把关在身后。苹果汁很甜，猫咪很乖，只可惜没有名字。花姐帮她打开了电视，找到动画片，桃子一边喝果汁一边看《小猪佩奇》——佩奇的家，佩奇的爸爸妈妈，真令人羡慕啊。

花姐把涮好的肉夹给婷婷。从小到大，她一直是照顾人的那一个，在家帮忙照顾弟弟，现在照顾婷婷。婷婷性格安静，有点儿洁癖，花姐第一次来她家，就被整个房间的一尘不染震惊了。

"我家从来没这么干净过。"她说，"我弟弟把所有的东西到处乱扔。"

她开始谈论她的弟弟，从他穿开裆裤的时候开始，她弟弟喜欢吃的东西、喜欢玩的游戏、喜欢看的漫画书。家属院里放露天电影，她抱着她弟弟去看，弟弟被音响吓哭了，她又把他一路抱回去。他捣乱，她整理，吵吵嚷嚷，一地鸡毛。上高中之后，花姐去住校，终于松了一口气。一开始弟弟每天都给她打电话，跟她聊学校的事，说一说喜欢哪个女生、不喜欢哪位老师，他对姐姐说的话比对父母说的多得多。花姐高考的前一天，弟弟来学校看她，给她带了一大包零食……现在弟弟也念大学了。婷婷截住她的话头，你怎么一直说你弟弟啊？

花姐脸红了，跟婷婷在一起，她不好意思谈论自己。她说话很少用"我"来开头，仿佛一谈到自己，就控制不住地要泄密，在婷婷面前泄密。

在家的时候，花姐和弟弟总是喋喋不休，讨论或者争吵，她以为亲密的家人就是这个样子，直到遇到婷婷。婷婷平常的话很少，她觉得两个人在一起不用说那么多。起初花姐以为她太冷淡，后来渐渐适应了，有了默契，一起少言寡语也很舒适。她们常常一起窝在沙发上看电影，一言不发地度过整个晚上。

火锅汤越煮越浓，花姐忍不住盛出一碗喝，婷婷告诉她这个汤很不健康。花姐从不在意这些。两个人在很多事情上的看法都完全相反，却相处和谐。火锅汤要不要喝，空调要不要整夜地开，花要早上浇还是下午浇，要不要再来一罐啤酒，能不能在床上吃东西……她们花费了不少时间和精力，磕磕碰碰、跌跌撞撞，温柔而有些疲惫地面对彼此，渐渐习惯了不再为小事争论。

动画片播了一集又一集，都看过好几遍了，小猪佩奇的故事，桃子永远也看不腻。花姐往火锅里面最后下了一把挂面。本来她们打算吃完火锅，出去看一场电影的零点首映，但是桃子来了，按以往的经验，她妈妈很晚才会来接她，带着红肿的眼睛，顺便数落女儿几句。桃子不愿意回家，对这个年纪的女孩来说，在别人家过夜就像一场奇异的冒险，尤其是婷婷的家，是她向往的那种女孩子的房间，像动画片里一样，可爱的猫咪、柔雅的色调，餐桌和茶几上都铺了蓝色的小格子桌布，沙发上盖着乳白色的罩巾，婷婷尽力地使这个家看起来像家居杂志里的样子，塑料花盆外面套着浅黄色的小泥盆，原色软木做的茶杯垫。她四处搜罗自己喜欢的小物件，像只小鸟似的一点点填满自己的家，花姐第一次来就被满目清新的女性气息迷住了——从前她睡觉的枕头边上，常常扔着她弟弟的臭袜子，漫画书和篮球一起散落在地上。

这是一个堆满了形容词的房间。花姐每周过来两三次，做饭，吃饭，一个喝啤酒，一个喝果汁，一起看电影。第一次在这里遇见桃子，花姐教她玩翻绳的游戏，一截毛线绳绕在两只手上，翻出各种花样，桃子的手指细巧，笑起来露出门牙的缺口。

"这么早就换牙了？真棒。"花姐说。

"摔掉了。"桃子说，"妈妈说新牙会长出来。"

"怎么摔的？好惨。"花姐问。

"磕在我们家的电视柜上面。有一个尖角。"桃子说。

婷婷给她们端来水果，花姐又陪桃子下跳棋，每一局都故意输，让桃子耍赖，桃子每次跳出一条长长的曲折的路线，就开心地哈哈大笑，向后倒去。婷婷则喜欢给桃子梳头发、编辫子，有一次在桃子头顶上盘出一个桃心形的麻花辫，非常别致好看。花姐从来没有蓄过长发，看见她的手艺，就说自己也要留长头发。

后来，她的头发已经过肩了。桃子的新门牙一直没有长出来，她父母依旧经常吵架，对桃子来说，婷婷阿姨家像一个美妙的花园。花花阿姨不在的时候，婷婷阿姨会陪她看动画片，或者教她背古诗，写月亮的、写花的、写雪的、写鹦鹉和美人的，字句她不太懂，相互照应的音节像在做游戏，押中的韵脚就是猜中的谜底。婷婷阿姨还会织东西，桃子着迷地看着她织长长的彩色围巾，看着花花阿姨终于戴上了那个毛茸茸的围巾。

花花阿姨会玩的游戏就更多了，象棋、扑克、跳棋、翻绳或者捉迷藏。桃子喜欢藏在床底下，每次都藏在同样的位置，而花姐每次都假装找不到，翻遍其他每个小角落，直到桃子自己哈哈笑着爬出来。

那些温存的夜晚像一摞圆润的白瓷盘子，洗得干干净净，闪闪发光，整齐地码放在桃子的记忆中，于是她常做梦，梦见那些甜美和温柔。房子倒塌的时候，她甚至都没有惊醒。

三

李思进从地铁口走出来的时候，雨还没有停，他撑起一把湿淋淋的伞，慢悠悠地往回走。即便下雨，也不用急着回去。儿子去上大学之后，他们的生活节奏一下子放缓了，从前要围着儿子转，现在儿子不在家，剩下他和爱生两个人。爱生最近脾气阴晴不定，他劝她去医院看看，结果把她惹得更生气了。

她的情绪不像年轻时，来得快，去得也快，吵一架很快和好，而变成了一种低沉的、绵延起伏的怨气，一座怨气之山。爱生下班比他早，一般都是她做晚饭。前不久，一天晚上，两个人正在吃饭，她突然对李思进说："明天开始你做饭吧。"

"为什么?"李思进觉得很诧异。

"我做饭做了几十年,"她用很平静的语气说,"不想进厨房了。一进去就头疼、心烦。"

他一时错愕。在他看来,爱生爱做家务,非常喜欢厨房。她喜欢买厨具,漂亮的锅铲、外形奇怪的烧水壶、很贵的铸铁锅,冰箱上盖着钩花罩子,拉得平平整整,窗台上一排小盆绿植。怎么看都是热爱生活的贤惠女人。

"你最近怎么了?"李思进问,"你要不要去医院看看啊?更年期的毛病。"

这句话惹怒了她,她站起来走进卧室,把门一关。李思进对着饭桌发呆,这个女人他好像越来越不认识了,总是没事找事。他把餐桌收拾干净,洗了碗,沏上一壶茶。电视开着,电视总得开着,不然家里就显得特别冷清,需要增加一点儿声音。

自从儿子上学走后,虽然没有说什么,他就很有默契地搬去儿子的卧室了。两居室,两个人一人一间,室友似的,正好,两个人都舒服宽敞。爱生睡眠不好,晚上困得早,夜里常醒,现在她可以毫无顾忌地半夜躺在床上看电视剧、看综艺节目,不用怕有光亮会影响身边的人。困了她就把手机一扔,接着睡。

李思进回到家,把雨伞撑在地板上晾着。看看冰箱里有什么菜,打算随便弄弄,爱生发微信说晚上要加班,不回家吃饭——那就更简单了。他煮了一盘速冻饺子，就在厨房里站着吃完。看看外面雨也停了，推开窗户，晚上空气清新，想下楼走走。他在一楼的便利店里买了烟，跟老刘聊了几句。除了收房租，老刘平时还负责清扫楼道，很和气的一个人。

两个人到外面抽烟，老刘说他今天肩背特别难受，好像被什么东西抓着往上提，紧巴巴的。李思进告诉他附近有家按摩馆不错，点3号技师，手法很好。老刘说明天再去，今天晚上想早点儿睡觉。一提到她，李思进自己倒有点儿想去了。

老刘抽完烟就回去了，平常他睡在一楼的一间小屋里。李思进独自走到按摩店，3号正在忙。他进去打了个招呼，3号对他笑笑，说后面还有客人预约，让他明天再来，明天晚上给他留个时间。

除了他和3号，没人知道他们原是初中同学，中年相逢，十分感慨。李思进在她这里充了会员卡，没事就过来按一按、聊聊天，是生活中的调剂，或者一味调料。3号离了婚，女儿也工作了，用她的话说，现在就是这辈子最自由的时候，一个人吃饱全家不饿，社保她自己交，再过几年就可以领退休金了。

她的手指力透肌肉，澎湃而不失温柔的力量如波浪般奔涌，又疼又轻松，经她一按，身体像清扫过的房间那样焕然一新。他伸展四肢来享受这清新，就像躺在爱生刚刚整理过的床铺上一样。爱生，这名字就像从海底打捞上来的一件古物，披满了淤泥、藻类和锈迹，此爱生非彼爱生了，她从一个爱笑的年轻姑娘变成了一只行走的火药桶，李思进觉得唯有自己始终如一。3号技师要他转过身来，脸朝上，开始一寸寸地揉捏他的胳膊。

爱生表态之后，果然不再做晚饭了。一开始李思进很生气，就在外面餐馆吃完了再回来，爱生也是一样，她在外面吃完晚饭，逛逛街或者看场电影，除此之外没有一丁点儿不正常的样子，好像家里没人做晚饭是古往今来天经地义的事情。李思进指责她，她的理由只有一个，我给你们做了几十年的晚饭，现在儿子离家了，该轮到你了吧。

不得已，他开始学着做点儿简单的东西，煮面条、煮水饺、炒青菜、炒肉丝，一开始只买现成加工好的肉丝，后来自己也会切了，刀工还算过得去。渐渐地花样越来越多，厨艺水平很快超越了爱生，厨房的样子也渐渐地变了。他把随手用的东西都摆在台面上，并在窗台上摆一盘蒜，加一层浅浅的清水，种出蒜苗，还买了两盆随手掐下来就能吃的小红辣椒。到处乱糟糟的，但是他觉得很方便，甚至爱生实在看不下去，要动手收拾厨房的时候，还被他拦住了。

他钻研菜谱，手机里下了好几个跟做饭有关的 App，讲究码盘的色调搭配，要有红有绿、有素有荤，从这件事里发现无穷的乐趣，简直人生第二春。饭菜做好了，摆在桌子上，等爱生回家的工夫，他就拍张照片，发给3号技师。在他的通讯录里，她也叫"3号"，一个冷冰冰的工作号码。

"什么时候能尝尝你做的饭？"3号说，转到另一侧，开始捏另一条胳膊。

"你不忙的时候。"

"我白天都不忙。"

"白天我上班，你哪天想来，我就请个假。我们单位管得松。"他快退休了，领导对他睁只眼闭只眼。3号说得对，现在就是人生最自由的时候。"下周四吧。下周四是你生日吧？ 23号，我记着。"

3号一下子停住了手里的动作，两个人默默无语了很久，记忆在呼啸。说好了，下周四，他要请一天假，邀请3号到他家来吃午饭。她上午来了，留到下午才走。当天晚上，地震就发生了。

四

秀泽生小孩的那年，流行用食品给孩子起小名，小饼干、小苹果、小糯米、小木耳，她管女儿叫"桃子"。桃子又香又软，抱在手里，像抱着一小朵云彩。桃子的奶奶从老家过来帮忙，老太太脾气很好，人也非常勤快利索，在外人看来，是一位挑不出毛病的好婆婆。秀泽很感谢她，非常感谢，除了感谢还是感谢，别的话通通咽回肚子里。

休产假的时候，除了给桃子喂奶、哄睡、洗澡、抱着她在屋里转来转去，秀泽最喜欢做的事就是去菜市场买菜。离家六公里，有一片很大的农贸市场，她坚持要去买菜，不让婆婆帮忙，骑一辆共享单车，去时轻轻松松，回来车把上挂满了东西。

天气好的时候，蹬上自行车，像回到了上学的日子。有时候，她故意绕远路，骑进路边的浓荫，像钻进一床清凉的薄被。她时常骑到人行道上，对着行人放肆地按铃，然后从他们身边疾冲过去。遇到红灯，她会老老实实地等，但是如果没有汽车经过，她也会无所谓地快速闯过，扎进另一段树荫。

自行车骑着轻巧，秀泽心里涌起一阵欢快的节奏，轮子转了一圈又一圈，好像把阳光都卷进来了，卷进滚动的车轴，让它发出咯啦咯啦的笑声。秀泽短暂地忘记了桃子、桃子爸爸、桃子奶奶、桃子的早教老师——不停地发微信劝她再买一个优惠的大课包，本月特惠，过时不候。她考虑了几天，还是付了款。

骑自行车的时候，她把这些全都抛在脑后。菜市场越来越近了，出门前奶奶交代了要买什么东西，她有点记不清了。管他呢，她想，把自行车停在路边，走进菜市场，迎面一堆小山似的红灿灿的蜜桃、粗而长的青杧、玻璃球大小的紫葡萄，无穷无尽的色彩和甜美，李子的颜色那么端庄好看，使她看了以后，很想去买一件李子色的毛衣。

她买好几种水果，再去买带鱼和青菜，带鱼是为了下奶，青菜是为了餐桌上不得不有点儿绿色，她从小就不爱吃青菜。还有奶奶要买的东西，什么来着？秀泽想不起来了，她在市场里逛了一圈儿，在一排胖头鱼的鱼头前面停下来，那鱼头被砍下来不久，鱼鳃还在微微颤动。她看着那鱼，鱼也看着她，眼神交汇。她让卖家称了一只鱼头。

回家的路上，她照常骑着自行车，车把上挂着重物，没有刚才那么灵活。骑着骑着，她突然觉得左边的袋子里有东西在动，她以为是自己的膝盖不小心碰到的，于是将袋子的位置挪了一下，可是在拐一个弯的时候，那个袋子里又有东西在动，发出窸窣的声响。

她想，可能是那个鱼头，神经反射，过一会儿就不动了，于是没有理它。到了家，她走到楼门前，才突然想起桃子奶奶要买的东西，是南瓜和苹果，给桃子做辅食用，她忘了个干净，只好去家附近的超市买，可两样都不怎么新鲜。

她拎着几大袋食品回了家，一开门就听见桃子在哼哼唧唧地哭。她最擅长这种哭法，音量不大，气韵悠长，在不大的屋子里回荡。奶奶抱着孩子在屋里转悠，她是个小个子的老太太，圆脸，头发不多，向后梳得整整齐齐，盘成核桃大的一个浓黑的发髻，头发十天一染。桃子奶奶不到六十岁，非常勤快爱干净。来的第一天，就把家里的边边角角都擦抹一遍，所有奶瓶用蒸锅蒸一遍，倒扣晾干码好，地板拖得能照出人影，就像吹过了一阵有魔法的风，所过之处，窗明几净、秩序井然。起初秀泽很是庆幸，有了这么好的帮手。奶奶平常话不多，家务活儿全包，没什么可挑剔的。但后来，秀泽也不清楚自己为什么开始讨厌她，奶奶越好、手脚越利索，秀泽就控制不住地越讨厌她。

希望她离开，希望她不要整天那么自在、笑眯眯的，秀泽一边暗暗地想，一边为自己的想法感到羞耻。

一天晚上，她忍不住跟程晖说："让妈回去吧，我自己一个人也可以。"

"你一个人不行，"程晖说，"你连饭都不会做。"

"我可以学。"

"别闹了，"他说，"连我都不想吃你做的饭。再说你下个月就要上班了。"

待在整洁明亮的家里，她觉得自己毫无用处，只能出去买菜。她把买来的东西放进厨房，鱼头倒进水槽，一动不动，看来是死透了。她伸手触了一下鱼的脸，突然间它又急促地呼吸起来，她害怕地尖叫一声，奶奶走进来，问她怎么了，一惊一乍的。

看见那个鱼头之后，奶奶笑了，又是那种轻轻的嘲笑。秀泽觉得胸中有什么东西正在翻滚上升，是产后抑郁吗？奶奶检查了她买的南瓜和苹果，说不新鲜，问秀泽，是从哪里买的？秀泽说，就是从大市场买的呀。

"不是吧，你看这两种袋子都不一样。"奶奶指着装南瓜和苹果的塑料袋说，"大市场用的不是这种袋子。"她把袋子翻过来，袋子上印着超市名字。

秀泽脸红了，越来越红，她不说话了，默默走出了厨房，来到卧室。桃子刚刚睡着了，双手握成拳头放在脸的两边，嘴角挂着一滴晶莹的口水。

她爬上床，睡在桃子旁边。奶奶推门进来，说："你看，这袋子里还有超市的小票呢，还说是从大市场买的。说谎呀。"用的是一种开玩笑的语气。秀泽一动不动，装睡着了。

在吃晚饭的时候，饭桌上奶奶又对程晖说了一遍这件事，秀泽一语不发，尽快地吃完。程晖最后评论说："你到哪儿买菜都行，不用撒谎，这么大的人了。"

秀泽说："我忘了，到楼下才想起来。"

"家务都不用你干，就买菜这点儿事都记不全。一孕傻三年。"程晖评论道。

睡前，秀泽洗完澡，站在浴室的镜子前面。怀孕到后期的时候，有人说她鼻子变大了，脸变宽了、变得斑斑点点，这些她从镜子里都看得清清楚楚，被别人指出来的时候，还是一阵瑟缩，好像自己有碍了观瞻。她觉得自己变成了一件移动的公共展览品，进公司不到半年就怀孕，领导没说什么，她自己都觉得惭愧。是意外呀。

她伸手拂抹镜面上的雾气，看着自己的脸从中一点点显现出来。脸还是宽的，鼻头也没有缩小，湿头发一绺绺地披在肩上，显得稀稀拉拉。奶奶的脚步声靠近了，又走远了，秀泽第一百次下决心要让奶奶回老家，不管奶奶有多好、能帮多少忙。她必须走。

奶奶在秀泽家里一直住到桃子三岁。桃子刚满三岁的时候，有一天奶奶在做饭，桃子在客厅里不小心摔倒了，磕在电视柜的尖角上。出事后，奶奶独自回了老家，跟儿子和儿媳再也没见过面。

秀泽变得暴躁，常常摔东西、骂人。他们气势汹汹、泪水涟涟，仿佛不如此就没办法继续过下去。整座楼都知道他们家爱吵架，一吵起来惊天动地、没完没了。每逢此时，婷婷就会听见有人轻轻地敲门，抱着玩具猴的小女孩怯生生地站在门外。桃子可爱无边，像活在电影里的天使般的小女孩。

五

外面的天空夹在似亮非亮之间，昏暗中夹杂着一缕天光，渐渐地开始有了一些声响，有组织的救援开始了。猫轻轻地叫了几声，转身回到黑暗中，凭着本能，它找到那间唯一保存完好的房间，小女孩还在安静地睡觉，床头柜上摆着一杯水，水面上浮着一层灰尘。

猫低下头去喝水，喝个不停，却越喝越渴，仿佛这水是火焰烧成的。杯子空了，它觉得浑身里外都要沸腾了，不由得焦躁起来，纵身跳上跳下，最后来到床上，挨着小女孩的身体躺卧下来。它感到一阵奇异的清凉，小女孩身上散发着一种安宁的气息，猫忍不住用额头贴上她露在睡衣外面的细弱的手腕。渐渐地猫也睡着了，等它醒来时，小女孩正把它抱在怀里，轻轻地抚摸着它的皮毛，就像她平常做的那样。在婷婷阿姨家，桃子最喜欢跟猫一起玩。

猫爪子轻轻钩住她的睡衣，在轻薄的纱布上留下看不清的小洞。桃子轻轻拍打它，让它不要伸出指甲。她在它耳边咕哝着说着什么，它听不懂，只听得懂那种温柔的语调：不要害怕，一切都很好，比从前更好。

桃子的爱抚让猫想起了它的主人，她们在哪里呢？桃子仿佛读懂了它的想法，她从容地下了床，穿上拖鞋，猫一下子认出了那双粉色的拖鞋，是婷婷专门给桃子准备的——桃子每次来的时候，总是匆匆忙忙地忘记穿鞋，光着脚。

"走，咱们去找婷婷阿姨和花花阿姨。"桃子边走边说，猫老实地跟在她身后。她轻巧地穿行在阴暗的废墟之中，熟悉得仿佛这里是自己的老家。她灵活得像个虚飘的影子，哪儿都阻挡不了她，哪儿都伤不了她。她的家，她的游乐场，她的天堂。

他们经过那个被压在混凝土下面的中年男人，他不再说话了，张着嘴一动不动地看着上方。爱生还在哭，一边哭一边念，"740923"，"740923"，怕自己忘记似的，那是一个没有名字只有数字代号的女人的生日。他的存款都在里头。桃子轻车熟路地找到一条极窄的缝隙，用猫都看不清的速度钻了过去，等它到跟前时，发现那宽度根本进不去。

桃子在另一边呼唤它，"没事，挤过来就行了"。它试着把头伸进去，一点点地试探，缝隙随着它身体的前进而渐渐变宽、变明亮，甚至变得暖和起来。它弓身向前一跃，似乎又回到记忆中那个熟悉的地方——熟悉的人、声音和灯光。

它看见桃子笑眯眯地坐在沙发上，手里抱着她的玩具猴子，玩具猴子穿着牛仔背带裤，看上去有点儿脏了。婷婷走过来，说："咱们帮小猴子洗个澡吧，再洗洗衣服。"桃子点点头，婷婷打了一盆水，放在地上，水里面泛着白色的洗衣液泡沫。

"把它泡在里面。泡进水里，不要让它漂着。"

猴子和它的牛仔裤分开了，都进了洗衣盆。桃子伸手去玩水，细腻的泡沫沾在她的手指尖上，花姐过来帮忙一起洗，她告诉桃子，怎么轻轻地揉搓，婷婷坐在沙发上，继续织那条长围脖儿。猫对那团巨大的毛线球着了迷，它用爪子轻轻一拨，毛线球就无声地滚落在地板上。毛衣针有规律地上下摆动、转圈、停止，再摆动、转圈、停止，像钟摆一样有着稳定的节奏。围巾的图案是完美的菱形花纹，没头没尾，无穷无尽，婷婷一开始织东西，就织得停不下手，仿佛身边的时间都随之缓慢下来。玩具猴子湿淋淋地出水，被轻轻地拧干，用毛巾包起来吸水，最后用吹风机吹回了蓬松。

"对了，它叫什么名字呀?"帮小猴子穿背带裤的时候，花姐问。

"它没有名字。"桃子说，脸色忽然变得苍白，神情恍惚起来，眼神变得空荡荡的，仿佛落进了另一个世界。

"给它起个名字嘛。"

"我不知道，它没有名字。"她低声说，把玩具猴子紧紧抱在怀里。

"那我给它起个名字，好吗?"花姐说。

桃子愣愣地望着花花阿姨，活泼爱笑的花花阿姨，安静温柔的婷婷阿姨,她们那么好、那么美、那么善良和气。她们只会爱,数不过来的爱,什么烦恼都没有。

"不能随便起名字。"桃子说,"有了名字,就要永远照顾它。你们的猫都没有名字。我不行啊,我做不到啊——"

"那就永远照顾它嘛。"花花说。猫猛地伸出前爪,踢了毛线球一下,它一下子滚到花花和桃子中间。

婷婷抬起头来看着她们,说:"起了名字,它才是你的,不然不算数,谁都可以带走。"

桃子一下子搂紧了玩具猴子。

"我给婷婷阿姨起过一百个名字。"花姐笑眯眯地说。

"那你怎么从来不叫?叫一遍让我听。"

花姐果然开始列举,奇怪的名字、意义含混的昵称……越来越不像话了,婷婷红了脸,把脸埋进没织好的围巾里,闷住自己的笑声,脸上发烫,像熟透的虾。

桃子听着听着也笑起来:"你给她起了这么多名字,就一百辈子也得在一起呀。"她看看怀里的玩具猴子,说:"就管你叫毛球吧。毛球?"玩具猴子一声不吭。猫轻轻地叫了一声,它误会了,以为叫的是自己,自己从此有了名字。与此同时,她们都听到了一阵奇怪的响声,咯啦咯啦,好像拳击手上台前,用力活动自己的关节。她们侧耳听着,听见一道巨大的裂缝从遥远的地方奔袭而来,不由分说地割裂了所有。来不及多说一句话,所有人便湮没在漫天的灰尘里。

最后一刻，毛球惊恐地从沙发扶手上跳下来，随即失控地坠落，落进一个深而黑的地方。起初它觉得是坠落，出于本能调整四肢落地的姿势，倏忽又觉得像在上升，在一个封闭的地方来回颠簸，像被关在一个瘪掉的皮球里，又像胎儿的胞衣，那胞衣怎么也挣不破，它的四只脚伸不开，拢在胸前。它觉得到处黏糊糊的，一只眼睛被什么东西糊住了，睁不开，透过眼皮它感受到一点儿光，半透明的红色，血的颜色，体液混合的颜色，拨弄它身体的手指甲的颜色。它是这一窝中最小最弱的一只，经验丰富的猫贩子一眼就看出这只小的品相不行，卖不上价钱，不过血统证书很容易造个假，其余就看它的命，看它将来会遇见什么样的主人。

吮

吸

一

　　飞机开始滑行的时候，莉莉已经睡了一觉醒来，没感受到航班延迟的焦躁。机场细雨蒙蒙，视野中掠过一大片湿绿的草地，然后渐渐倾斜，莉莉想起一把茶壶上的彩画，倒茶的时候，壶身上印的那片田野跟着转动。那是她妈妈家的旧茶壶，从姥姥手里继承下来的，家具都被舅舅拿走了，她妈妈最后什么都没要，只拿走这套茶具。茶杯已经摔碎了一只，还剩三只，壶身上印着一个农夫耕田的图案，旁边站着一个红衣女子，手里拎的竹篮子上盖着布。她妈妈说上面画的是牛郎和织女，或许是别的典故——就说是牛郎织女也行。

　　把飞机起飞和倒茶的动作联系起来，她自己都觉得莫名其妙。这是经济舱的第一排，空间比后面略微宽敞，专门留给带婴儿的旅客，挂在前面的吊床放下来，刚好睡得下一个七个月的孩子，或许再大几个月也睡得下？婴儿长得多快，她只从育儿书上得知，没有实际经验，苗苗是她的第一个孩子，估计也是最后一个。这几个月可是受够了。

苗苗已经睡了两个多小时，估计快醒来了。平常，苗苗一睡着，莉莉的时间就开始倒数，怎么都不够用，心里想着她可别醒过来，这一分钟别醒，下一分钟也别醒，让自己多享受一会儿成年人的独处。这独处也是颤巍巍的，随时会被一个翻身或者一声哭叫打破，因此她心里并不安定，把时间都用来计算时间。

今天，苗苗睡得比平常更久——通常她一觉不会超过两个小时，现在已经快三个小时，还是一动不动。莉莉带了一本书，放在座位底下的妈咪包里，不想去拿。每次她一读书苗苗就哭起来，简直像个魔咒，几个月没读完一本小说，前面的情节都快忘光了。她决定下次从头开始看，因此更不想翻开了。

吊篮里，苗苗身上裹着轻柔的纱布小被，浅淡的粉色，柔和得像一团雏鸟的绒毛。关于婴儿的一切，莉莉想，都那么可爱又可怜，令人不得不放轻了脚步、压低了声音，在这具小小的身体面前自惭形秽，又赞叹，又嫉妒，一边恭喜妈妈，一边暗自庆幸，这个黄皮憔悴的女人幸好不是我。莉莉从舷窗的玻璃上看见自己的模糊影子，看不见皮肤上的颗粒起伏，看不到黑眼圈和鱼尾纹，影子还是大学时的样子，本人却不像年轻的莉莉。她变得更安静、更温柔、更有耐性，将自己装进一个理想母亲的外壳里，处处挤压碰撞，直到完全贴合，归顺于没有尽头的做母亲的生涯，不再横生枝节。有很多次，她看着苗苗睡着的脸，觉得自己特别爱她，只要她别一醒过来就开始尖叫。苗苗的哭声非常真切，近乎凄厉，好像有一只魔鬼被禁锢在身体中，那魔鬼就是她的饥饿本能。她总是饿，甚至边吃边哭，好像来到世间是受了天大的委屈。莉莉拍哄着她，摇动着她，把乳头塞进她的嘴里，她依然不满足，愤恨地吸吮，时不时地扭头再哭几声。

她带苗苗去看医生，医生也说不出所以然。她觉得或许该看医生的是自己，她一听见女儿的哭声就心跳加速、手脚冰凉，育儿书上说人类的幼崽用这种方式获取母亲的关注，她想这不是获取，这是掠夺，是狂风掀走了房子的屋顶。她不得不穿着敞胸露怀的难看衣服，绝望地想要满足苗苗，让她安静下来。苗苗毫不领情。

只要别醒过来，莉莉想，她就能保持这份母爱。爱是用来撒娇，用来抚摸，用来亲吻，唯独不是用来解决问题的。在苗苗之前，她对爱的理解就是这样，两情相悦，你来我往，一面索求，一面付出。她没想过母爱居然毫无回报，甚至恩将仇报。哪怕一个微笑也好。

苗苗四个月的时候，第一次真正地露出笑容。她对着空气笑出声来，好像为自己前几个月的无理取闹感到好笑。当时莉莉正在整理床边的收纳架，把上面的奶瓶按照容量和功能重新归类，排列整齐，然后一阵咯咯咯的笑声破空而来。

从那天起，莉莉开始感受到母女之间平和宁静的一面。她扭过头来，冲着妈妈一笑，或者把手背放进嘴里，啃得口水流到手腕上，口水味和奶味混合出一股淡淡的酸，浸透棉质的婴儿服，闻起来像一块变质的糖果。苗苗笑，莉莉也跟着笑，享受片刻温存。她把女儿放进婴儿车，把婴儿车推到厨房门口，让苗苗看着她做晚饭。婴儿车上挂着一串彩色的塑料环，她好奇地伸手去抓。和平的时间是有限的，很宝贵，说不定下一秒又哭起来，莉莉必须抓紧这些间隙做家务事。

莉莉有一个根深蒂固的概念，近乎执念，是被她妈妈从小灌输的：做事一定要做到最好。念书的时候，她是好学生，工作之后，她是好员工，甚至因为干得太好了，没办法升到领导的位子上，大家都觉得她留在原地最合适。现在，她要做个好妈妈，这可不是说说就行的，而是一项漫长的任务，没有老师来教，却天天都在考试，而她总难及格。苗苗的身高体重长得很慢，比不上同月龄的邻居家孩子。妈妈们之间，总免不了比较。

"你这是怎么回事？"李远皱着眉头，弯腰看着婴儿。话是问莉莉的，她正在卫生间洗衣服，苗苗又开始哭了。

必须是妈妈抱，换谁都不行。莉莉擦干手，走过来，把苗苗轻轻地捞起来，贴在自己的胸口。李远说："你太惯着她了，所以她特别爱哭。"他倒是也有一番道理，就是帮不上忙。莉莉说："她一哭，我就心跳加速。"

"是吗？"李远笑着说，"让我听听。"他把头凑过来。没有孩子的时候，他经常这样，莉莉转身躲开了，同时苗苗安静下来，凭着本能，在解开扣子的地方，找到乳房，开始吸吮。

"她是不是吃不饱？这么瘦。"李远说。

莉莉坐在一张专门用来哺乳的椅子上，手边缺一杯水，李远帮她倒了来，然后站在一边，背靠着墙壁。莉莉下意识地挪动身体，想遮掩身体，又无从遮掩，苗苗还在吃嘛。按道理夫妻之间没什么可避讳的，但她就是不想让李远看见，让他评论，他的评论不带褒贬，只是开个玩笑，"像一头奶牛"。她不怎么喜欢这些玩笑，虽然自己也被逗笑了。她觉得自己太敏感了，而变得敏感只是诸多变化之一，还有其他的，比如她不再喜欢照镜子，拿起想看的书却没办法集中精力，渴望一段空闲时间，但又不知道拿这闲暇去做什么，只好继续等待，等着苗苗醒来，哭声像一把剑插进耳朵。

世人告诉她，做母亲理应感到喜悦，笼统的、普遍的、出乎天然人性的喜悦，她没有，觉得自己一定是哪里不对劲。李远说她可能太累了，他懂得体恤，但是旁人的理解总是浮皮潦草的，不能正中靶心。苗苗满月的时候他送了一条白金手链，莉莉只戴了半个小时，就摘下来放进抽屉。等她再次在抽屉里发现那个首饰盒的时候，想了很久才想起来这东西是哪里来的，那时候她跟李远已经分手几年了。

当她拿出那条亮晶晶的白金手链，想起李远，终于打心里承认他是一个好人，可是现在，莉莉需要的远不止于此，甚至多得连她自己也弄不清楚。结婚之前他们一直相处得很顺利——只能说顺利，莉莉的妈妈不相信好事多磨，不相信情路多艰，莉莉和李远，一样的老大不小，一样优秀，一样的脾气温和，多么般配，相识不久就结婚了。莉莉拿着那条手链回忆他，打心底里叹着气，根本没有什么造物弄人，只是自己折腾自己。李远是个好人，好得全无棱角，只剩下一个模糊的柔和的轮廓。面对莉莉，他说她像只坏脾气的母猫，或者一头胖乎乎的安分守己的奶牛，他带着一种逗弄似的神气前来爱抚莉莉。起初莉莉并不排斥，渐渐地，她开始逃避他。爱抚都是真心的，但是，莉莉觉得他望向自己的眼神、对她说话的语气，就像对待一只珍爱的宠物，不像是人与人之间的所谓距离，简直是隔着物种的另一种爱。他喜欢看她哺乳。

苗苗的腿动了一下，从纱布被子里露出来，莉莉帮她拉拉被子，把腿盖好。还是没醒。婴儿漫长的睡眠，是送给妈妈的一份礼物，这礼物她一时不知道该怎么用，就继续望着窗外。李远在广东出差几个月，要她带着女儿去看他，在电话里恳求，说他很想苗苗，莉莉就买了机票。

生小孩之前，莉莉在一家英语培训机构当老师。李远是来练口语的学生。有一次下课之后，问她要不要一起去看电影，不想看的话，吃饭也行，或者喝杯咖啡也行，总之听莉莉的，只要是两个人即可。莉莉被他的怯懦逗笑了，他们坐在电影院里，中间放着一桶爆米花，伸进去拿的时候经常碰到另一只手，莉莉的心思并没放在电影上。散场之后，他们吃了饭，又喝了咖啡，到头来还没觉得厌倦，一个挺好的开始。温柔的开始，和平的结束，中间有一段平顺的生活，离婚的时候连自己都觉得诧异，居然轻易地、毫无痛苦地分开了。其实两个人连争吵都没有几次。

莉莉的妈妈没办法理解这种离婚。"什么问题都没有，"她说，"你们什么问题都没有。失眠就白天多运动运动，实在不行，吃一片药也可以，睡着了不就没事了？"

然而问题的根源并不在于睡眠。她回想起来，最初的分裂是跟苗苗的哭声有关。她喜欢安静，李远也是，所以苗苗一哭，李远就躲到一边，让莉莉独自面对苗苗。她心情烦躁、筋疲力尽，而李远望着她无能为力。"她不认我呀，"他说，莉莉把婴儿的头放在自己的肩膀上，轻轻拍打着后背，"看来认识母亲是天生的，有意思。"他抱着双手说。莉莉觉得自己正在被观赏，被隔着笼子观赏，生育这件事把她和现实世界隔开了。

飞机穿越云层，到达稳定的高度，空姐挑开一道深蓝色的布帘，朝着机尾的方向走去。过一会儿就要发饮料了。莉莉突然有了一种模糊的幻想，或许她会一直睡下去，一直睡，到飞机落地也不醒来。永远不醒来。那样的话，整整三个小时，甚至整整一生，不知道该怎么挥霍。她起身去了卫生间，在里面洗了脸，涂了一遍润肤霜，然后回到座位上，给自己涂上口红。没带镜子，口红的外包装是镜面金属，她就用来照着看颜色如何，然后把包里的那本书拿出来，早就忘记上次读到哪里，翻了翻，每一页都很陌生，只好从第一页开始。

她的座位靠窗，坐在旁边的是一个年轻的男人。起初她没注意到他，一直到空姐发饮料的时候，他帮忙递了一杯橙汁过来。莉莉说声谢谢，把橙汁放在桌板上，书也在旁边，只喝了一半，就不小心碰翻了，洒在书页上。她手忙脚乱地擦抹，旁边的人递过一张纸巾，她又说："谢谢。"书没办法再看了，对方跟她聊起天来。

他在广东的大学读研究生，中文专业，在一家报社实习。暑假快结束了，提前回去准备开学。莉莉离开学校已经七年了，她过去上班的培训机构没有寒暑假，现在她不上班了，苗苗的成长节奏就是她的时间标尺。听见他说"暑假""实习"这些词语，带着一股自以为成熟的学生气，莉莉不自觉地微笑。结婚之前，这样热心搭话的男人她见过不少，有同事、有学生，其实她并不算有多美，桃花运这种事，似乎只要年轻就足够了，接得住几句玩笑，听得懂或深或浅的甜言蜜语。在李远之前，她谈过好几段恋爱。遇见李远之前，莉莉完全没想过自己会嫁给这样一个木讷的人。或许就是因为木讷，她才觉得这就是婚姻的样子。

莉莉有个大学同学，博士毕业后就在他的学校当讲师，她提了名字，对方果然认识，上过那位老师开的英美文学选修课。聊着聊着，两个人就互通了姓名，板板正正地报出全名，像两个新入学的同桌。他叫赵季明，莉莉答应他，把这个名字告诉她的同学，考试的时候多照顾一下。赵季明提到她刚才看的那本书，莉莉才意识到他关注自己很久了，不自觉地抿了抿嘴唇，口红的颜色还在。

他看过那本小说，给她讲了故事情节，不顾她的警告，一再剧透。莉莉没办法，只好听他讲完，原来那里面的男主和女主没能在一起。赵季明说，其实这本书并不是个爱情故事，爱情只是其中的一条线索，作者的手法……莉莉笑着打断他，说我可不要听你背课本，我只想知道他们俩最后好了没有。没有，真可惜，那这本书不用再看了。

空姐送餐过来，莉莉把她不爱吃的香肠给了赵季明，换来他的一盒酸奶。此时，外人不了解的话，一定会以为这两个人是情侣，加上吊篮里的婴儿，无疑是夫妻了。反正几个小时的旅途，做个伴有何不可，下了飞机就各奔东西。

莉莉觉得自己进入了一个很有文学意味的境地，密闭的安全的空间，碰见有趣的人，亲密一会儿也无妨。

赵季明说她长得像一个女演员，经常演侠女的一位香港老牌影星，莉莉被逗笑了，一笑就更像了。他的胳膊靠着她的，搭在扶手上，一下一下地触碰。她装作不知道，伸手把散着的头发盘起来，一次没盘好，又盘一次，丝毫不觉得这是卖弄风情。赵季明把手伸到她头顶试了试空调吹出来的冷风，说："你要毛毯吗？"

"帮我要一条吧。真有点冷。"

赵季明按下呼叫按钮，一会儿空姐过来，告诉他毛毯已经发完了，很抱歉。等她走了，赵季明把他身上的一件拉链外套脱下来，让莉莉先盖着，莉莉说："太不好意思了。"

"没事。"他说，看看手表，"再过一个多小时就要降落了。"

苗苗还在熟睡，莉莉大胆起来。赵季明的衣服上沾着一些白色的细毛，她拈起来几根，他解释说是他女朋友家里的猫，提到女朋友，像吃米饭忽然咬着一粒沙似的，打了个磕巴，说："我们快分手了。她想要出国，我不想。"

"为什么不想？一起出去念书多好。"

"我没那么多钱。"

"其实也用不了很多钱，可以打工。"

"我可以打工，她不会啊。"赵季明说，"她家里很有钱，我陪不起。"

　　他的语气里有种真实的落寞。莉莉说："这有什么大不了的？你一定要陪她去，你们都这么年轻。"说完这些话，她的眼睛又转开了，好像触及了一些遥远的事。吊篮里，苗苗蹬几下腿，翻个身，继续沉睡。本来她也有这样的机会，跟大学的男朋友一起去留学，算了，不要再提。

　　莉莉不觉得冷了，就把外套还给他，他接过去，没说话，随手塞在身后。外面的天色渐渐暗淡，飞机下方一层厚厚的黑云，镶着灿烂滚热的金边。她想，我可真傻，怎么忽然有了艳遇的心情？她扭头看向窗外，认命地等待苗苗醒来，甚至盘算着要不要干脆把她摇醒。一只手伸了过来，手指碰到她的大腿。她依旧看着那块厚厚的云层，中间突然出现一道透明的裂隙，近得好像一步就能跨过去。赵季明的手像一条滑溜溜的鱼，从海草丛中缓缓地游上来了。

二

　　半个月前，苗苗感冒发烧。邻居家的妈妈告诉莉莉，有一种国外产的儿童感冒药，温和无害，可以给孩子吃，症状立刻减轻。她记下药名，找代购下单买来，一次半片，吃了两次，果然见效，唯一的问题是吃完就睡，含有催眠的成分。

她把这件事告诉李远，李远听了非常生气，让她不要胡乱给孩子吃药，肯定有副作用。莉莉说："不吃药，她难受，夜里睡不好，不停地哭闹，我累死了。"李远说："我看你就是不用心。"聊天不愉快，她挂了电话。上网去查了这种药的成分和评价，很多妈妈推荐，其中有个人说，有时候我实在太忙，顾不上孩子的时候，就给他喂两粒，能睡一整夜。

这条发言下面，很多人指责她不负责任，甚至威胁要扒出她的真实资料，要报警。

"只有无良保姆才会干这种事，"有人如此评论，"你可是亲妈。"

昨天晚上，等苗苗睡了，她开始收拾行李，要带的东西在脑子里列出清单，把那盒吃剩的感冒药也翻了出来，以防万一——万一感冒生病，进口药可不是随处都能买到。

网上，那个被人指责的妈妈替自己辩解："偶尔一次，也不是天天吃，人总有顾不过来的时候。"

还有你想偷懒的时候，莉莉想，一边在心里暗暗地鄙视，好一个不负责任还振振有词的母亲。

起初没什么特别的感觉，隔着一条厚牛仔裤，他轻轻地按压，用一种试探的力道。手指拍打，富有节奏，顺着牛仔布的斜纹向上移动。有条毛毯就好了，她想，毛毯可以做个遮挡。身上骤然起了鸡皮疙瘩。他经常这样吗？从前得手过吗？

莉莉跟李远很久没在一起了，不单单是因为有了孩子。李远睡在书房，书房将来要改成儿童房，给苗苗用，到时候李远就会搬回她的卧室——一想到这个前景，莉莉的嘴里就泛出一股铅笔头的苦味，很想把这味道随着口水吐干净。小时候她喜欢啃铅笔头，妈妈告诉她，铅进入血液，会使小孩变傻。她一边担心变傻的问题，一边因为焦虑而啃得更凶了。

赵季明的手在她身上探索，像猎人走进了一片陌生的森林。莉莉下意识地把左手的食指放进两排牙齿的中间，指甲剪得秃秃的，毫无撕咬的快感。一年级的时候，莉莉的妈妈发现女儿还在啃手指，这个爱吃手的阶段并没有像育儿书上说的那样很快过去，指甲被咬得参差不齐，指尖的皮肤也坑坑洼洼，时常渗血。为此，她妈妈不再相信那些一板一眼的育儿书，决定回归传统的理性：打。

被打了几次之后，莉莉学聪明了。她开始在妈妈面前控制自己，压抑习惯的动作和内心渴望，假装改掉了让家长丢脸的坏习惯。她装得很完美，手指上再也没有被撕得一层层的皮肤，指甲不再短得缩进肉里。她开始啃各种尺子、橡皮和铅笔，她妈妈偶尔一次去教室接她下学，透过后门的窗户看见她在啃一截短短的绘图铅笔。那是一堂美术课，老师正在示范如何涂抹建筑物的阴影。

幸运的是，这次莉莉没有挨打。她妈妈从哪儿又听说某个观点，或者读了一篇教育专家的文章，觉得还是不打孩子更好，只告诉女儿吃铅笔头会变傻，傻了我们可不养你。和妈妈在一起的那些年，莉莉觉得她的态度不停摇摆变化，在做母亲的路上，好像一个刚学会骑自行车的小孩，稳不住车把，忽左忽右，忽而苛求严厉，忽而又温柔宽容。这些反复无常构造出一片迷宫，莉莉费力地在其中寻找道路，想要到达那个最终的目的地——她妈妈的内心，却压根儿没能走近。

对于这场在母女之间持续多年的迷宫游戏，莉莉的爸爸始终是个旁观者。现在，李远也要成为旁观者了，是怀着好奇，在马戏剧场里前排落座的观众，而莉莉不得不在本能和责任的鞭打之下准确地钻过火圈，像一头年轻强壮的母狮子。

那些手指，她闭上眼睛，感受那些手指隔着衣料，在她的皮肤上弹奏。一串勾连的音符，她几乎要随着哼唱起来，神经紧绷的同时品出一丝隐约的愉快。李远总说她胖，这是事实，他用一种开玩笑的语气，管她叫"我家的肥奶牛"。听起来像是昵称。就是昵称，她不应该多想，但是从前的她很苗条、轻盈、矫捷，走路的速度比一般人快。他们约会的时候，李远不得不迈大步子跟上她，"你是我见过走路最快的女生"。

她告诉他这是从小养成的习惯，因为她妈妈早上总起得太晚，动作又慢，导致莉莉吃完早饭去上学的时候，不得不快点走，又不敢跑起来，因为怕生病——吃铅笔头会变傻之后的又一条忠告：吃饱了跑步会得阑尾炎。她妈妈的教条总是没头没脑的，围绕着各种生活琐事，"倒茶的时候，茶杯七分满。酒要九分"。诸如此类，细碎不成系统，而莉莉的好奇心并不在茶水上，她想知道那把老茶壶上画的是什么故事，她妈妈草草地说："不知道，大概是牛郎织女吧。"

"牛郎织女是什么故事？"

"故事太长了，我懒得讲。等你长大就知道了。"早晚会知道嘛，何必现在多费口舌？

现在，她想从那些零零碎碎不成片段的回忆里打捞出一些有用的指示，来帮助她处理眼前的形势，却一无所获。只有习俗、偏见、陈词滥调，一些妈妈的妈妈告诉她的东西，她原样不动地说给女儿听。莉莉眼前飘过一些灰色浓稠的雾气，是飞机正在穿越一团乌云，转眼又明亮起来。

他不再弹奏了，停下来，手掌缓缓贴上莉莉的身体。她穿着一件前面开扣的翻领衬衫，为了喂奶方便，又不至于像平常的喂奶服那么丑陋。如果没有睡在吊篮里的婴儿，她看起来就像个出差途中的职业女性，衬衫的胸部被撑得鼓胀起来，从侧面能看见里面的哺乳内衣，这一点她自己还没注意到。自从哺乳以来，不知怎的，她对这些事情的敏感度降低了，身体变成了随时可以亮出来使用的工具。赵季明的手掌温热，她没有反抗。妈妈会怎么说呢？

　　等你长大就懂了，常用的标准答案。她想，我现在算长大了吧，我早就知道牛郎织女，甚至更多，更多你都不知道的事情。比如现在，她懂得一动不动，不接受，也不拒绝，让他探索，让自己思考。再不会有人说她的问题全是胡思乱想，她镇定地坐着，眼睛也不看他，像一尊漠然的神像。

　　她浅浅地呼吸，胸口起伏如一道柔缓的波浪。他顺势向上攀越，莉莉闭上眼睛，随即又睁开。不能沉下去，她想，必须回到现实。苗苗怎么还不醒？

　　今天早上，苗苗一直在哭，似乎本能地预感到了环境即将变化，而妈妈一直忙着收拾行李，没空哄孩子。箱子敞开在地上，从一个趴在床上的婴儿视角来看，除了一些凌乱堆放的衣服，里面还装着一些没见过的新玩具，是莉莉准备给她在酒店里解闷的。苗苗看中了一个手摇铃，紫色和红色相间的手柄，上面顶着一个云朵的造型。她想要那个摇铃，却够不着，尝试几次之后，她哼哼起来，双手撑在床沿上，身体向前探去。

　　莉莉在房间里走来走去，到处都是她掏出来的东西，衣服、玩具、各种零碎物品。第一次带孩子旅行，东西怎么带都嫌不够用，总担心缺这缺那。李远工作的地方并不偏僻，不至于买不到东西，她仍然不放心，又走进书房去找一些婴儿绘本，苗苗喜欢把彩页撕下来玩。刚拉开书柜的玻璃门，就听见苗苗突然大哭起来。

她跌进了箱子里，头撞在箱子的金属锁扣上，眼泪迸出来，嘴巴张得大大的。女儿摔痛了，莉莉看着她，厌烦突如其来。

也许是第一千次了，莉莉弯腰把孩子抱起来，手指摸索着，找到脑后摔痛的部位，轻轻地揉搓，一边摇晃，一边听苗苗表达着对世界的愤怒。在床和衣柜之间，她来回踱步。婴儿的哭声听起来越来越轻，越来越遥远，仿佛被放进了一只竹篮，随波荡漾着，漂走了。

过一会儿，苗苗渐渐平静下来，莉莉把她放进婴儿车。然后，她从妈咪包里取出那盒感冒药。淡蓝色的包装盒上印着英文，她翻过来看背面的字，又拿出说明书来看，上面画着药物的化学分子结构。她盯着那个图示看了很久，好像从中看出了某种严肃的意义，科学的、冷冰冰的、有效的意义，与婴儿的任性、柔软和敏感形成鲜明的对比。

儿童用药，这不算什么过分的行为。

只是想安静一下而已。

她走进厨房，把包装盒丢进垃圾桶，又取下挂在墙上的塑料案板，这是专门给苗苗切水果用的，每天仔细清洗消毒。药是纯白色的，她琢磨着用什么工具才能精准切分，按照苗苗的体重，应该一次吃半片。必须精准称量。

她从冰箱里取出一袋冰冻的母乳，放在一盆热水里化开，然后倒进奶瓶，把药片挤成粉末，撒了进去。等着母乳化开的那一会儿工夫，她还重新整理了箱子，把新买的手摇铃拿出来，塞给苗苗玩，让她晃着听声音。小脸重新露出笑容。

费了一点劲，才把奶瓶塞到苗苗的嘴里。这并不是平常喂奶的时间，她还不饿，吃得很不专心，手里始终紧紧握着那件新鲜的玩具。好在只有半瓶，抗拒了几次之后，苗苗喝完了，重新回到婴儿车里，靠背调成平躺的姿势。莉莉去洗了个澡，准备换好衣服就出发去机场，当她从浴室里走出来的时候，发现摇铃已经掉在地板上，苗苗的头歪向一边，呼吸平稳而绵长。

三

天空乌云不散，傍晚显得特别漫长。莉莉有点分不清时间了，也看不清身边的这个人和这只手。在电影院里，李远和她同时把手伸进爆米花桶里，彼此都像碰着异物似的一躲，爆米花甜得过头。赵季明停止了动作，仿佛在等待她的回应，莉莉的沉默使他大胆起来，开始试着从衬衫的下方伸进去。一个穿制服的男空乘走了过去，从他的角度来看，不过是亲密男女之间随常的狎昵。他的手很温暖，让她联想起一块炉子里燃过的炭，正贴在自己的肚子上。不是发烧，而是被克制的情欲的热度。她开始觉得热，也许应该把头顶的冷风开得大一些。

胸口很不舒服，微微地痛，好像有两只气球在里面渐渐膨胀起来，吹满了还在不停灌气，乳房表面有丝丝的疼，血管也跟着膨胀起来。她估算时间，发现早过了平常的喂奶间隔，莉莉的奶水特别丰沛。

苗苗仍旧一动不动。一个真实而恐怖的念头出现了，像突然从雾气中显形的幽暗冰山，轮船要撞上去了。分量超出太多了。她顾不得那只手，猛地探身向前，把苗苗从吊篮里抱出来，赵季明一下子就缩了回去，好像什么事都没发生过。

她用一种抱歉的语气说：“我女儿该饿了。”好像是自己破坏了别人的好事。她开始叫苗苗的名字，使劲摇晃她，动作幅度很大。

过了几分钟，苗苗的腿踢动起来，发出哭声，平常她也是一睡醒就哭，而睡梦中总是微笑着，好像不愿意回归现实似的。衬衫扣子被赵季明解到第三颗，她自己解下了第四颗，露出胸部，喂起奶来。

早上的一通忙乱过后，她忘了往随身的妈咪包里塞一条宽大的围巾，空姐也没有多余的盖毯给她，让她可以遮一遮羞——纵然这没什么可羞的，天然至极，合理至极，至少比刚才发生的事情更合乎道德。苗苗睡了四个小时，要饿坏了。

赵季明一声不吭。莉莉看着苗苗的脸，嘴和下巴的动作，婴儿的眼睛盯着裸露出来的广阔皮肤，目光还是黏黏的，有些呆滞，还没有完全摆脱药物的作用。莉莉的胳膊托住了苗苗的头，让她的脚搭在扶手上，闯进了赵季明的座位空间。

过了一会儿，他用一只手抓住苗苗的两只脚腕，抬起又放下，塞回莉莉那一边，好让婴儿不再随意地踢来踢去。苗苗执拗地要把腿伸直，不肯蜷缩起来，穿白袜子的两只小脚摸索着又探了过去。赵季明说："你女儿总是踢我。"语气中压抑着一股抱怨，听起来非常熟悉。李远说："这孩子怎么老是哭？"莉莉惊讶地看向他，她天真地以为，经过刚才的摸索，他们可以算是这架飞机上的朋友了。在那几分钟里，她放弃了尊严和自我，打算把这段经验当作旅途中的意外，没有写在旅行攻略里的风景，不怎么美，也不怎么丑，只是没经历过。太久没经历过了。

赵季明的神情完全变了，仿佛突然戴上了一个严肃而文明的面具，将他脸上那些好奇的、温柔的、快活的、满不在乎的线条都遮住了，一下子显得非常僵硬，看起来年纪都大了几岁。他调直了座椅靠背，姿势不再放松，手肘架在扶手上占据空间，防止苗苗再伸脚过来。显然，他不喜欢婴儿。再一次，他看着莉莉，眼中满是嫌恶。

"你可真豪放啊，大姐。"他冷冷地说。这句话像一粒石子落进池塘，击碎了风景的倒影。莉莉觉得她全身的血液和乳汁都凉下来，每一滴都在凝结。苗苗奋力地吸吮着，一次又一次，直至饱满的乳房软塌下来，这是很久以后的事了。此时的莉莉一动不动，垂着头，侧脸毫无表情，体内的春水结成了冰晶。李远说，你看起来像一头肥奶牛。她抱着苗苗，头一次觉得自己不仅是爱她，更是需要她，为感冒药的事感到深深的后悔。她又解开一粒扣子，将大半个胸腹都暴露出来，接着，她用一只手抱稳了孩子，另一只手把衬衫的肩部向下一拉，褪到腰上，腹部的一块赘肉松软地堆在裤腰上。现在，她实实在在地半裸了。

她没有看向赵季明，目光始终追随着窗外的一片云，轻薄的云，一撕就破。漫长的黄昏，终于到了最辉煌的时刻，天空充满了暗金色的光，像一只巨大的灯泡，夕阳就是寿命将尽的灯芯，马上就要熄掉了。她就沐浴在最后的光亮里，毫无保留和戒心，将自己奉献给无限，而无限就浓缩在婴儿的眼睛里。她抱着她，合二为一，又一分为二，确立起一个陌生而全新的自我。赵季明消失，一切都消失了，周围正在褪色，显现出最原始的质地。她闭上眼，辨认着，感受着整个世界越来越清晰的节律，以及苗苗不间断的用力吮吸。我是幸运的，莉莉想着，一个幸运的坏妈妈。早上，她往苗苗的奶瓶里放了三粒碾碎的药片，正常剂量的六倍，这是她平凡生活中的第一次脱轨，也是最后一次。从这一刻起，她变成了世上最温柔、最有耐心的母亲。

倾

听

一

　　我住 1021，她在 1201。上船的第一天，吃午饭的时候，我们面对面坐在同一张桌子上，都是孤身的旅客，都是女人，几分钟之后，我们就攀谈起来。

　　"我觉得，你看起来很面熟。"她说，这句俗套的搭讪通常显得很刻意，唯独此刻，我和她都觉得这话再准确不过，我看她也觉得十分面善，好像在哪里见过。当我想去餐厅角落的自动咖啡机那里再拿一杯咖啡的时候，她也站了起来。

　　"咖啡。"她笑着说，"我们一起去吧。"从此，在这条船上，我们总是待在一起。上午，游轮孤零零地在海面上行进，在甲板上，阳光缓缓移动，由此可以判断时间和航行的方向。她时不时就看看手表，再抬头看看天，好像对天光和钟点有着浓厚的兴趣，我不在乎。在海上，最不缺的就是时间。

　　起得迟，吃完早饭的时候，已经快到中午，我和她在甲板上漫步，甲板中间铺着一条狭窄的塑胶跑道，一个扎着高马尾的女孩正在慢跑，从我们中间穿过去，冲破了我和她相互挎着的胳膊。我们意识到这样慢吞吞地走在跑道上，挡了别人的路，就走到靠海的那一侧，拣两张铺着软垫的躺椅各自躺下，继续我们刚才被打断的谈话。船舷外的大海非常宁静，深厚的蔚蓝有种宝石般坚实的质地，闪着银色的光。

"所以，你就答应他了？"

她点点头，说："那么多人看着，那么多的花，那家花店很有名。"

"所以你是真的喜欢他。"

"不好说。"她说，"喜欢肯定是有的，也没到非他不嫁的地步。不过，怎么说呢，当时他确实打动了我。"

上百朵艳红的玫瑰花，周五的晚上，热闹的餐厅，众人的目光，起哄的口哨和鼓掌，那些不谙世事的年轻姑娘，认为这就是浪漫的模板。邱刚微笑着，望着对面的童童，他的眼睛又圆又大，波光闪动，透着恳切，还有几分天真。

他脖子上戴着一根细细的白金项链，女式的，看上去很奇怪，甚至有点可笑。那条项链是刚开始恋爱的时候，他送给童童的礼物。她告诉我，有一次闹分手，她把项链寄快递还给他，没想到他就循着快递的地址找来了，她后悔自己太疏忽。或者，对方是趁她下班跟踪也说不定，从朋友那里打听到她的新公司，他们都不知道内情，没有替她隐瞒，还以为这是情侣在闹脾气呢。

邱刚在楼道里等。童童下班回来，手里拎着一袋青菜。六楼，没有电梯，他就站在楼梯顶上，居高临下望着她，嘴里说着："对不起。"

她犹豫了一下，转身下楼已经来不及，不想在楼道里纠缠，就几步跑上楼梯，迅速地掏钥匙开门，合租的室友也在家，料想他不敢撒野。他确实没有撒野，安静地站在门外，看着她把门关上，没有试着推门，也没有大声地叫她名字。

因着这份安静，她心里又有些不安。过了一会儿，他轻轻地敲门，问："童童，让我进来好吗？"她没回答，他接着说他要调去外地工作，听声音像是紧贴着那道铁门，室友穿着睡衣走出卧室，问童童是谁来了。

他继续说："我说几句话就走。你打开门好吗？"语气真诚而温柔。室友说："他是你男朋友？"语气中含着八卦的乐趣，一边说，一边往脸上拍打化妆水，她穿的毛绒睡衣的胸前印着一只小棕熊。

他又敲门，一开始是笃笃地，也许马上就会变成大力的咚咚咚。她说："假如没开就好了，假如没开……"她总觉得自己的事，不要在别人面前闹腾，让人家看笑话。

他们原本是一个部门的同事，电脑背靠背，两个人面对面。童童是部门的行政助理，负责上传下达、处理文书，也是部门里唯一的女性。入职后没多久，她跟招她入职的人力资源经理一起吃午饭，是跟她同一个学校毕业的师姐，比她大三届。师姐说："你知道为什么招你进来？"

"我英语比较好？"童童漫不经心地说。面试的时候，很多人坐在一起，小组讨论，回答问题，全英文，童童的英文是所有面试者中最流利的。

"因为你是女生，我们这儿女生太少啦。"她笑着说，"你们老板点名要一个女生当他的秘书，说部门里需要一些亮色，激起大伙儿的干劲。前一个干了没多久就跳槽了。"

童童皱了下眉头，仿佛被冒犯了，又不好直说，只好笑道："我算什么亮色呀？"童童身材瘦削，脸型也是瘦瘦的长方形，不算很美，偶尔穿个露腿的短裙子，有男同事开玩笑说她的腿长得好看。

过几分钟，她又说："我觉得我确实是那一组里头，英语最好的啊。"师姐说："你还跟上学的时候一样，净纠结一些没用的。"

渐渐地，她发觉英语好确实没什么用处。跟经理出门，她不愿意喝酒，客户拿她开玩笑，玩笑稍一过火，她就摆脸色，搞得气氛都是僵的。几个月后，她就从经理秘书变成了部门助理，替所有工程师打杂。

经理那边，听说又在招新人。童童想过离职，她不喜欢现在的领导，但是想想又犹豫，毕竟这里稳定，而且待遇不错，不如边做边看。渐渐地，她跟邱刚熟络起来，时常跟着他一起抱怨领导。邱刚在公司也不受重视，入职几年了，没升过职，常常有怨言。有天下午，他被经理叫去办公室谈话，回来时一脸怒容，童童问他："你吃苹果吗？"

"不吃。"

大概一个月之前，邱刚给她看他在国外买的瑞士军刀，随手拿起一张 A4 纸，立在手里，刀刃像劈开流水那样把纸分成两半，无声无息。他把那把刀放在办公室的抽屉里，跟童童说，需要削水果，就找他要。

她每天中午都要吃一个苹果。从小妈妈就告诉她，天天一苹果，医生远离我，童童深信不疑，饭可以不吃，苹果不能少。通常她会在家里削好了，切成小块，装在保鲜盒里，拿出来吃的时候，有时候已经氧化发黄了。那天以后，她每天都会带一个洗好的红苹果，吃的时候就向邱刚借刀削皮，一借一还，好像有某种默契在里头。要说想谈恋爱，当代人大可不必这么遮遮掩掩，可他们是同事呀，公司不允许这种事。

邱刚简短地说"不吃"，显得心绪不佳。那天下午，她跟邱刚只说了那一句话，没有开别的玩笑，没有互发表情包，也没有转一些好玩的网络段子，童童跟他说话，他只回复一两个字。童童反思自己是否表现得太轻浮、太热络了，不像个女同事该有的距离。她这个人常常一日三省，从小父母就教育她：遇到问题，要从自己身上找根源。于是，她又一个人纠结起来。

整个下午，邱刚时不时地掷过来一个严肃的眼神，童童觉得自己像站在篮球场边，被飞过来的篮球砸了好几次。快下班时，他终于发过来一条微信："晚上你有空吗？"

邱刚约她一起吃晚饭。从前一起吃午饭倒有几次，晚饭是第一次。童童皮包里的保鲜盒里还装着用他的小刀削皮切块的苹果，菜吃得差不多了，她就拿出来，两个人一人一块地吃着，一边浮泛地聊着天。说起公司里的事，邱刚有些愤愤的，认为自己受到不公平的待遇，领导耳聋眼瞎。他这个人，无论谈什么话题，都带着些愤世嫉俗的嘲讽味道，又俏皮又刻薄，公司的同事他一个也不喜欢。除了童童，别的同事也很少跟他私下往来。

有时候，童童也觉得邱刚虽然聪明，但是不太厚道，眼里没有别人。也正因为这样，当他对她表示好感的时候，她才觉得自己很特别，好像受到了恭维似的。那天晚上，他一定要请客，结完账走出来的时候，他说："我觉得你那天穿的黑毛衣，比这件蓝的好看多了，那件能显出身材，这件穿起来像只小熊。"他笑眯眯地说，用的是开玩笑的语气。

天色已晚，童童觉得自己的脸在夜色中红了一下，像根火柴似的一闪光，又被冷风扑灭了。她分辨不清，邱刚对她到底是什么意思？她长到这么大，没正经谈过一次恋爱。后来想想，归根到底是自己动了心，别人说什么，都以为人家在表示亲密。是自己的错，她这么想着，站在咚咚响着的门前，都是我自己的错，不该从家里寄快递，让他追踪上门。

室友这时候也不说话了，敲门的声音变得那么急促，像一串强烈的惊叹号，她望着童童，眼中满是疑惑。童童忽然不怕了，有什么好怕？她想，光天化日，家里还有别人，我不信他敢怎么样。她向前两步，打开了房门。

二

1201，这是我给她的代号，她的全名已经模糊到难以忆起。在旅途中萍水相逢的朋友，彼此都知道这亲密是临时的，用过即抛。我只记得她的名字里有"童"字，就写作"童童"，听着像一个小姑娘，其实她看起来至少四十五岁了，出于礼貌，我不问她年纪，只叫她姐姐。

现在，我用力地回忆这个人，以及她讲给我听的故事，像默写一篇很早以前背过的课文，有些句子连不上，有些段落记错了顺序。童童的故事从她年轻的时候开始，有些情节不像真的，因为按她的年纪，那些年应该还没有微信，她说的那家餐厅，邱刚向她求婚的那家，有名的网红店，那时候也没开张，但是我管他呢，在船上，闲暇工夫多的是，她讲，我就听。

童童打开房门。邱刚像一阵冬日的狂风，身上裹着冬天的寒气，一头撞进来，童童被逼得倒退两步。她室友回自己房间去了，关上了门，咣当一声，不打算掺和别人的事。

他回身也关了门，然后开始向她道歉。道歉总是灵活的，只管把事实当作一块橡皮泥，在手里捏来揉去，变成各种形状，发生过的事，随便怎么解释都行，反正他不肯承认自己是故意打人。说着说着，他就微笑着反问："我是故意打你的吗？是吗？你那些话实在太气人了。"那微笑是真诚又平和，好像在议论不相干的人和事。

在是不是"故意打人"这个无谓的问题上，他们就纠缠开来，一点点地复盘，重建当时的情景，他说了什么，童童又说了什么，他怎么就抢起一个瓷盘朝她砸了过来。在这些话语的间隙，童童时常想笑，觉得这太可笑了，但是这冲动只有一瞬间，转眼又被话语的河流淹没了，她得专注于辩论，而这些争论并没有复原事实，只是让事实不断变形，直到童童觉得精疲力竭，一句话也不想再说。随他怎么说吧。

她只抓住一点。"分手，"她说，"分手吧？"几乎是绝望的哀求，她不明白其实这件事不需要得到谁的同意，可是她习惯了，从小到大，她做任何事，都得有父母的同意、老师的同意。自己的事要别人点头才算，分手也是一样——他不肯，就还没完全分开。她得说服他。可惜，她是那种意愿很明确，意志却不够坚定的人。

"不行。"他说，"你还爱我呢。"停了几秒钟，又说："你能说你一点不爱我了吗？"

她不能说，这怎么说呢？即便说了，他依然可以不信，一不信，二不听，你就是爱我，他斩钉截铁，不然，你为什么寄项链给我？完全可以扔进下水道。童童哑口无言，有那么一时半刻，又觉得他也有些道理，而自己，好像还有一点爱他呢。那条细细的女式项链，此刻正绕在邱刚的脖子上，在日光灯下明明灭灭，似断似连。本来她没注意，邱刚特意翻开毛衣领子给她看，说："你看，咱们俩的信物。"他脖子粗，把项链撑得很满，童童觉得可笑，又觉得在这时候笑出声很奇怪，就努力忍回去。邱刚看见，以为她又心软了。

室友的房间里静悄悄的，想必已经睡了。邱刚说："我们进你房间谈吧，在客厅说话影响人家休息。"已经很晚了，他最好快点走，可是既然话赶话说到了这里，她只好把他带进自己的卧室。这一步大错特错——门一关，事情就开始起变化。

起初，他的态度还是很好，走进来，环视一圈，说："这房间比你从前的还小，床也太小了。"他笑眯眯的，好像不愉快都过去了，随意地坐在床上，那是一张老式的席梦思床,人一坐,立刻就陷下一大片。童童走到房间的另一边,靠着窗户站着。

"离我近点。"邱刚说,拍着身边的床单,还是笑着。

"我们得分手。"童童说,没意识到自己的语气有多绝望。有一瞬她觉得自己没必要这样,分手就分手,不见就完了,她不声不响地辞职跑掉,没想到他又跟了来。

全是因为那条项链。

"你为什么要把项链寄给他?"我问童童,在船尾的咖啡座里,她背靠着一整面临海的玻璃墙,用手去捋自己的头发,向后一撩,把手腕上的皮筋缠上去,整张脸露了出来。她的年纪并不体现在皮肤五官上,其实保养得不错——沧桑只潜伏在偶然的神情里,宽阔的额头像秋天晴朗的平原,忽然掠过一片云的暗影,随之阴雨就要来了。她的心情起伏不定,面对我,她总是保持着和气的笑容,可是,当提到那些往事的时候,她时常露出一副迟疑犹豫的样子,好像她自己也不知道事情怎么就变成这样。

"我也不知道啊。"她说,"大概是分手了,他的东西一定要还给他吧。"

按她的说法,因为那个快递,邱刚找到她,两个人才继续交往,可我总觉得,事情不那么简单。"你完全可以不开门。"我说,"开门是又一次退让。我觉得你并不是真的想分手。"

"他也是这么说。"童童举起咖啡杯,一边喝一边皱起了眉。

"然后呢?"

邱刚躺在床上,笑着叫她过来,她没动。窗外起了狂风,这风从傍晚时刮起,吹得越来越猛烈,深冬的北风像一只受伤的猛兽,挣扎翻滚,撞击着楼房的金属窗框,好像外面的广阔天地是锁住它的笼子。

"你过来呀。"

"你出去吧。"童童说,这是她能想到最好的解决方式。你走吧,让我一个人待着。

求你离开。

可是邱刚不肯听她的。不知怎么他又站起来,走到她身边,手放在她的后背上,后背顿时一阵又暖又麻。他若即若离地推着她,几乎没怎么用力,她就跟着走过来。他不像有恶意,而她只想劝他离开,不想大吵大闹地翻脸。室友还醒着呢。

她也坐在床沿,在他身边,呼吸着他的呼吸。贴在背上的手掌消失了,他的胳膊转过来围在她肩膀上,童童说:"你走吧。我今天还得加班。"然后她突然觉得不对劲,因为问题已经迫近眼前,变成了"他想要干什么",他们本来是要分手的。

"我在我女朋友家,为什么要走?"

她辞职、搬家、换电话号码，自以为像一条挣脱了钓钩的鱼，正在游向深海。他跟了来，好像什么都没发生似的。她觉得泄气，好像愤怒和恐惧全是过家家，是她自己摆出来的空盘子空碗，虚张声势，但是对方已经不想陪她玩了。你追我跑，你闹我哄，这套把戏最终还是落在一张柔软的大床上。

"加什么班。"他说，"你先脱吧。"

"你可以说不。"我说，咖啡里的冰块渐渐化了。我一直在假装专注，似乎连咖啡也忘了喝，其实她的叙述既啰唆又冗长。上点年纪的人就是这样，我想，一边端起咖啡喝了一大口。她用无数细节堆砌她的感受。起初，我每个字都听见了，后来，我渐渐地不耐烦，因为她总是围绕着最关键的事实打转，试图去描述一些极其细微的东西，但是语言又很有限，她把手势也加了进来，眼角闪着泪光，身体微微前倾，双手放在膝盖上，像被老师吓住了的小学生。她在发抖，那种从内而外觉得寒冷的颤抖。我端起咖啡杯。她终于说出口："他有一把刀。"

红色的瑞士军刀，他借给童童削苹果的那一把。她继续说着，语气开始变得平稳坚定，像打开了一道生锈的锁，推开通往过去的门。我想，她很老了，在我看来，超过四十岁就算老，她说的这些事发生的时候，我还是个玩过家家的小女孩，二十年间世界已经大变，她还沉陷在过去，重复着："他有一把刀。"

我把目光投向她身后的大海，海面宁静如昨，像一大块深蓝色的法兰绒，浪花点点，是绒面上沾的灰尘，游轮的航程快要结束了，而我连一个完整的故事还没听完。也许就在今天——她总该说到最关键的部分。

"他把刀挂在钥匙扣上，"她比画着，"这么长，很锐利。"我知道，我想，不用说得这么详细，我知道这种刀很锋利，我的钥匙扣上也挂着一把——我男朋友送给我的。

"第一次的时候，他就拿着刀，满脸是汗，身上也有汗。"

"你可以说不，这没什么的，这种事，谁都有不想做的时候。"我告诉她，如果她听得懂，就应该换个话题。她的回忆集中到那把刀上，就像把昆虫放在放大镜下面，找到焦点，让阳光点燃它。我和她之间，也有某种情绪缓缓燃烧起来了。

"他拿着刀！"她向我低吼，陈旧的愤怒穿越时间向我袭来。其实我们只是萍水相逢，我没有义务去忍受这些，我放下杯子，打算去个卫生间。她一把按住我的手腕，我笑着说："我不走，我去洗个手。"

邻座有一个穿着运动服的女孩，正在读一本厚厚的书，此刻抬头看了我们一眼。她松开按着我的手，低声说："他拿着刀让我脱衣服。"邻座的女孩低下头继续看自己的书。

我很想离开这儿，回去自己的房间，可是话题进行到这里，就不能不接着听下去。在洗手间里，我待得比平常更久，擦护手霜，喷香水，用水润湿了手指去整理刘海，刘海挡眼睛了，我把头发向上拢到头顶看看，额头太宽，于是又放下来。我回到咖啡厅，她已经平静下来，抱着双臂，扭头望向玻璃外面的大海。

终于，他走之后，童童重新穿好衣服，在书桌前坐下来，开始加班。她欠领导一个报表，明天要交，她看着一行行数字材料，工作了一会儿之后发现自己弄错了，还要重新来过。那把红色的小刀从远处射来，刀尖对准她的额头，正中目标，刀刃插进了凝滞的空气，微微颤抖。她觉得自己的脑袋被贯穿了，像一个被切开的红苹果。

表格里的数字好像在游动，红色、绿色、黄色，像外面大楼上的广告牌，它们跃动、交缠又分开，组合成不同的意义，而她一点也不懂，看不出其中的重要关联，看不出从满脸笑容变成一头热汗，只差几秒脱衣服的时间。

这并不是第一次，第一次在邱刚的家，她说。当时，他们开始交往不过几个小时，他们一起吃晚饭，邱刚直截了当地要童童做他的女朋友。他喜欢一边嚼东西一边说话，童童把这理解成孩子气。他鼓起双颊，眼睛亮晶晶的，像一只小狗儿似的看着她。她答应了，觉得水到渠成，跟从前并没有两样。试试交往嘛，她想，从前她在学校里，看见一对对的情侣，心里很羡慕，也想谈一场恋爱，最终也没遇到。上班后她遇见邱刚，到底是个什么样的人呢？那时，他坐在餐桌的对面，嘴里塞满食物，将吃剩的骨头吐在碟子里，整齐地码成一座小山。他是个很讲究整洁的人，办公桌上总是干干净净，电脑桌面只保留一排图标，背景是纯粹的宝蓝色。从表面上，这个人看不出有哪些特别的喜好和兴趣，对童童却很热情。她入职的第一天，领导带着她在各个工位转了一圈，介绍给大家。等她坐下来，开始安顿自己的办公桌，打开电脑，摆上一只小猫玩偶和带盖的马克杯，邱刚用内部系统给她发消息：你一会儿要去打印东西吗？去的话跟我说一声，帮我打印几个文件。童童刚毕业，第一天上班，自然不好拒绝。她从茶水间旁边的打印机那里回来，把文件带给他，一交一接，两人多说了几句话。邱刚长相帅气，笑起来眼睛闪闪的，童童有点不好意思，躲在电脑后面，拿出化妆镜来悄悄补一遍口红。

　　相识久了，融洽的关系渐渐升温，彼此都知道，只差一层纸没有捅破。那天，她再一次答应他的晚饭邀约，临下班时，觉得有些不妥，发消息说："你先走，隔一会儿我再走，一起出去不好。"公司忌讳办公室恋情，她不想刚入职几个月就惹同事议论。

　　"你以为他们看不出来吗？"邱刚说。

"还是你先走吧。"

"那你先走，去那儿等我。我还有些事。"

童童早到了半个小时，坐在他订好的位子上。服务员来加了两次水，柠檬片沉在杯底，她要了一些冰块，自己加进水里。夏天的夕阳透过落地窗，照在她的脸上，将她的脸映成一个圆圆的金色的碗口。器具，女人总是器具，这句话是很多年后突然冒出来的，好像上千年的世间精义突然从黑暗中浮现，她拿着一根蜡烛就照亮了传统的废墟，废墟底下压着无数先人。

他来了，点了爱吃的几样菜，向童童保证他绝不会点错。吃完饭，他们手牵手去逛了一会儿商场。邱刚的喜好渐渐显露出来，他告诉她自己喜欢的运动牌子、喜欢的电子游戏、喜欢吃的东西，在商场里走一圈，他喜欢很多昂贵的东西，告诉童童自己下个月过生日。

她笑笑，明白这种撒娇似的暗示，她很懂他，却不太懂自己，这是一切遭遇的开始。童童不怎么喜欢逛商场，她家境一般，这种商场里的东西，以她的消费习惯来说，太贵了。邱刚给自己买了一件初秋穿的外套，试穿的时候问童童怎么样，她说还可以吧。

"你想不想买什么？"

童童赶紧摇头。她坐在试衣间外的坐墩上，把自己的皮包圈在怀里，等着他去把衣服换下来。从前她也陪女同学逛街，等着人家从试衣间出来，环顾自己，让童童给出意见。那时候虽然买不起，她也没觉得自己是穷的，就算穷也没什么要紧，还是学生嘛，别人身上的美，她可以欣赏。那天邱刚拎着纸袋，和她一起走出商场的旋转门，邱刚说："过生日的时候，再来买那双鞋。"说着看了她一眼。这是试探，果然，童童说，那么我送你吧。

一边说，一边模糊地感到，这像在做某种测试，就因为她答应了做他女朋友，他就要试试看，她懂不懂别人的暗示，发现她懂，不光懂，她还很识趣。下个月，她果然买了那双鞋，送给男朋友的生日礼物，不过那是后话。后话也成了往事，模糊得她快记不清了，只有那天晚上像一枚图钉，钉在记忆的版图上。

他们打车回家，童童家远一些，先到邱刚家。车停在他家楼下，邱刚要她上去坐一会儿，他说得那么自然，说他有很多影碟，他们可以看个电影。童童犹豫着，司机等得不耐烦了，回头问她到底走不走，这里不方便停车。

她经不起催促，别人一催就动摇了，于是下了车，站在楼前的暗影里，邱刚拉着她的手就往前走，她一使劲松脱了，对方转过身来，"怎么了？"

"算了，我还是回家吧。"

"车都走了。上楼吧。"

童童语塞，天是黑的，风是热的，人是她的新男友，她觉得好像被箍住了四肢，自问是不是真的喜欢邱刚，她以为是喜欢的，不然怎么会一步步走到这里。走到这里，又不肯上楼，她解释不了，只好微笑。微笑又像是一次无奈的让步。无奈？羞涩？她自己也分不清。

"来吧，看个电影。"他说，说着又来牵她的手，楼道黑洞洞的，邱刚一跺脚，灯就亮了，照亮各层住户堆放的纸箱杂物。童童就跟在他身后，他的房子不大，一室一厅，收拾得十分整洁。邱刚推荐的电影很好看，还有一套很棒的音响，轰隆隆的音乐像潮水涌向耳边。片子刚看到一半，他起身把客厅的灯关了，只剩下电器的光亮。

"既然不愿意，为什么还要上楼呢？"我问她，在甲板上，我们并排躺着晒太阳。今天阳光灿烂，像流淌的黄金，碧透的天空辽阔无边。我转过来，用手撑住头，她仰躺着，双手交叉放在胸前。

"我们去咖啡厅坐坐吧。"她说，"我从头说给你听。"

三

"你可以说不。"我指出真相，她拒绝接受，坚称他有一把刀。

"他不会真的敢用。"我说，"这种人不过是虚张声势而已。"

"你不在现场。"她反驳道，沉默了一会儿，又说："你不懂那种情形。"

邻座的运动服女孩，就是每天早上在甲板上跑步的那位，合上她的书，起身离开了。午饭时间到了，我们结伴去西餐厅吃饭，照着菜单点了很多。我和她都喜欢甜点，巧克力、奶油、草莓、樱桃……只要不谈自己的过往，她就是个很好的旅伴。她读很多书，看很多电影，无论聊什么话题，她都显得兴致勃勃、笑容满面、滔滔不绝。她喜欢的男演员跟年轻人一样。

但是我知道，轻松的话题不会持续太久，这几乎是种宿命，是我跟她结伴的原因。饭后，我陪她回到1201，她答应借给我一本书看，在房间里翻来翻去，最后没找到。

"我记得就放在这里。"她说，"肯定在这儿。"她把枕头掀起来，我假装没看见她枕头下面放的东西，一把折叠的瑞士军刀。她还要打电话问船舱的服务员，我说："算了，我有点头痛，不想看书。"

她留我在房间多坐一会儿，沏了她带来的水果茶，据说可以缓解偏头痛。天气预报说今晚晴好，我打定主意要晚睡，坐在阳台上看星星，每天晚上，我都是这样打发时间。在城市里总也看不到星星。

他关了灯，窗帘并没拉上，夜光照进来，室内的一切依稀可辨。"他不是一开始就拿出刀的。"童童说。一开始他只是站在沙发前面，电视机、游戏机、功放机，通着电，红的、蓝的、绿的，电源的微光点缀一片昏暗。

他让童童脱掉上衣，她抱着双臂，说不想脱，不想这样，太快了，太早了，她还没做好准备。邱刚凑过来，眼中满是笑意，说："你要准备什么呀？"

"心理准备。"

"我问你，"他的牛仔裤纽扣敞开，拉链拉下半截，皮带抽出来扔在地上，"你是不是我女朋友？"

没错，他们刚刚在晚饭桌上确立了这种关系，然后一同乘车来到他家。童童觉得困惑，自己究竟答应了什么？

他又问了一遍，"你是不是我女朋友？"

她只好点点头。"但是我不想，今天不想。"她又补充一句，"我想回家。"

"我这里不算你家吗？"他仍是笑着，"你是我女朋友啊。"

她被"女朋友"这三个字按住了。关于恋爱，她一切的知识来自童话和偶像剧，她努力地想寻找论据，想为自己的意愿找到合理的解释，他已经把裤子褪到脚底，依旧笑着，努力制造一种轻松的气氛，让童童觉得自己是在小题大做。

"我不想。"她重复地说，"你让我回家吧。"

"那你明天来吗?"他光着身子问,整个人像一个浮在黑暗中的白色影子。

"明天?"她觉得自己的头脑像这间屋子一样光线混沌,"明天的事,明天再说吧。"

他又笑了。"今天、明天、后天,有区别吗?早晚你是我的。"他说,"有必要浪费时间吗?"

"男女朋友就应该上床。"他继续说,"明天可以去问问你的朋友。我不相信你这么大了,还是处女。"

"再过一段时间吧。我没准备好。"她本来想说,我是处女,不知怎么一种羞耻感升上来,让她说不出这句话。

"过多久,还是一样的结果。"他说,"我们何必纠结这些没用的。"

"不行!"童童坚决起来,她坐在沙发的一头,邱刚在她身边,一丝不挂,她想站起来开灯,起身的动作被他视作反抗,他把她按住了,半真半假地说:"你脱不脱?"

我等着那把刀出场,已经等了很久了,午后的阳光透过阳台的玻璃门照进来,腿上被晒得暖烘烘的,好像趴着一只又肥又软的猫咪。我喝着热茶,头痛并没有缓解的迹象,也没加重,细微而持续,耳边似有蜂群的嗡嗡声。我耐心地听她讲,越接近关键的时刻,她越沉迷于各种细节,好像那个时刻被无限地放慢了、拉长了,无论怎样追赶,语言总是比真相更慢一步、更模糊一分。所有叙述都追不上现实，最后总是扑了个空。

"我不想脱。"她终于说道，"然后，他就拿出那把刀。"

"那是强奸。"我说，直白地指出真相。

"衣服是我自己脱的。"

"没有区别。"

"他是我男朋友。"

"他是一个男人。"我说，"一个男人胁迫一个女人脱衣服，就是这回事。"

她坐在床沿，背微微地弓起来。认识她这么多天，我第一次见她露出老态，好像热烈的阳光把她烤干了，整个人萎缩起来，烫成微卷的头发中隐约夹杂着银白。我后悔了，不该打断她的告白，就让她继续绕圈子，像不停盘旋的鸟，累极了，自然就会落地。可是我等不及了，把它一枪击落，不加掩饰的语言就是子弹。

夜晚，我独自坐在舱房的阳台上，看见几颗稀疏的星星。夜空中飘浮着灰色棉絮般的乌云，缓慢地移动着，这些天大海风平浪静，闭上眼仿佛能感受到地球的转动。浑圆的月亮露出来了，光彩明净，毫无瑕疵。这不对劲，我想，真的月亮上怎会没有阴影，倒像一只光洁的瓷盘子。有人把它举起来，朝童童脸上扔过来，继而落地，砸得粉碎。她说，频繁的暴力开始了。那枚月亮是假的。

一切都源自那把刀，我想，她应该反抗的。她的拖鞋踩在陶瓷的碎碴上，心里一片茫然。我问她，为什么不分手？我告诉她，如果要得救，就必须说出实情，准确无误地描述它，一句话正中靶心。

"第一次去他家的那天，他强迫我拍了一些照片，不能见人的那种。"她说，"那时候我跟他还在同一家公司上班，我怕。"

我们亲密地坐在一起，喝着清甜的水果茶，渐渐拼凑一段完整的往事，从遥远的地方开始，像一枚穿越层层时空的炸弹，最后落在这张茶几上。我认为关键在于刀和照片，有这两样，就证明她是被迫的那一方，是受害者，她应该寻求法律帮助，而不是二十年后对着一个陌生人，一边遮掩，一边倾诉。奇怪的是，我居然对她很有耐心，我想听她亲口承认这一点。

那天晚上过后，邱刚收起利刃，再度显得非常温柔，完事之后，两个人甚至一起看完了那部电影。第二天早上，他从抽屉里找出一只细长的纸盒，里面装的便是这条项链，后来他挂在脖子上的那条。我才明白过来，这条项链原来是一个时间的标记，她用来厘清自己混乱的记忆和思绪。两个晚上，两次强奸，两次他都拿出那把刀，第二次，项链在他的脖子上闪着光。

童童一动不动，邱刚已经十分放松地躺了下来，要她快点。她说："我们得分手。"声音很低，像在央求，她不想让室友听见这里在争吵。邱刚也压低了声音，好像两个人在秘密合谋着什么，他说："你快点过来！不然我就把照片打印出来！打这么大一张，贴在公司门口。"

童童觉得一阵恶心，她恶心的是自己，仿佛听见父母师长在说，你怎么做出这种事？同情、遗憾、责难、后悔，这些感受她决定一肩挑起，不让别人费心。她站在那儿一动不动，像坚定了决心，也像吓呆了。另一个卧室的房门打开了，室友踢踢踏踏地走出来，过一会儿又回房关门，轻轻地落下门锁，咔嚓一声——同时，有什么东西在童童的心里摔碎了，她觉得孤独无助。

天天一苹果，医生远离我，她想起这句话。父母给她的叮咛不多，这是重复最多的一句。她努力地回想他们还说过哪些话，关于男人、关于爱、关于眼前的情景，她应该怎么办。如果第一次就没有反抗，后面的反抗还有意义吗？

那把刀并没有碰过她的身体，却长久地插在她的心上，结痂了，锈住了，拔不下来。邱刚将双手枕在脑后，眯起眼睛，笑嘻嘻地等着她，她想到的却是夺门而逃。来不及呀，她想，要穿外套，穿鞋子，外面那么冷，他一下子就抓住我了。

有一次在床上，她忽然控制不住流眼泪，邱刚莫名其妙地停下来，问她为什么。她说不出所以然。因为你强奸了我，这个清晰的觉悟过了很久才出现。当时她还以为这就叫恋爱，就算不开心，也不能不算爱。

她以为自己在闹情绪。"会过去的。"她对自己说，邱刚是个挺好的人，只是有一点性急。性急是缺点，不能算罪过。慢慢地，她宽宥了他，也放过了自己。

"也不是没有开心的时候。"童童说，"我们俩很谈得来，对事情的看法差不多，他喜欢吃的东西，我也喜欢，他看不惯的同事，渐渐地，我也看不惯。我被他渗透了，变成他的一部分，甚至是他的另一副身体，像两条正在交配的蛇，越来越合拍，"她停了下，"越来越扭曲。"

你说，爱情应该是这样的吗？一个比我年长的女人问我，我答不出来，我只能低下头，看着茶杯里漂浮的水果干，不去看她的脸、她的眼睛、她的嘴巴、她刻上细纹的皮肤、她那种衰老而天真的神情，好像我欠她一个答案。我对她说："我困了，想回去睡觉，不要叫我吃晚饭。"

我的舱房跟她的一模一样，方向相反，所有家具都在对称的位置上。我也带了自己的茶，我喜欢这种小罐装的红茶，男朋友特意买了新的，让我带上，在这些小事上，他仔细得出人意料。

我把水壶灌满，等待水烧开。水壶滋滋作响，茶叶铺在杯底。在这几分钟里，我回想着跟童童有关的故事。她接受了求婚，然后呢，这些年她过得如何？邱刚为什么没有上这条船？他们还在一起吗？关于现状，她总是含含糊糊的，不肯说清楚，我不知道她的确切年龄、职业、家庭，有没有孩子，她只讲过往，不谈现在，激起我的好奇心，却从不正面回答我的疑问。

到底是我偶然遇见了她，还是她选中了我呢？

我把开水倒进玻璃杯，等着漂浮的茶叶慢慢沉降，叶子吸水展开，手机在响，我不想看。他要求我必须买船上的Wi-Fi套餐，几十美元一天，我嫌贵，他说我绝不能失联，让他找不到我。他又问我妈妈怎么样，让我发照片给他。我骗了他，这次旅行没有我妈妈，我喜欢他，有时候我也想一个人待着，并且不想解释太多。

我把手机扔在床上，端着茶杯走到阳台。临近傍晚，天光依旧明亮，甚至亮得像虚假的人造的电光，视野中充满了闪烁的棱角，这是偏头痛的症状之一。轮船仿佛被困在一块巨大的钻石里，空间庞大无边，又触手可及，茶叶沉在杯底。我耐心等待，等头痛渐渐加剧，这是每次发作必经的阶段。

几乎在一瞬间，天气变了。这场预报之外的风暴来得非常突然，起初只是一个模糊的黑点，从遥远的海平面上升起，没有轨迹，没有路径，上一秒还在天际，下一秒就到了船舷旁边，乌云聚集，晴朗的天空转眼暗如黑夜。

海面依旧很平静，但是舱房内响起了广播，英文、中文、日文，柔和而镇定的女声，告诉大家要待在自己的房间，不要上甲板，风暴正在来临。我把阳台上的两只椅子搬进房间，把门关好，换上一身方便活动的运动衣，以防万一。

起初，只是轻微的摇晃，像在摇篮里，海水一阵阵地低吟浅唱。我靠在床头，拿起手机，一条条翻看消息。如果不回复他，他就会持之不懈地发信息，好像要从屏幕里伸出一只手来抓住我。我告诉他，海上起风了，可能是大风暴。

"把东西收拾好。"他说。

"你想我吗？"他又说。

我不知道，此时此刻无暇去想他，但是既然说到这里，就回答："想。"恋爱有惯性，我想，恋爱使人变得糊里糊涂。当然，一切都归于爱情，解释就变得很容易了。

他紧追不舍："怎么想？"

船身猛地摇晃了一下，海面开始翻滚。人也会这样，人会在一瞬间改变脸色，扯掉整洁的外衣，露出幽暗的本相。我想起童童的故事，她会不会害怕？也许我应该去找她，两个人在一起总比一个人更有安全感。广播再度响起来，告诫大家不要离开房间，有需要可以用房间电话拨打下列号码……他还在说，说个不停："用你的哪部分想我？"

"我不知道。"我说。第一波巨浪袭来，听得见船舷上传来轰然巨响，像一声炸雷，大海只不过舔了一下舌头，我就觉得末日降临了。抓紧时间，我想，有些话再不说就没机会了。

"我们分手吧。"

那头一片寂静，我坐在摇晃的船舱里，装着茶叶的玻璃杯滑到桌子的边沿，眼看就要掉下去。当他开始说话，大浪开始频繁地袭来，天更低，云更黑了。我爬到床上，钻进被子，再度陷进他的语言陷阱，"为什么？为什么你说话总是不过脑子？"

他不肯相信，我处在一个极其矛盾的状态中。我受够了。每次争吵，每次提到分手，他都有一套固定的模式来对付我，首先是微笑、叹息，好像听不懂我说的话，一旦明白过来，他就会再三确认：真的吗？你真是这么想的？

我不讨厌他，就像童童也不讨厌邱刚，她被无奈和恐惧压倒了。在她的故事里，我没有发现任何新鲜东西，全是旧的，一模一样的场景和套路，一模一样的爱。爱真是一点都不稀奇，有时候，维持爱的甚至不是亲密，是牢固的黏合。我差点以为我命该如此，不得不继续爱他。

风暴叫醒了我，壮起了我的胆子。每当我孤身一人，就什么都不怕，心底的勇气都回来了。我告诉他，我不想要跟你在一起，你有暴力倾向，这种事有过一次就够了，你休想再碰我一寸皮肤。

"你以为你跑到船上，就能离开我了？"他说，"别任性了，我给你准备了一个大惊喜。"我隐约地猜到了他所谓的惊喜是什么。

"你绝对没办法拒绝。"

有人在敲门。

我的房间正在东歪西倒。自天花板开始，所有的直线条都扭成了弯曲的波浪。头痛加重了。偏头痛最初的感觉，就像有一把小锤子在试探地敲，然后突然开始猛击，移动的金色斑点在眼前织成一张网，一张无法逃脱的疼痛的网、捕食的网。

他依然在强调爱。门外还是有人在敲。

我下了床，努力保持着身体平衡，打开门，是1201。她走进来，身上穿着一件长及脚踝的连衣裙，她说她很害怕，那边颠簸得更厉害，两个人做伴胆子更大些。

"我刚才上了甲板。"她坐下来，说，"你猜我看见什么了？"

我的头越来越痛，不知道，也不想猜。

"那个跑步的女孩，她居然还在上面跑圈。这么大的雨，我叫她回去，她也不理我。"

"什么样的人都有。"我说，疼痛消磨着耐心，"也许她就不怕死呢。"

"没有人不怕死。"她说着，笑了起来，"你看，这些事多一个人知道，我就少一半负担。"

我来不及阻止她，告诉她我不感兴趣，不想听，她就说起来了，止不住的话语之河，好像有台古旧的打字机在我的脑袋里有规律地敲打。痛死了，我想，你能不能闭上嘴？我对你那些事毫无兴趣。

那天晚上，在餐厅里，童童接受了求婚，气氛太热烈了，环境太温馨了，男生太真诚了，简直没办法拒绝。爱情故事的种种元素是如此鲜明，只要忘记那些不快，盯住眼前。眼前灯光闪烁，戒指耀眼，男人在微笑，菜品的摆盘都很上相，周围的人在看热闹，服务生站得远远的，交头接耳议论他们。这几秒钟像过了几个世纪那么漫长，长得她都忘记了曾经有过一把刀。那把刀此刻还挂在他的钥匙串上。

她点点头，周围响起口哨和掌声，漫天的尘埃纷纷扬扬地下落，化成婚礼上抛撒的金纸和鲜花。要是反抗没有用，就从中发掘爱情的影子，她家里人都对邱刚很满意，长得不错，收入不错，家境也不错，房子是现成的，不用背房贷，光这一点，就强过不少人呢。

她自己也这么想，结婚嘛，不就是为了让家人都满意？自己满不满意，不过是个心态问题，尽力调整就可以了。那时候，她真的这么想。婚姻爱情都有个程式摆在那里，不合适，那就改变自己，改变自己最容易。她曾经努力地去理解邱刚的逻辑。

爱等于上床，他说，男女朋友早晚要上床的，为什么要装模作样地拖延？她说不上来这是对还是不对，问身边的朋友，很多人都说：对啊，现代人嘛。她不好意思再问，你们交往多久才上床的，难道要算个平均时间，看自己是不是太随便了？

那一般在哪里呢？她又问。

不是他家，就是我家，对方随便地回答。

约会，吃饭，回家，上床，一连串的动作，对于成年人来说，似乎一点都不出格。童童开始怀疑自己的观念，也许邱刚是对的，他只是做了他认为很正常的事。说到底，他们已经算是恋人嘛。

"你刚刚答应过，要做我女朋友的。"他说，一边折起刀，一边俯下身来，不知为什么，还没开始，脸上就挂满了汗珠，一双手胡乱地在身上摸索。童童觉得自己很失败，二十多岁了，又不懂爱，又不懂性，总是人家说了算。从小到大，听父母的，听老师的，听领导的，现在又要听男朋友的。脱衣服的时候，她有点明白过来，问："你拿着刀比画什么？"

"快点脱。"他依然笑着，"你要喊人来吗？二楼，一喊外面全听见了。"依然是半开玩笑的口气，好像在玩情趣游戏，后来她专门上网查过，到底什么叫情趣游戏，这能算是一个游戏吗？

那，就当是个游戏。她心一横，心想自己已经成年了，再说眼前也没有更好的选择。她想过找个借口，比如要去卫生间，卫生间就在大门旁边，或许可以找机会逃掉。她说了，邱刚回答："去卫生间可以，但是不许穿衣服。"然后就放开她。

她坐起来，翻身下床，抱着双臂走出客厅。卫生间门口有个高台阶，她差点绊了一跤，磕得小腿生疼。她直起身，重新站稳，摸到电灯开关一按，就看见自己一丝不挂地出现在洗手台上方的镜子里。

再蠢也知道羞耻，她想，关上门，上了锁，又想，就在这里待一晚上，不信他还会砸门闯进来。她环视四周，想找一条浴巾把自己裹起来，只有两条洗脸的小方块毛巾挂在毛巾架上，连身体都围不住，只好继续裸着，坐在冰冷坚硬的马桶盖上，回想自己是怎么陷进这种尴尬境地的。

这可不只是尴尬，我想，也懒得去纠正她。头痛越来越难以忽略，从起初锤子的敲打变成了榔头的猛砸，好像有人在我的头骨里面拆墙。她没注意到我的痛苦，连眼睛都不朝我看，只盯着那只茶杯，看它什么时候会从桌子上掉下去。她深深地沉浸在自己的回忆中，同时又冷静得像在讲别人的故事。

邱刚还在等着，他非常有耐心。她抱着双臂，不知道该向谁遮掩，好像面前有千万人盯着自己看，其实只有一个放洗浴用品的塑料架，上面稀稀落落地摆着几只瓶子，熟悉的牌子、正常的生活、清洁的气味、湿透的头发和滑溜的身体。完事之后邱刚要和她一起洗个澡，就在这里，热水流下来，冲过他和她的头顶，她又一次把脸埋进双手，因为恐惧和迷惑，连一滴泪都挤不出来。

我说我的头很痛，她说你必须听完。又一波疼痛袭来，我忍不住用双手按住额头，觉得要吐了，眼球跳动着，要挣脱眼眶，向外逃逸。我说我头疼死了，不想听，请你别再说了。

"那一次，我也很疼。"她说，"这不新鲜，对吧？头痛也很平常，为什么头痛就可以叫出来，我的痛就没人懂呢？"

"你不要问我，"我失去了耐性，厉声说，"你的事我怎么知道！你自己傻！"

我不再理她，自顾自爬上床躺下，被子拉到头顶。外面早已大雨倾盆，手机还在响，一条条的信息发过来，我不用看也知道他在说什么。

以我的经验，缓解偏头痛最好的办法就是睡觉。我不想再跟她聊下去，因为没有任何值得讲述的新故事，这一套可能已经重复几百上千年了，脱掉衣服，我们和祖先丝毫没有两样。

你还不如不明白，明白过来更难过，我迷迷糊糊地想。脑袋里的榔头又变成了钻头，在骨头上旋转打洞，疼痛伴随着尖厉的噪声。房间的摇晃减轻了，海上雨声如雷，她还是不走。今晚看不成星星了。

"你得让我说完，这么多年，我都没有一次能讲完。"她说，"再不说就来不及了。"

没多久，她搬进邱刚的家里，两人同居。房子重新粉刷过，家具换成新的，这房间里发生过的事情被几桶新鲜的油漆涂抹掉了。童童想，至少他是真心想过日子，并不是玩玩就算了。

有一天，吃晚饭的时候，她不经意地提起，你把那些照片删了吧，怪别扭的，邱刚不答应："那不行，万一你要离开我怎么办？你动不动就提分手。"

"我们已经同居了。"

"同居也不保险。你只要乖乖跟我在一起，我不会让照片流出去的。"

她不说话了。邱刚的语气真诚得像个舍不得让出糖果的小孩子。童童不言语，成为猎物的感觉又来了，即使那张网是柔软的，她还是觉得很不对劲。

"你很恶心。"沉默了一会儿，她突然说。

"谁恶心？"他得意扬扬起来，"我又没有裸照。"

童童捡起桌上一把汤勺朝他掷过去，他就拿起一只空盘子朝她脸上砸过来，随后掉在地上摔碎了。过后他还说，是你先动手的。一周后，童童悄悄递交了辞职信，趁着邱刚上班的白天，回到家收拾了几件衣服，打算就此消失。她忘记摘下那条项链，后来又糊里糊涂地寄给了他。

她躺在床上，他再一次俯下身，从他的眼睛里，她只看见自己惶惑的脸。两个人之间亲近得连一丝风都吹不进，而她似乎不认识他，也不懂上床这件事究竟意味着什么。

她想过报警，又假想自己对着警察，该怎么描述整件事。她怎么证明是被强迫的？身上并没反抗的伤痕，没有尖叫着求救，没有张口咬人、拳打脚踢，那么和谐平静。连室友都没办法替她做证。

只有当初那一点剧痛，以及被镜头对准的羞耻。

"他是疯的。"我告诉1201，几乎尖叫出声，"他是疯子！"

"那么我就是傻子。"她说，"这能怪得了谁？"

她长叹一声，站起身来。我依旧蒙着头，感觉她在我的棉被上轻轻拍了两下，像是安抚，又像含着歉意，我听见她轻声地说："千万不要答应他。"随后便离开了。她关上房门的那一刻，大海又摇动起来，玻璃杯终于翻倒落地，砸成碎片，而我不得不翻身下床，冲到卫生间去，开始呕吐——偏头痛的最后一个阶段，这一切终于要结束了。

四

次日清早，天空晴朗，清亮的晨光洒进舱房，我一觉醒来，神清气爽。起床先收拾了地上的玻璃碎片。这是旅行的最后一天，明天，所有人都会下船，回归日常的生活。我冲了个澡，敷上化妆水和面霜，用电卷棒仔细烫了头发，做出卷曲的发尾，然后仔细化妆，涂上砖红色的口红，穿上一条合身的无袖连衣裙，打算去 1201 找她，一起去吃早饭。

我出了房门，沿着长长的过道向前走，拐一个弯，又拐一个弯，迎面遇上服务生推着堆满白色毛巾的小车，我与他相互微笑问好，接着走进电梯，按下 12 层的按钮。电梯上行，门向两边打开，一群人正在等候，有几个人还戴着宽檐草帽，看样子是准备上甲板去晒太阳。我走出去，走向 1201。

我轻轻地敲门，耐心地等待。我想起来，应该提前打个电话，不知道她昨夜睡得好不好，我对她态度很差，应该道歉。我等了一会儿，没人应答，又敲，终于有人走来开门，不是她，但是看起来眼熟，在哪里见过？

"您找谁？"

我重新看了看门上的号牌，确定自己没弄错。"童童，"我说，"她住这个房间，我昨天才来过。"

"我一个人住，这儿没有童童。您可能搞错了。"

我忽然认出她来，原来是那个爱跑步的女孩，每天在甲板上跑圈，大雨都拦不住她。昨天在咖啡厅，她一直坐在我们旁边看书。此时她披散着长发，没有扎起马尾。

我提醒她，您应该见过我的朋友，那个中年女人，高高瘦瘦的，卷发，涂着鲜艳的口红，喜欢穿贴身的连衣裙。她表示没有印象，让我去问服务台，然后就冷淡地关上了门。

我找到服务台，要求查找乘客名单。穿米色套裙的女服务员很有耐心，帮忙确认再三。船上的三千多名乘客中，有五个名字里带"童"字的人，不巧都是男性。或许那不是她的真名字，可是1201，她去哪里了？

一夜风雨过后，童童消失了，消失在这条巨船上，也消失在她往日的生活里。我独自走上甲板，阳光灿烂，空气清新，带着一丝潮湿的凉意。人们三三两两地散步、交谈，几个小孩互相追逐打闹。

晨跑的姑娘又出现在跑道上，还是那套装束，紧身衣、发带、护膝、耳机、运动手表。我给她让路，同时想叫住她，跟她说说话，谈论我自己的事，我的男朋友、我的工作、我的生活、我到底该怎么办……找个愿意倾听的人很不容易，陌生人就更难了。或许童童根本就不是陌生人。

她每天都来跑步，一圈又一圈，不知道她在听些什么歌，心里在想什么，有些故事与她看似毫无干系，实则息息相关。我要把她拉过来——只要开始讲述，哪怕只有一个字、一句话，我一个人的痛苦就开始无限复制，直到变成全世界的重担。我找到一张空椅子，坐下来，盯着她，等着她，等她跑累了，慢下来，停下来，就想办法与她攀谈，比如，为早上的打扰道个歉，或者说："我觉得你很眼熟。"我和她都是孤身的旅客，寂寞的人都愿意听听别人的故事，坐在一起喝杯咖啡、聊聊天……到那时，童童也许会再次出现。

暴 雨 内 涝

一

　　电梯门向左右打开，走进车库，浑身骤然一凉。电梯里装着摄像头。说不定，此刻就有一个穿制服的保安，在监控室打了个盹醒来，在数十个静悄悄毫无异象的画面中，看见我扶着一个女人，像是喝醉了，头垂在我的肩膀上，我搂着她的腰，拖着她走出电梯。她的眼睛半睁半闭，脚尖划过地面。死人的身体格外沉重。她叫齐思，是我的房东。

　　在地下车库，我听见她的脚尖在地面上划出轻微而持续的声音，灰色的地面上刷着粗大的白色箭头，引着我们走向我那辆黄色轿车。黄色是另一个错误，太显眼了，让人印象深刻，我的邻居，那些规规矩矩的上班族，开着灰色、深蓝、巧克力色或者黑色的车，稳重又大方；而我的车，通体明黄，大号的轮毂，改装过的排气管，显得那么扎眼。邻居们以为我是搞艺术的，或者是广告公关一类的时髦行业，并不是，我在一家台湾人投资的食品公司上班。两个月前，我丢了这份工作。公司搞的末位淘汰制，在我

097

看来全是胡扯，要解雇就解雇，还要羞辱人，没等上司开口，在年度绩效排名公布的第二天，我就递上辞职信。

不知怎么，积蓄很快就见底了。钱流走的速度比我预料的快得多，好像水龙头坏了，怎么都关不上。其实我吃用都很简单，唯一的大宗支出是房租，还有车贷，一些消费类的贷款，无息分期，我知道这是商家为了鼓励我多花钱。表面是利好，其实是陷阱，这样的事太多了。

现在我的债务又多了一笔。不知道为什么，背上一条性命，反而觉得轻松了，仿佛生活终于触了底，另外一只悬着的靴子总算掉了下来。从我未成年的时候起，我就知道，早晚我会走上一条自毁的道路。记忆有时候还会骗人，但是直觉不会，直觉引着我滑向下坡路，几乎是命定的。我承认我没花多少心思在工作上，没有恋人，父母疏远，朋友倒是有几个，不过他们都比我忙。失业以来，我最喜欢做的事，就是躺在床上，从卧室的窗户向外张望。傍晚时候，夕阳很美，理应有华丽的诗句来配衬它，可是我一句也想不起来，甚至连一段熟悉的旋律也没有。在空荡荡的目光里，夕阳降落下去，熄灭在黑夜中，无数灯光亮起来，取代了太阳，也取代了星星，它们密集、明亮、僵硬，像一大片不会眨的眼睛，长久的凝视，无数的逼问。有时候，我会被它们惹得怒气冲冲，想推开窗子，对着夜空破口大骂，这一幕在脑海中无数次重现。我怀疑它真的发生过了。

我的车就在前面了，鲜艳刺眼的明黄色。这里不知道有多少摄像头，时刻被监视着，我没想逃，逃不掉的，不如仔细体会此刻。齐思的身体越来越僵硬，实际上尸僵并不会来得这么快，但是我感受到了，在她的体内，血液正在凝结，肌肉不再有活力，腐败从内部开始。旧生命沉寂下来，新生命开始繁殖。

她依赖着我，被我抱着，姿势显得很亲热，触觉却是冰凉。我们渐渐走近了汽车，我费力地将手伸进口袋，去摸车钥匙，没摸到，换一个口袋再摸，最后连 T 恤胸前的那只小口袋都找过了。车钥匙落在家里，我想起来了，就在玄关的鞋柜上，出门时我满心想着怎么才能躲过监控，现在好了，还得回去拿钥匙。

一瞬间我就做出决定，就把她留在这里——不能再冒一次路上被人撞见的风险。

我把她拖到后备厢与墙面之间的那一道空隙里，让她靠在墙上。身体还没有完全僵硬，她坐下来，眼睛半睁半闭，像个坏掉的大布娃娃。我克制住自己，不要狂奔，不要狂奔。即便在深夜，车库里没人出入，也说不准我上楼去拿钥匙的这一会儿工夫就有人发现了她。那么故事就结束了，在这里结束，在那里开始。我对未来早有了心理准备。早在今天之前，很久以前，我就知道，我会把眼前的一切全毁掉。

六个月过去了，我还没找到新工作。

人不得不工作，才能获得食物和住处，简直连草原上的狮子都不如。我绝没有看不起狮子的意思，相反，我认为野生动物更有生命的尊严，它们觅食、喝水、睡觉、交配，一切以实际的需要为准。它们不浪费食物，不虚耗体力，也不制造除了排泄物之外任何多余的东西，让世界充满光鲜亮丽的无用之物。它们的空闲是真正的空闲，徘徊在饥饱之间，它们不知道什么叫作无聊——或许对动物们来说，无聊正是至高的享受呢。

度过了六个月的失业生活之后，一些变化缓慢地发生了。我开始混淆白天和黑夜，深夜无比清醒，傍晚却困得不行。睡眠混乱，三餐不定，感觉不到饥饿，也感觉不到饱足，我可以一整天不吃饭，然后大吃大喝，像只骆驼似的储存能量，区别在于骆驼能穿越宽阔的沙漠，而我走过最长的路不过是从床上到马桶。被褥、枕头、电脑和手机等等构成了我的生活堡垒。我租来的这套一室一厅，床的面积占到卧室的一大半，我几乎把所有的时间都花在床上，床上混乱、拥挤、温暖，又含着某种拒绝和否定的意味。我知道，日上三竿还不起床，这是罪恶，是不应该的，我才二十九岁，我的生活还有无限可能，不应该躺在床上发呆。我试图理智地看待眼前的境况，却意识到在千百种无限的可能中，终究人只有一条路可以走完，而一旦选定，其余的可能性也就随着时间，陆陆续续地消失了。

　　简历每天都发，面试的机会却很少。有那么几次，我走出利刃般指向天空的写字楼，在满天满地的灰霾中长出一口气，记不得自己刚才说了什么。那些交谈飘荡在空中，是皮影戏里的人物在讲话，我一遍遍地用华丽夸张的语言涂饰自己，好像往蛋糕坯子上抹奶油，抹得又厚又平，再挤出一朵朵浪花，点上几粒樱桃和碎巧克力。所有人都在努力地装饰属于自己的那块蛋糕，让它越来越复杂而完满，而我的却日益剥落、陈旧、斑驳，像一堵废弃无用的墙。他们总对我说，有消息会通知你。一直都没消息。我说不清楚，但是一定有哪个地方出了问题，有什么东西坏掉了。

　　即便如此，我依然期待明天，看看明天会不会更失望、更糟糕，像无尽的向下盘旋的楼梯又下了一格，钟又慢了一秒。我知道这种生活必须得有个了结，明天、后天，我将有个新工作，就像落水者抓住一只船桨。我打定主意，不再挑挑拣拣，哪怕是条破船，也要先爬上去再说。

　　我耐心地等待，不承认自己正在变得越来越焦躁，就像洪水缓慢地上涨，等着舔到一个最普通的蚁穴。今天中午，我已经因为外卖小哥送餐迟到而发了一顿脾气，对方很理性地表示，不满意可以投诉，不要对他大喊大叫，他还有别的订单急着要送，还主动把投诉电话告诉我。他用力关上了我的房门，那扇门像一个巴掌朝我的脸上甩过来。那一刻，我觉得自己被整个文明社会抛弃了。投诉电话过了很久才打通，接线员的语气是千篇一律的甜美，而我的怒火熊熊燃烧，把理智都烧成了焦炭。我向她大喊大叫，失业几个月，存款越来越少，眼看就要付不起房租，不能告诉家里，一个字也不能说，我是父母的骄傲，却是我自己的耻辱。她说我不可理喻，凭什么拿别人撒气，我又不欠你的！说着说着我们就争吵起来，直到电话被对方挂断，另一个同样甜美的机械女声告诉我通话已经结束，祝我生活愉快。

傍晚，齐思来找我，我有一个多月没见过她了。当时，我正准备泡一盒方便面，我问她要不要一起吃。这套房子在她父母名下，由她来收租。我从来都按时交房租，这次已经拖了一个月，眼下还支付得起，但是付完房租，我就一毛不剩了。她问我什么时候交房租。

"你一向很有信用嘛。"

"下周。"

"你上周也是这么说的，"她拿出手机，翻出微信对话的截图，"还有上上周，你打算拖到什么时候？"

她用一种公事公办的语气对我讲话，好像我是个从未谋面的陌生人。实际上我们是很熟的朋友。她住在这个小区的另一套房子里，我帮她换过灯泡、修过门把手，她给我切过水果、沏过茶。

"你怎么还不上班？"她说，眼睛朝周围转了一圈。

"新工作还没着落。最近真烦透了，周末你有空吗？"

"那你什么时候能把房租给我？"

"下周。"

"周几？"

"你说周几？"

"下周一。别再拖了。周末我没空。"

今天就是下周一。她来了，她死了。眼下我得快去快回，拿到我的车钥匙，然后再次下楼，把她搬上车。我尽量不去看那双眼睛，可是她半睁的眼睛一直在盯着我，追着我似的。

掀开的后备厢盖再次合上。在整个过程中，我没有撞见任何人。昨天预报今夜有大暴雨，黄色预警，上班的人都早早回家，吃着晚饭，看着电视，说着笑话或者吵着嘴，一边等待大雨来临。

还有我。我孤独地坐在驾驶座上，慢慢踩下油门，感受到一种异样的沉重，计算着从地库到家门口有多少摄像头，从哪些角度拍到了我和她。这事瞒不了多久，从她断气的那一刻开始，每一秒钟、每一步路都在通往牢狱，奇怪的是我并没有太多感触，仿佛早料到这样的结尾。不能创造，那便毁灭，我知道人一定得做点什么，建立或者推翻，我受够了无所事事。此刻虽然恐怖，却不无聊。无聊才是最可怕的敌人，掩盖一切幸福，湮没一切拥有，磨平所有的故事和遭遇，它把我变成了所有人，又把所有人归结成一个我。当我看向后视镜的时候，看见一个罪犯的上半张脸。就这还不足以让我回到现实。

黄色轿车缓缓地驶出车库，驶进泼天的大雨之中。

二

本来，一切都好好的。我按月领工资，按时交房租，每个月存固定的一小笔钱，很小的一笔，挣钱难，攒钱更难，但我坚持下来了。银行账户上的数字每个月上涨一点点，像一株小苗在慢慢长高。平时我吃得不坏，自己做饭，荤素搭配合理；住得也不错，一室一厅的房子，我一个人住，不用跟人合租；没有女朋友，没有任何麻烦事。

存钱是生活中最直接的目标，也是唯一的变化。当失业把这件事打断的时候，我束手无策。起初，我还尽力维持着原来的生活方式，早上有面包、鸡蛋和热牛奶，没事就自己做饭，我懂得很多适合一个人的快手菜，吃完饭把厨房收拾干净，顺手给窗台上两盆茂盛的绿萝浇水。

自从工作以来，我练成一手好厨艺。虽然我们公司经营的净是一些垃圾食品，我用我自己的健康饭菜来对抗这些作恶的食品企业。它们诱惑小孩子吃糖和膨化食品，鼓励成年人买掺着植脂末的奶茶粉和麦芽糊精做的代餐，可是我必须好好吃饭。每次我妈妈给我打电话，都要强调这一点。

好好吃饭，这是我妈的信仰之一。也许是我把她的教诲看得太重要了，从小到大，我被她潜移默化地灌输了许多观念，等我意识到她的思想开始在我身上复制时，已经来不及摆脱了。我想，我走到这个境地，一定是家庭教育出了问题，导致我最后变成一个冲动的杀人犯。是她教我，别人打你、骂你、伤害你，你一定要双倍地还回去。她对我的一切教育都围绕着如何战胜别人、保卫自己。"你性格太软弱了。"她叹着气说，"将来一定会受人欺负。"

为了忘掉后备厢里的死人，我集中精力去回忆父母，他们的严肃面孔，他们热切的期望，他们的笑容与哭泣，隔着风挡玻璃，他们直直地望着我，好像这辆汽车是一栋监牢。我打开雨刮器，冲散了眼前的这些幻象，从暴雨中劈出一条道路来。

相识之初，齐思很喜欢我，夸我是一位"模范房客"。那天，我去她家帮她修理门把手，因为看见她发朋友圈抱怨，说卫生间的门把手坏了，物业怎么还不派人来，我就告诉她我会修。

她穿着睡裙打开房门，刚洗过的头发湿着披在肩头，弯曲的波浪都消失了，戴着一副眼镜。她让我不用换鞋，她家里没有富余的拖鞋，由此我判断她也是单身。我帮她修好了门把手，她给我倒了杯水表示谢意，又夸我说："你真是我遇到过最好的房客，绝对是模范。"那时候我从来不拖欠房租，自此之后，她对我的称呼就变成了开玩笑似的"模范房客"。

"模范房客"帮她拿过快递、擦过玻璃，还通过马桶。她对我态度也不错，总是笑意盈盈，说像我这样的房客最省心，希望我永远不要搬走。我告诉她："除非发财买了房子，我就一直住在这儿。"心里甚至有模模糊糊的幻想，说不定她会发现我还有别的优点。我希望能把我的所有优点，像摆好的一道菜那样呈给她，鸡肉、芦笋、小番茄、去皮的橙子切成小块，颜色斑斓的杂米饭上面撒了芝麻和海苔。都在这里了，我在心里轻声地对她说，这些色彩斑斓、搭配合宜、味道平淡而鲜美，都是我，是我拥有的生活的切片，代表着我能够送给你的一切。

大雨如注，街上所有的光明都是模糊的。那些小方格形状的窗户，灯光的边缘融合在一起，像无数个朦胧的泪眼。风挡玻璃上流下瀑布似的雨水，又被振奋的雨刮器一把抹去了。到现在，一切表白都太晚了。

今天下午，门铃响起来的时候，我还没起床，实际上起不起床也没有多大差别，反正起了床也无处可去。我忘记了房租的事情，她特意来提醒我，问我为什么不回微信。

我告诉她下周会交，一定会。

她冷不丁地说："我要结婚了。这房子不租了，收回来自己住。"

我一时没反应过来。她又说："你下周把房租交齐，就准备搬家吧。"

"你要结婚了？"我重复了一遍，"我以为你是单身。"

"不是单身，怎么结婚？"她笑得很天真，又说："你找不到工作，还可以回你们老家嘛。"我看出来了，她想要假装什么都没发生。

我没回答。片刻的沉默，永久的告别。

随后我告诉她，房租一定会交。她说她还要看看屋子里有什么东西毁坏了没有，结婚要用这房子，如果坏了，要我照价赔偿。

她检查了厨房和卫生间，试过所有的灯，还要求我把房间打扫干净，冰箱也要清理，窗户的玻璃和吊灯的灯罩都要擦，像个布置任务的卫生委员似的。

我说："我在这里住了五年，当成自己的家一样爱护。"她点点头。女人这种动物，变心简直像失忆一样。

那一天，我帮她修好了门把手，问她晚上要不要来我家吃晚饭。她来了，穿了一件低领的连衣裙，蓬松的卷发垂在裸露的肩上。她摘掉了厚厚的近视眼镜，带了一盒草莓作为礼物。

我在厨房做饭，她就在客厅里看着那只宽大的玻璃鱼缸，鱼缸里游着一条草鱼，一条普普通通的、应该洗干净下锅的草鱼。旁边的地板上放着我的哑铃。

"你喜欢健身？"她一边吃着洗好的草莓，一边走到厨房来看我做饭。

"就随便玩玩。"我把码好的鸡胸肉放进定了时的烤箱，她的烤箱。

"这个烤箱的发热管好像坏掉了。"她接过我递过去的一瓶冰可乐，自己从橱柜上面拿出一只玻璃杯。

"我修好了。"我说，模范房客的得意感又来了，"我在网上买到了配件，只要两边固定一下就好。"

"真厉害。"她赞叹道。

吃饭之前，她拿出手机对着餐桌拍照，一边说，"你每天去健身，做健康餐，摆盘这么好看，居然都没有女朋友。你不会是 gay 吧？是不是啊？"

"不是。"

她觉得自己讲了一个很有趣的笑话，大笑起来："这是夸你长得帅嘛。"我跟着她一起笑。

餐桌上摆着一瓶白葡萄酒，我们都喝了一些，绝对没到醉得失去控制的程度。

"你以前住这个房子？"

"跟我男朋友。"她说，"后来分了。不想再住，就租出去。"

"所以，到这儿很有怀旧感。"

"完全没有。你把这儿收拾得跟从前一点都不一样。"停了一下，又说："我觉得你布置得还挺有品位的，这点也像gay。我可以有个 gay 蜜吗？像电视剧里的女主角一样。"

"恐怕不行吧。"我说。同一个笑话讲第二次，就被稀释得一点也不好笑了，可她再一次开心地笑起来。

我想起了卧室里那张柔软的大床。她曾经和一个男人睡在上面，史前的故事情景。

"你在这个小区有两套房子？真好。"

"都是我父母的。他们常年住在山东，在海边买了度假屋，很少回来。退休了过得很潇洒呢。"

那就方便了，我想。我的意思是，一个人生活方便，不受父母的约束，像我一样。她告诉我这个烤鸡肉太好吃了，一连说了三次。我和她的谈话就像淡季的河床，这里一坑，那里一滩，连缀不起来，等一上床两个人就顺溜了，像两块失落已久的拼图，拼在床上，拼成一幅凹凸的暗淡的画。

那天，先动手脱衣服的是她，脱的是我的围裙。吃完饭洗碗的时候，我才发现做饭的围裙一直忘了摘。背后打的结轻轻一拉就开。我对她说："先不要摘，我还要洗碗呢。"

"别洗了。"她轻声说。出于礼貌我也不得不转身面对她，吻她，这件事其实不需要太多勇气、情感、气氛、环境，坦白讲她的性吸引力也就是一般般。我手上沾着的洗洁精泡沫还没来得及洗掉，我们就相互拉扯着进了一室一厅的卧室。现在她用冷淡的语气说，你快点交房租，不然就赶紧走，好像那一晚只是我的幻觉。

今天她来了，我决定问个清楚。她先是一口否认，认为我小题大做，"我们之间根本没什么大不了的，你不会以为睡过一次，我就得嫁给你吧？"

"你明明是喜欢我的，"我说，"而且你很主动。不然你那天晚上为什么打扮得那么，那么暴露？"我用手在胸前比画着。

她像看一只流浪狗似的看着我。

"那你把我当成替代品，是吧？他甩了你。"愤怒中，我越说越快，"你睹物思人，很痛苦，就把房子租出去了，可是你又忘不掉他，你们女人就是这么黏黏糊糊、拖泥带水。后来你遇上我了，有事没事就来勾搭我，让我给你修这修那，没话找话，然后又说我胡思乱想？"窗外雷声轰隆，闷了一天，预报中的暴雨终于要来了。

"你应该出去走走。"齐思说，"别老是一个人闷在家里。"

"我很快就能找到工作。人不会永远失业的。"

"跟这个一点关系都没有。我直说吧。还是他，他回来找我，我们打算偷偷结婚，趁着我父母不在北京。"停顿了一下，她又说："做人要实际一些，非要让我把话说得那么明白吗？我不喜欢你。"

以前锻炼用的哑铃就放在地板上。

暴雨像瀑布一样落下，笼罩着一切，好像时间和城市也没有尽头似的。眼下，她躺在后备厢里，还有血的问题，现在所有商店都关门了，没处去买清理工具。现在，我把重要的事情和一些无关紧要的细节混在一起，像一锅炒菜，食材切得形状大小不一，下锅之后，熟不到一起去。事情用一句话就能表达：杀人犯去郊外抛尸，细节就多得难以尽述。

首先，我得擦掉地板上的血。听说现在的技术可以检测出血液反应，表面上再干净也没有用，我在电影里看过类似的情节。电影情节总是表现得很粗疏，操作起来真难，血那么多，地方又太小，况且我觉得她还没有断气，心脏仍然在微弱搏动，泵出鲜血。

她的嘴翕动着，冒出细小的泡沫，像出了水的呼吸困难的鱼。眼球在眼眶里飞速地运动，此刻她一定觉得天旋地转。分分秒秒过去，她变得越来越苍白，眼球的转动减缓了，渐渐定焦于一个固定的点。

我弯下腰，飞速地在她的唇上吻了一下，这一秒还是潮湿冰凉，下一秒就干燥起来，本来丰润的嘴唇变得凹凸不平，但是她还没断气。当我把血迹都擦抹干净，她还有呼吸，还想说话，声音也是失了水的干涩："水。"

所以，她最后是被渴死的。我一遍遍地清理，直到地板变得光洁无比，照见一个孤零零的人影。我把她扶起来，抱在怀里，经过玄关时拿了门钥匙，忘记了车钥匙。门前放着一袋垃圾，散发出油腻的味道，中午的外卖盒还没丢掉。鞋柜旁边立着一面窄小的穿衣镜，盛不下两个人。我只看见自己的脸，下巴的胡茬又长出来了。

三

打开手机导航，找到我们一起去过的那个风景区，那儿有山有水，有小鱼小虾可以捞着玩，连这些回忆她也想否认，太可恨了，我想，可笑又可恨。那次，我们一起去爬山，花了大半天走到山顶，浑身冒汗，她把遮阳帽摘下来当成扇子扇着。从山顶向远处张望，望得见一片高低不等的灰蒙蒙的楼房，其实并没有多么远离尘嚣，她就感慨起来："能住在山里就好了。不用上班，多好。"

她是一名交通警察，算公务员。

下山的时候，经过一个山溪积成的小湖边，湖水清澈见底，寸长的小鱼成群游动。齐思说："这就是上次捞到大头的地方。"

对了，大头是她养的一条鱼，我忘了交代。记住它，它很重要，没有它，我和她就只能是普通房客与房东的关系。大头是一条草鱼，那种最普通的当作食材的草鱼。在她眼里，大头是世界上最可爱的宝贝。

它住在我家客厅角落里一只豪华的宠物鱼缸里，孤零零的一条鱼，心满意足地游来游去，也可能是焦躁不安——鱼的表情，谁看得出来？

有时候，它长时间地一动不动，悬浮在虚空中，鳞片泛着幽暗的灰色，时而微光闪烁，时而晦暗不明。有时候，它跟周围的水体混成一色，我经常忘记给它换水。当然，她过来吃晚饭的那天，我提前清理了水箱。

"太感谢了。"她说。签租房合同的那天，她就对我说过，只要把大头养好，房租什么的都好说。

这条鱼是她上一段恋情的遗物。她和她男朋友一起在溪水里捞到的小鱼，带回家养到这么大。分手之后，他把鱼留给她了。我想，齐思一定是被分手而且恋恋不舍的那一方，因为她极其珍爱这条鱼。

"像个隐士。"水箱的玻璃上映出她的脸，"你看它多有气质。"她对着那张丑脸说，"我们俩把大头当成孩子养。"

"这个鱼缸对它太小了。"我说，"你看它转身都很吃力。"从头到尾，它几乎跟玻璃水箱一样长，"就像一个成年人整天生活在浴缸里。"

"等我有钱了，就给它买一个更大的鱼缸。"她说，"我不敢把它带回家，我妈一定拿它做成红烧鱼。"齐思的妈妈不喜欢她的男朋友，嫌弃对方是外地人，小公司的工作不稳定，说不定哪天就会失业，而她女儿是有公职的，正式在编的交通警察，两个人不般配。

"你把大头照顾得这么好，能一直住下去就好了。房客换来换去的很麻烦。"水箱非常透亮，几个小时之前刚刚清理过。装饰的石头和水草是我昨天才去买的——要我说，这种鱼就该拾掇干净下锅。

"只要你别赶我走。"

"怎么可能？"她笑着说，"我永远也不会赶你走的，模范房客。"

当然，我一直按时交房租，从不拖欠。这次实在是无可奈何，她的耐心也到了头，"要不你马上交房租，要不就搬家。"她转过身，看着玻璃缸里的大头，扭动身体，转弯，掉头向着另一边游动。在它的一生中，这样的运动重复了几十万次。

她把大头托付给每一任房客，"千万别吃了它"。作为补偿，房租收得比市场价低一些，我是冲着这一点才来的。现在，连这点房租也快要付不起了。雨刮器飞快地划动，依然来不及廓清视野。大雨无边，像一间巨大的怎么也走不到门口的卧室，帘幕重重之间，齐思的脸在黑暗中闪烁。我鼻子发酸，差点哭出声来。

绵延的大雨丝毫没有减弱的姿势，雨声吞没一切，时间尽头大概就是如此。我打开车里的广播，两个主持人正在说着这场大雨，什么地方积水，什么地方绕行，什么地方已经有车陷进去了，正在组织抽水车排水……我听到熟悉的地名，就在我走的这条路前方，前面的高速入口附近，有严重的积水。因为这场雨，出城的高速公路也封闭了。

整座城市浸泡在雨里。积水缓慢地上涨，持续的雨声衬托出周围的宁静，好像一个平常聒噪的人忽然闭紧了嘴巴、屏住了呼吸。不到此时，就不知道平常的生活有多吵闹。车轮溅起的不再是水花，而是一道道沉重的波浪，撞开水面，我的车还在继续向前——抛尸这种事，特别符合当代的效率观念，片刻也耽误不得。

其实我并不孤独。前后都有车，尽管从今天早上就开始天气预警，依然有人像我一样赶着出门或者回家。一开始我跟住一辆车，后来它不见了，然后又跟住一辆，不知道有没有别的车把我当成前导。我们小心翼翼地行驶，渐渐地我对那个车牌上的数字产生了感情，蓝底白字，在雨水的冲刷之下显得色调温雅，它要去哪里呢？这大雨天出门的人，都有不得不去做的事情。我暗暗猜想这辆车里面坐着什么人，干什么工作、家住哪里、收入几何，用这些没有来头的杂想驱散了、稀释了心底的阴影。她固结在后备厢里，眼睛半睁半闭，身体越来越僵硬，我尽量不去想象那个情景，尽管接连不断的幻想依然像驱不走的蚊虫一样嗡嗡着再来。

积水越来越深，车轮带起的浪花也越来越小。新闻里说，内涝是许多大城市的难题，百年不遇，千年不遇，万年也不遇，不受节制的修辞，把灾难变成奇遇，痼疾也显得壮观。我关掉广播，重归寂静，刚刚经过从前的公司，写字楼里还亮着灯。

前面有一座立交桥，桥洞下面翻着黑色的细浪。前面的车在减速，似乎在犹豫着，看能不能走，不管它了，我必须得走。我超过它，车窗里黑黢黢的，看不清司机的侧脸。路面的积水承受着雨点的袭击，不停地碎裂又愈合。我意识到，经过这场大雨，我永远也不会完好如初了。

我踩下油门，忽略了可能的危险，同时听见已经被我落在后面的那辆车按起喇叭，尖锐、持续，意思是警告和劝阻，叫我不要再继续向前。然而到那一刻就已经晚了，车轮忽然落不到实处，驾驶座向下一沉，继而上下浮动，漆黑的水面漫到风挡玻璃的下沿。

车子向左倾侧，因为我坐在左边。发动机熄火，我没空去想修理要花多少钱，反正多少钱也一样是花不起。积水开始寻找缝隙，过不了多久，它吞没这辆车就像浸透一块海绵一样轻而易举。我用尽力气想推开车门，没用，纹丝不动，电动车窗也不听使唤，同时，门缝处开始变得湿润，渐渐析出一些深色的水渍。

雨刮还在划动，我依稀看见前车的车顶，静静地浮在水面上，车里的人不知道死活。第二天看新闻，才知道那个人果然淹死在车里。我开始在车里摸索锤子。这也是交通广播里面的专家教的，在车里放一把小铁锤，遇到险情，用锤子敲玻璃的四角，那是最脆弱的地方，不要朝中间砸，那是白费力气。我什么都知道，在脑子里成功演习了几十遍，锤子还是找不着。同时，后备厢里传来一阵轻微的响动。

早知如此，不要急着出城就好了，我想。脚底已经湿了一片，很快车里就会灌满水。抽水车还没到位。雨刮停了下来，电路也出问题了，我猜，汽车的各种功能逐一消失，直至变成一口死寂的漂浮的棺材……我被这个想法吓了一跳。后面有东西在动。

死后的一切都没有名字，只能叫作"东西"。从车门的缝隙钻进来的雨水淌过脚面，渐渐渗进鞋子。起初还觉得难受，湿透之后，就完全不在乎了。

那东西还在动，从轻轻的摩擦变成砰砰的敲击、撞击，和我一样，也想要逃出去。它的世界比我的更平静、更黑暗，水越来越深，它的挣扎也越来越猛烈，从后面传来似有若无的腥味，很熟悉，闻起来像生满绿藻的池塘，或者很久没清理过的脏鱼缸。我还在到处摸锤子，然后想到，因为太久没用过，那把锤子可能被扔进了后备厢。我只能爬过去，放倒后排座椅的靠背，伸出一只手，伸得再长一些，摸到那个小巧的铁锤，砸开玻璃逃命。

她在挣扎，而我还没想好怎么面对她，如何向她解释眼下的境况。我解开安全带，爬到后座上，听见越来越沉重的撞击声——她喊不出声音，只能用这种方式来呼救。

积水不知深浅，汽车缓慢而持续地下沉。前面那辆车的车顶已经看不见了，只剩下天线还露在水面上。水漫过座椅，轻柔地舔舐大腿，吸满水的牛仔裤化成一层沉甸甸的皮肤。呼吸困难的时候还没到，我已经忍不住地开始气喘。

放倒座椅又花了几分钟，泡在水里，一切日常的动作都变得吃力。推到一半，又卡住了，我奋力向下压椅背，猛地落下去，我也跟着扎进水里，口鼻一沾水，骤然恐慌起来。其实水很凉爽，甚至是舒服的，水的暴力和危险隐藏在温柔的质感中。

我向前探身，后备厢里一片漆黑，刚才的动静消失了，仿佛不过是幻觉。穿过那些堆得乱七八糟的杂物、几瓶东倒西歪的矿泉水、一只捞鱼专用的小网兜、一个装鱼的折叠水桶、一只双肩包和一双旧的涉水运动鞋。去年秋天，我曾经和她一起到北边的山里，溯溪而上，一直到达悬挂着雪白瀑布的山顶……她竟然说从没喜欢过我。

摸不到锤子，也摸不到她。在黑暗中，我的手接触到的每样物品都能勾起一段回忆，像电火花似的一闪，短暂地照亮一段画面，是已经消逝的过往的碎片，我们去爬山、我们在水边捞鱼、我们小心地捧着水桶……我的手拨来拨去，最后触碰到那块肉体。

它冰冷、坚硬，此刻又一动不动。再出不去的话，很快我就跟它一样了。我把手插到它的身体下面，终于触到一个坚硬的物体，是那把锤子。这时，它再次挣扎起来。汽车再次突然下沉，水漫过来，像一只冰冷的手蒙住双眼，我甚至来不及深吸一口气，就完全沉入水中。

游起来了。我以为已经死透了的大头，再次摆动强壮的尾鳍。自从齐思拒绝了我，我就开始怠慢它，不再换水喂食，为了省电，加氧的机器也关掉了。日复一日，玻璃缸里的水从清透变得昏暗，直到玻璃壁染上深绿的颜色，散发出死水池塘的腐败味道，大头的身影几乎看不见了。而她居然没发现，来我家催完房租就走了，一眼也没有看它。可它依然活着，这条鱼的生命力顽强得令人厌倦。

大雨闷了整整两天，低气压徘徊不去。我想节省电费，在家只开着一扇窗，没开空调，汗出了一层又一层，心浮气躁之下，对迟到的快递小哥发了脾气。投诉没有结果，商家拒绝退款，并且打电话过来指责我。大家都有烦恼，我知道，敏感地发觉电话那头的客服是个可以发泄的对象。我与那个女孩一拍即合，默契地吵了起来，彼此都觉得痛快，嘴上还在互相诅咒，心底却亲热地握手，认出彼此是同类。"都是生活的倒霉蛋，"挂掉电话的时候，我想，"这下好多了。"好像闷了很久的雨终于下起来，凉爽、舒坦、快活。天色暗下来，雷声乍起，几分钟之后，密集的雨点斜着飞落。我关上窗户，玻璃上的雨水汇集成眼泪似的小溪，曲折地流淌下来。

客厅里传来东西落地的声音。我一眼就看见地板上的那一道灰影，是大头，它看上去比在水里小一些，大概是因为缺氧，它从浑浊的水里挣扎着跳了出来，在地板上翻腾不止。我看了一会儿，在客厅的角落里找到那只落满灰尘的哑铃，提在手中，对着它的头猛砸下去，然后把它装进一只塑料袋，穿鞋下楼，塞进后备厢，发动了汽车。我知道她在哪里值勤。事已至此，无可挽回，我把大头还给你。红烧还是清蒸，随你。

此刻，大头在灌满水的塑料袋里面挣扎，越来越活跃，而我肺泡里的氧气正在急速消耗，眼前一片模糊。忽然间，玻璃碎开，有亮光照进来，随后是杂乱的几条胳膊，把我拖出水面。手里还捏着那个装鱼的塑料袋。

我爬上一条救援用的橡皮船，救我的是两个穿着黄色雨披的警察，一男一女，男的手里拿着对讲机，正说着什么。

我眼睛生痛，耳朵也嗡嗡的，只有手指不肯松劲。雨中的女交警面容模糊，她一开口，我就听出齐思的声音："这人我认识，是我家的房客。你这袋子里装的什么？死都不松手？"

"大头。"我简短地说，一边努力恢复平稳的呼吸，"咱们俩的大头。"袋子里又挣动起来，力道忽大忽小。我把塑料袋扔进水里，大头从松开的袋口游了出来，脑袋一侧血肉模糊，头骨塌陷。它尾巴灵巧地一摆，仿若幽灵，转眼消失在立交桥下深不见底的积水里。不到明天，这些积水就会被排得一干二净。

球

雪

一

　　我用 X 公司来指代一家有名的大公司，大家能理解吧？谁也不想惹麻烦。大家都知道他们喜欢打官司，而且总能赢。我要爆料 X 公司的一个大秘密，所以这个帖子很快就会消失。阅读之前最好先保存一下，复制粘贴、保存网页、拍照截图，随便你们。关掉就可能再也打不开了。

　　一句话，他们养的那只猫，雪球，大家都认识的，一身白色长毛的狮子猫早就死了。我知道这个谣言传了很久，他们辟谣也辟过好几次，还发过律师函警告。越是这样，谣言传得越广、越隐秘，因此就越像个谣言。这几年我悟出一个道理，隐藏真相最好的办法，并不是将它瞒得滴水不漏，而是放出一点口风，然后把它打成一个真假莫辨的谣言，传谣、辟谣，这只猫的生死存亡变成一场愤怒的争吵，它本身反而不重要了。

　　随着这些乱七八糟的小道消息，雪球越来越有名了，有人没看过它的直播吗？有多少人把它每天的直播录下来，一帧帧地分析，说它去年和前年的眼球颜色有些微不同，肯定是有替身？替身到底有几只？从哪天的直播开始，雪球就不再是最初的那只雪球了？这些疑问，每个月、每天、每个小时都有。有的人相信，有的人不信，有的人视而不见，有的人跑去举报了，但是谁也没拿它的命当回事，谁在乎一只猫是生是死？大家只是想找个机会唱唱反调而已。随便反对点什么，人一反对，就显得有主见、有立场、有价值。现在我明明白白地告诉你们，它是假的，每天对着摄像头的雪球是个幻影，真身早就死了，是我亲眼所见。

这件事得从头说起，麻烦大家给点耐心。那是我小学一年级入学的日子，我清清楚楚地记得那天，我爸把我送到学校门口，两扇对开的铁门上插着两排飘飘的旗子，质地薄得近乎虚无，像蓝色的泡沫。后来上美术课，老师让画长城，城墙上插着两排旗子，我画的就是学校门口的蓝旗，颜色涂得非常浓重。一盒十二色的水彩笔，蓝色最快用完。

班主任金老师站在学校门口迎接新生，等学生到齐了，一起带进班里，分配了座位。我坐好了，低着头，有点不敢看老师的脸。我爸刚才跟老师说的那句话还回荡着，"您该打就打！"金老师严肃地点了点头。她是各科老师里我最害怕的一位，脾气很大，生气了就把黑板擦砸到不守纪律的学生头上，我挨过好几次。她有个女儿，叫金玲，是我的同桌。在班里，金玲从来不叫"妈妈"，到二年级我才知道她们是母女。

你们一家三口都姓金？我问她，她就用铅笔头戳我的脖子。类似这样的事不少，拿英语课本拍我的头，抢起铅笔盒敲我的背，伸手拧我的脸，小时候我也没什么绅士风度，她打我，我也打她，绝不能吃亏，坐同桌，对打起来简直太方便。三年级之后，我们之间的争斗渐渐文明起来，我意识到她与我之间的不同，有一次她打我，我不像平常那样立刻还手，而是用轻蔑的语气说："好男不跟女斗。"结果大大激怒了她，她把我从二楼的教室追到楼下的花坛边，逼我不得不还手，直到上课铃响，才停止了扭打。

"你有病吧？"我说。她拍打着膝盖上和手掌上的灰土，胳膊肘上破了一个洞，一言不发地上楼回到教室。记忆中，那是我和她的最后一次打架，我还挺怀念的。从那以后，她彻底地成为一个无聊的文静女生，不再抢我的漫画书、翻出我的水彩笔在我的语文书边角上乱涂乱画。那些旧书现在还留在我家里。

就在那一天，那次疯狂打架之后，我和她都变了，好像火气一下子就消退了，短暂而狂躁的童年结束了，我们开始保持距离，书本整齐地摆放在自己的桌子上，绝不侵占对方一分一毫。她不再打开她的跳跳糖袋子，稀里哗啦倒在我手心一堆，我也不再问她数学应用题。这些事情全部消失了，消失得干干净净，顺理成章，仿佛一向就是如此，从来没改变过，也不会有任何别的可能，我们变成了客气有礼的男生和女生。她学会了说"谢谢"，我学会了说"对不起"，但是我清楚地知道字面上的意思并不算数，真正的意思是：我跟她不再是玩伴了。

小学毕业后，我和金玲升入同一所初中，不在一个班，我想她应该和我一样松了口气，终于不用跟讨厌的男生坐同桌了。奇怪的是，作为班主任的女儿，她从来没有向她妈妈要求换座位，这本来是很容易的，这个问题盘绕在我心里，我决定找个机会问问她，看她怎么说。

初一开学没多久，有一天，天气暖和，下午的阳光金灿灿的，我一放学就早早地出了教室，在学校门口等着堵住她，打算问个清楚。我站在校门口等了又等，她一个人背着书包走出来。我打听过了，今天她要做值日，放学比平常晚。

我截住金玲，跟她说了几句话，然后我们就一起离开了学校，沿着附近的一条偏僻马路闲逛，走到路口，又折回来，直到太阳落山，路灯依次点亮，我和她一直在聊天，好像活了这十几年，这才是第一次真正聊天。我们说到父母、家庭、新班级里的同学和老师，原来她父母很早就分手了，她随母姓，从来没见过自己的父亲，还提到她最近在看的书，那些书的名字我都是第一次听说，一句话也插不上嘴。她兴致勃勃地给我讲故事梗概，穷女孩、家庭教师、楼上有个疯子，或者海底的潜水艇、吃人的生番和几维鸟……那条普通的灰色水泥马路好像穿行在一座繁茂的花园里，到处开着我不认识的鲜花。天渐渐黑下来，金玲说她得回家了，明天她可以继续给我讲书里的故事。

第二天，我们又在学校门口会合，第三天、第四天……我开始期待，像小时候期待每天六点的动画片那样盼着和她见面。在学校里，做课间操的时候，穿过相隔的几排同学，我看见她穿着跟大家一模一样的校服，每个动作都做得认真到位。我总是不自觉地找寻，然后一眼发现她。从那时开始，到后来的很多年，我一直等着她，想听她脑子里那些无穷无尽的故事，以及跟讲故事无关的其余的部分。

她给我讲了《海底两万里》和《神秘岛》，《简·爱》和《傲慢与偏见》，我记不住那些人名，人物关系也经常搞混，因为她经常两本书的故事一起讲，在不同的情节、不同的地点和时代中间跳来跳去，因为太熟悉了，所以她讲起来非常自由，还夹杂着一些自己的观点，完全不顾及作为听众的我的感受。我时常会提出一些傻问题，有时候她耐心地回答，有时候却显得很暴躁，告诉我这件事她昨天讲过，怪我没仔细听，语气跟金老师训人时一模一样，然后再快速地解释一遍，词语从她嘴里蹦出来，像出膛的子弹。

渐渐地，她的暴躁越来越少，和颜悦色的时候越来越多，使我有一种隐隐约约的预感：她将再一次疏远我。我忐忑不安，忍不住故意惹她生气，跟她说反话，她喜欢的人物我就说太讨厌了，或者指责主角不应该这么愚蠢。她沉浸在那些陈旧遥远的故事里，而我就在一心一意地挑毛病，把她一次又一次地拉回到现实中，让她注意到我的存在，不要把我当成无关紧要的土豆。

初一就这么晃过去了。暑假，我父母把我送到乡下的奶奶家。在那里，我每天坐在院子里，翻看金玲提到过的那些书，我从头读到尾，发现故事与她讲的并不一样，她按照自己的喜好重新规划了结局，她让苦苦相爱的人最后没能在一起，让潜水艇沉掉，所有人死在海底，她让八十天环游地球的计划功亏一篑，因为算错了时差，真正的结局恰恰相反……所有这些都让我迷惑，为什么呢？是不是所有男孩面对女孩的第一感受都是迷惑？我不知道，我坐在奶奶家的院子里，没有跟从小熟识的伙伴一起去疯跑，起初经常有人来叫我，渐渐地他们知道我不出去，总是坐在院子里翻书，就不来找我了。我花很多时间去琢磨金玲，如此投入地去琢磨一个人是前所未有的，恐怕以后也不会再有。我盼着开学，因为我把她提到的那些书都读完了，很多话积在肚子里，争先恐后地想跟她说。

开学第一天，放学后我们一起走。仅仅过了一个暑假，她就长高了很多，比我还要高一点。走在一起，我一转头就看见她鲜明到有些崎岖的侧脸，校服裤子穿在她身上显得有点短了，手腕也露出一截，加上她说话时候那种容易激动的、上扬的语气，好像整个人要冲破所有限制，飞到天上去。我时常有个念头：她要飞走的时候，我要拉住她，要么和她一起飞，要么把她拉下来。有一次我跟她说了这个奇怪的想法，她先愣了一下，然后大笑起来，然后说，那我肯定带你一起飞。她说这句话的时候，我几乎感受到吹到脸上的刀刃一般的烈风，以及下方棋盘似的城市街道、爬虫似的汽车、蚂蚁似的行人、彩色地图似的无边无际的视野。金玲就是有这样的力量，她的动作、神情、语气、用词，跟她有关的一切有着扭曲现实的力量，仿佛她就代表着梦想本身，甚至连虚构的故事也不放在眼里，她有力气去创造全新的故事和现实，只要她想。

二

有一天，放学后我照例在学校门口等她。她出来了，对我说，以后不想再跟你一起走了。这个人就是这么直爽，从来不说"我不能"，费力去找借口，只是一句简单的"我不想"，让我连挽回都说不出口。就像小学的那次，我俩突然就不打架了。我和她的关系总是倏忽而来，又戛然而止。

她不解释为什么，说到做到，有时候，我在放学路上碰见她，她一个人背着书包行色匆匆，我喊她，她不理，追她，她就加快脚步。

有一次，在一个人少僻静的路口，我拦住她，想问问她到底为什么。是男生拦女生的那种拦法，不让她走过去，动用体力上的优势。她恼怒起来，狠狠地一把推开我，说明金玲还是原来的那个金玲，我毫不犹豫地还手推她，我们就在马路上扭打起来，直到两个人都摔倒在地，校服滚得全是灰尘。我说，你是有病吧，她一言不发地站起来，拿起自己的书包，拍打上面的土，她的书包还是小学用的那只旧的，背带断了又胡乱缝起来，缝得歪歪扭扭。我想到了什么，问她，是你妈不让你和我玩的吗？

是我自己不想和你玩了。说完，她背起书包走了，我想起了假期中那些孤独的日子，为了跟她有话可说，为了能够跟得上她的思维而拼命读的那些书、那些故事，心里涌起一阵沉重的委屈，我在她后面喊："你说的那些书我全看完了！你讲的全不对！"她像没听见一样，拐个弯就消失了。

期中考试，我的成绩严重下滑。班主任叫我妈去了学校，回来之后，她狠狠地骂了我一顿，而金玲还在年级前二十名。对于我们之间的友谊，我已经不抱任何希望了，好学生有一百个理由不跟差生一起玩。放了学，我不想直接回家，在外面闲逛，或者溜进小学的操场上，那儿有个摇摇晃晃的篮球架，球筐的网都没了，就剩下一个孤零零的圆环，像一张朝向天空的大嘴。我不停地向它喂球，吞下去，掉出来，好像在无尽的循环中存在着某种真相。直到暮色降临，球筐渐渐隐没在黑暗中，看不清了，才拾起书包和篮球回家。我父母以为我在学校上自习。

期末考试又是稀里哗啦。寒假，我妈给我报了补习班，每天上课。开补习班的是学校的任课老师，姓郭，和金老师住一栋楼的同一单元。郭老师家的客厅里挤挤挨挨地坐十几个学生，补习代数和几何。房间里的暖气很足，我们都热得冒汗，老师单调的讲解声像蜂群在嗡嗡，我总是走神，想着如何才能巧遇金玲。她就住在这个单元的顶楼，寒假里，金老师也是整天在家。没想到完全用不着我费心思，有一天正在郭老师家上课，有人轻轻敲门，打开门，是金玲走了进来，手里端着一盘包子，说是我妈蒸的，要给郭老师尝尝。她眼睛没朝我这边看，包子热腾腾的香味我已经闻到了。我猜是牛肉馅的。

我猜对了，金玲走后，郭老师把包子分给我们吃，满屋子飘起肉包子的香味，枯燥的补课在欢声笑语中结束了。下课之后，我走出单元楼的门口，大家各自回家，金玲突然从路边一座枯萎的花坛边上跳了下来，像潜伏的绿林大盗，大喊一声："孙震！"身上背着平常用的那只书包。

一开始我没理她，报复她之前不理我的行为。她跟着我，一直喋喋不休，没过多久我的怨气就消散了，心里像响晴的天一样敞亮起来。她说她要带我去一个地方，有好玩的东西。

她带着我绕过几处深冬衰败的花坛、一个小铁门，又回到刚才的楼下，楼下有一片自行车棚，里面横七竖八地塞着一些没人骑的旧自行车，还有一小片空地。"我小时候老在这儿跳皮筋，尤其是下雨天。"她走在前头，没头没脑地来了一句。

我来不及想象她跳皮筋的样子，就跟着她走进车棚。在两三辆倒着叠在一起的、已经生了锈的自行车前面，她蹲下来，逼真地模仿猫叫，简直比真的猫还像猫。

片刻间，几只小猫不知道从哪个缝隙里钻出来，瘦尖的三角脸，脏黑的爪子，毛色混沌不清，朝着金玲喵喵叫着。她把书包拿到前面，拉开拉链，几只猫叫得更急了，只见她拿出一个塑料袋，里面装的显然是肉包子。她把包子掰成小块，几只猫扑过来狼吞虎咽。

"别告诉我妈。"她低声说。

我和她的友谊，是从这一刻才正式开始的，因为她向我展示了一个秘密。我们在那儿逗了一会儿小猫，她学起猫叫可真是一绝。三只小猫里，有一只白色的长毛猫，白毛脏得像黑毛，身上全是打结的毛球，我问金玲怎么没看见母猫，她说她从来没见过母猫，也许死了，也许丢下小猫跑了。"我可以给它们当妈妈。"她说，伸手去摸那只小白猫，白猫的眼球是蓝色的，一种难以形容的深沉的蓝色。

那个寒假，除了过春节的几天，我每天都来补课，每天都能见到金玲。有时候我也带些零食来喂小猫，或者用压岁钱买火腿肠给它们吃，渐渐地它们没那么脏了，身体长大了，眼神也明亮起来。快开学了，有一天，金玲对我说："真不想开学啊。"

"我也不想开学。"我说，"开学之后，咱俩放学还一块儿走吧。"

"我妈不让。"

我就知道是金老师。金老师像一座山，横在我和金玲之间。她说她想把三只猫带回家养，至少，带回去一只也行，金老师不同意。金玲还说，除了看书学习，无论想做什么，金老师都不赞同，好像她生下女儿就是用来否定、用来衬托自己的正确。平常金玲很少提到家里的事，但是我知道金老师是什么样的人，当她的孩子，想想就令人害怕。

"让你挑，你想选哪一只呢？"

"那只白色蓝眼睛的。"她说，"不知道为什么，我觉得它眼睛里有东西，不是脏东西，是很特别的、深沉的东西。"

开学了，我和金玲常常趁着课间休息，在教学楼后面那条没人去的夹道上见面，她亲过我，我也主动亲过她。我们很喜欢这种冒险的感觉，天气暖和了，春天的柳絮飘飘地粘在各自的头顶，回到教室还不知道。

这当然瞒不过金老师，但是金玲下定决心不理会她妈妈。回想起来，她到底有多喜欢我，还是为了存心跟妈妈对抗，或者二者兼有？直到有一天，校长在学校的广播里点名批评了我俩，早恋，行为不端。当时我就站在校长身边，默背着一会儿要向全校广播的检讨。

"就是我妈。"金玲说，"她管不了我，就想让校长出面管我？谁也管不了我！"她咬牙切齿的。那天晚上，我和她在自行车棚里，她不肯回家，我也不想回。金玲说："她说她只要我学习好，我做到了，凭什么还管我！"

这时，我忽然想明白一件事，一直以来，她用各种办法来对抗她妈妈，看课外书、用肉包子喂野猫、和我玩恋爱的游戏，这些事她妈妈都不知道。金玲想要扩展自己的生活边界，但是金老师只想把她锁在书桌前做练习题，除此之外，别的一概不要想。

"她还说这是为我好！"她气得胸口上下起伏，黑暗中，看不清她是否掉了眼泪，到这时候还不见人回来，金老师一定急了。她故意躲在这里，任凭时间一分一秒地流过去，她不回家，我也不回家，就想看看会发生什么事。几只猫在脚边围着，喵喵叫着。

她家住的那栋楼，是学校的家属楼。我们不知道，各家的电话都打疯了，铃声片刻不停地此起彼伏，楼上楼下、对门邻居、校长和副校长、中学和小学的班主任、临近退休的数学和英语老师，全部知道了：今天校长点名批评的那两个学生没有回家。

　　自行车棚里黑漆漆的，隔着铁栅栏，看得见楼房里的灯火，我们坐在地上，感到水泥地的丝丝凉气，像一块万古不化的极地的冰，外面是看不到也听不见的无声忙乱。他们不停地打电话，互相打听，派人出来找，心急的已经提议报警。校长心里会有一丝愧疚吗？后来我知道了，大人之所以成为大人，就因为他们忘记了如何感到愧疚。

　　九点多，也可能是十点多了，我俩都没戴手表。我们肩挨肩坐着，铁皮屋顶上漏进一小块月亮，满月之夜，月亮表面透出一种幽幽的蓝，闪闪烁烁，像汪着一层水，一种很熟悉而又特别的蓝色，像雪球的眼睛。我猜她也有同样的感受，那一刻，我和她的呼吸变得同步，思维仿佛也连通了，一汪淡蓝色的月亮照亮一切，黑暗的角落也一览无余。我们这样呆呆地望着天空，直到一个手电筒的光照射过来，伴着一声吼："金玲！"

　　是金老师，幻境破碎了。月亮隐入厚厚的云层，手电筒的强光像要射进人心里，金老师快步走过来，几只小猫蹲坐在地上，望着她，它们并不怕人。

"你在这儿干什么!"金老师吼道。金玲还没回答,刚站起来,脸上就挨了一巴掌,她没有哭。我也站了起来,金老师一眼也不看我,好像我不存在。她开始骂金玲,语气非常凶狠,完全不像平常她在学校那副严肃冷静的样子。雪球忽然尖叫了一声,原来是我不小心踩到了它的尾巴,金老师转过头来,并没有看我,而是向地下看,她看见了那只猫。

"这就是你想带回家的那些野猫?"她问金玲,金玲不回答她。

金老师用手电筒照着,动作非常迅捷。她一把抓住白猫的后脖子,揪着它的长毛,提到半空中,猫并不挣扎,蓝眼睛瞪圆了,看着她,非常平静,带着一点点茫然。我心里涌起一种不祥的预感,是地震来临前,老鼠和蝙蝠的那种预感,焦躁、恐惧、茫无头绪,找不到出口。

一个月之后,金玲转学了,金老师也调去了别的学校,我没有留下她的任何联系方式,电话、地址都不知道,那些年的朋友很容易就失联了,不像现在。她消失得干干净净、彻彻底底,而在那个晚上之后,我和她就没有再单独说过话。在学校不巧碰见,各自低下头,就过去了。我和她都没有自己想象的那么强大,只是两个中学生而已。

我不知道死猫后来是怎么处理的,只记得金老师把白猫提起来,往地下一掼,摔死了。她就是有这样的力量,就像一年级开学的那天，我爸把我交给她，让她该打就打，那句话像咒语似的印在我心里，把我爸爸和我的老师连接起来，形成同盟，所有小孩子都属于他们的势力范围，圈在他们的掌心里。她摔死那只猫仿佛是顺理成章的，无论如何都会走到那一步。

之后我按部就班地上学，考高中、考大学、考研、毕业，后来进了X公司，再也没见过金玲。直到有一天，我在网上看到雪球，那双眼睛我绝对不会认错，那种无法形容的冷幽幽的蓝色。据说凡是见过它的人都被它的魔力罩住了，它利用网络、摄像头和大大小小的屏幕去控制人，而只有我知道它就是那只猫，那只被母猫抛弃、被一下子摔死的流浪猫。

写到这里，我恳求大家，在被删除之前帮忙转发这个帖子，越快越好，我没有别的渠道可以解释这件事。这个故事缺少了最重要的一环，被摔死的猫怎么会活过来？我亲眼看见它的鼻孔、眼睛和嘴巴里流出血来，金玲大叫一声，扭过头去，金老师余怒未消。别的猫一下子逃散了。

金玲那样扭着头，脸隐没在自行车棚的阴影里，她的马尾辫松开了，头发散了半张脸，我感觉到她在深呼吸，胸口缓缓地一起一伏，可能过了很久，也可能就几秒钟，她慢慢转过头，我看见一张猫的侧脸，半侧脸，正脸，蓝色的瞳孔涨满了眼眶，梦到这里我就醒了。近来这个梦出现得越来越频繁，躺在床上一闭眼就看见金玲变成了一只猫，她身体向前弯曲，腿一节一节地缩短，双手却越伸越长，最后落地变成两条毛茸茸的前腿，每次我都会被吓得出不了声，像被人掐住了喉咙，明知是梦却真的恐惧，再这么下去我一定会疯。

我得找到她，把事情搞清楚，那只死猫后来怎么处理的？它真的死了吗？这些梦又是怎么回事？大家帮帮忙，我一定要找到金玲，找到她才能拯救我自己，甚至有可能拯救全世界。

三

昨天晚上，我又做了那个梦，在一片混沌的黑暗中，我变成了一只猫，小时候喂过的那只猫。我低着头，看见自己的指尖变成了爪子，胳膊上长满了毛，视野越来越低，同时也越来越清晰，周围的一切骤然被未知的光源点亮了，我大喊起来，却只发出猫的凄厉的叫声。醒过来时，还趴在病区的护士台，面前的电脑桌面上，一条金鱼呆板地游着。医院的走廊又亮又静，空空荡荡，两边都是骨科的病房，我妈就住在其中的一间，明天就要出院了。周大夫说手术做得很成功。

我妈对周大夫印象很好。住院的这些天，全靠他的关照。他对我有点意思，男女之间的意思，在医院这不算新鲜，但是不知道为什么，我感到很恐慌。此前我没有真正谈过恋爱，想象不出和周大夫恋爱走在一起的情景，是肩并肩？还是一前一后，像平常去查房的样子？值夜班的时候，他会跑来找我聊天、吃零食，用护士站的微波炉热牛奶喝，一人一杯暖乎乎地捧在手里，却不能热到心里，我的心始终冷静如冰。他经常鼓动我去进修一个在职研究生，有硕士学位，干同样的工作，工资多几百块，或者他的同学在哪家医院升职了，八卦一些琐碎无关的闲事。

如果没有那些奇怪的梦，说不定我和周大夫早就在一起了。过不了多久，就可以给科室的同事发喜糖，我妈对此一定很满意，从小到大我还没做过什么让她特别满意的事。她是一名小学教师，也是我的小学班主任，那时候，我觉得跟我有关的所有事情都在我妈的掌控之中，别人的妈妈是天空、是屋顶、是雨伞，我的妈妈是铁桶，扣得严严实实，我是永远逃不掉的。

在那些梦里，除了我妈，还有孙震。我背对着他，他在叫我的名字，声音忽近忽远，就像在放学路上，我走在前面，他在后面赶着喊我，我不想理他，心里很生气，忘记是因为什么事不开心。小时候我们俩常常为了一点小事就打起来，要不是这样，我妈也不会让我俩坐同桌。她觉得交朋友会使人分心，我和孙震越爱打架，她越放心。我的所有朋友她都不喜欢，我想是因为她连我也不喜欢，由此连累了跟我有关的一切。初二那次，她警告孙震不许再来找我，让我们都好好学习，学习才是唯一的、最重要的事情。她怒气冲冲，让我跟她回家，我假装没看见地上的猫尸，眼睛还半睁着，嘴巴也没有完全合上，露出一截白色的尖牙，鼻孔附近有血。第二天我再去自行车棚里看，它已经不见了，别的猫也跑散了，没有再出现过。

　　我知道我不能怪我妈一辈子，永远恨一个人也是不可能。时间一长，我就发现原来的强烈的爱恨都是偏见，只有日复一日地相处。我长大了，她渐渐地老了，衰退了，时间就自作主张地替我原谅了她。直到有一天，噩梦重现，仿佛旧病复发，我不得不拒绝了周大夫一起吃晚饭的邀请。

　　"孙震"这个名字再次翻腾出来。像之前的那几次一样，我上高中的时候、念大学的时候，每次遇到喜欢的男生，我想接近他们或者他们主动来接近我，到了关键时刻，关于猫的梦总会出现。梦的前半截总也记不清楚，吵闹、哭泣、尖叫，剧烈晃动的影子、黑色的铁栅栏印在模糊的月亮上、我妈的脸，清晰从后半截开始，演变成一段逼真的3D动画：我变成了一只猫。

　　怪梦重复着袭来。白天，我在医院上班，照顾病人，协助医生，在病房和护士台之间穿梭往来，卖力工作，希望晚上一夜无梦，睡个好觉，却从来没有成功过。后来，我偶然看见了雪球，凭着那双蓝眼，我一下子就认出来，就是它，我亲眼看见它被我妈摔死在自行车棚里。现在，我的同事们，包括周大夫，都被这只蓝眼睛的猫迷得如痴如醉。在病房里，医院的领导做主加装了电视，让病人可以随时欣赏雪球，它出现在所有的地方、所有人的手机上和电脑上，好像身体内部的某个开关被一起按下去了，对雪球的爱和膜拜便源源不断地流淌，满溢出来，不能停止。

　　然而我很清楚，这个世界上能够对抗雪球的人，只剩下我和孙震了，只有我们能够打破那些持续不断的噩梦，把所有人拉出迷津。那只欺骗了所有人的猫，它早就死了，根本就不是世间该有的东西。有了这个念头，生活顿时变得无关紧要，在职研究生、职称考试、绩效考核、病人投诉，还有周大夫，这些凸显出来的东西都显得死气沉沉，成为房间里无关紧要的摆件。我只想尽快找到孙震。

四

　　人民医院的住院部是一栋灰色的大楼，像个侧立的火柴盒。楼前有一小片花园，病人们可以下来散步，绕着花坛一圈圈地走，或者坐在轮椅上晒太阳。虽然地处闹市，这里总是很安静。住院等待开刀的那几天，金老师常常在这里一待几个小时，晒得全身暖烘烘的，再踱回病房，等着吃午饭。

她女儿金玲在这家医院当护士，让她失望透顶。她觉得金玲起码要当个医生，高考失利、复读，又失利，最后学了护理专业，她很后悔高中让女儿去住校，一离开家，她的管束就失效了。从高一开始，金玲的成绩就在中下游徘徊，一直到高三也没有好过，复读一年，进步有限，她终于认命，哪里录取，就去哪里吧。

金玲第一次高考那年，有一天她听见邻居闲聊，那个孙震，玲玲的小学同学，是今年本市的状元，要去北京念大学了。听完这些闲话，她推着自行车进了楼道，把车把上挂着的菜和肉拿下来，费力地爬上五楼。那时候她的膝盖就有问题，常年贴着膏药，没有实际的效果，只是心理安慰，当时县里的人民医院还做不了膝关节置换术，她只能忍着。

回到家，金玲的房门照常锁着。饭做好了，叫她她才出来，问她在干什么，就说在看书。金老师忍不住嘲讽她，高考完了，你知道看书了？她不说话，飞快地把饭吃完，回房关上了门。金老师经常觉得，没有这个女儿，说不定自己能过得更好，但是她又想象不出是什么样的好，更轻松、更没牵挂、更自由，这么一想，又被吓到了。她自己就是被自由的爱情害苦了，她觉得自由是个坏东西。

自从金玲离家去省城念书，金老师的日子就舒服多了，好像又回到了年轻的时候，住在学校的教师宿舍，筒子楼，一个人做饭一个人吃，周末跟金玲的爸爸去看场电影，那时候小学的操场还放过电影，谁想去都行。她不记得电影演了什么，只记得幕布后面的夜空挂着一轮满月，像舞台头顶的白炽灯，月光冷冷地照着，圈住她，她才是主角，而电影里那美丽女人的爱情故事不过是她自己故事的注脚而已。他总围着她转，她就以为全世界都围着自己转，等清醒过来，一切都已经太晚。

膝关节置换手术，是半身麻醉，她听得见医生说话、金属交碰的声音、切割的噪声。进口的钛金属关节植入，保用二十年，骨科的专家说您年龄偏小了，这个手术过几年再做不迟，她坚持要做，"说不定我活不到二十年后呢"。她计划好了，做完手术，能正常走路了，她要出去转转，谁也不带，谁也不跟，就自己一个人。

金玲小时候，母女相依为命，日子虽然辛苦，还是很亲密的。她们互相保护，一起玩的小孩子问金玲，你爸是谁呀？你爸在哪儿呀？她就大骂那个孩子，也不管人家爸爸是学校的领导、她的上司。等金玲大一点了，对待那些敢提出这种问题的人，不管男孩女孩，一律翻脸就打。"他们全是故意的，"金玲说，"我打得他们不敢再说。"

虽然是搞教育的，她并不忌讳使用暴力，金玲不听话要挨打，学生也是一样，罚站，黑板擦砸到后排男生的头顶上，一脑袋白灰。时候久了，这个女教师的严厉脾气出了名，家长对她倒放心了。男孩子淘气，家长会对她说："没事，您该管就管，该打就打，我们打也打不听。"

现在，时代变了，文明进步了，这一套行不通了，年青一代的家长们对体罚大惊小怪。不能打孩子，不能打学生，长大之后，他们发现自己小时候受过那样的待遇，回过头来指责父母和老师，说他们毁了自己的童年。"好像我们不打不骂，他们就能成为爱因斯坦似的"，金老师想，把手机丢到一边，不再看那些社会新闻底下无聊的争吵。有一次，她在街上碰见从前教过也打过的学生，已经长成一米八几的大块头男人，她拄着拐杖，停下来，挺直了腰，等着对方来跟自己打招呼，没想到对方走到她面前，攒足了表情，狠狠地瞪了她一眼，就昂首走了过去。也是这个孩子，在小学毕业的时候，给她写过一封长长的感谢信，让她印象很深，也很感动。她脾性暴躁却容易心软，要不是这样，也不会有金玲了，生下女儿就是因为不忍杀生，然而从一开始，她就觉得金玲欠她很多，她把男人的账算到女儿头上，又把对女儿的怨气算到学生头上，打着为他们好的名义，最后一切反弹回来。她在路边呆呆地站了一会儿，顶着八月里炎火般的烈日，慢慢走回家。

世道变了，她想，年轻人不知道感恩，他们什么都不知道，就知道享受，想着吃喝玩乐、傻哭傻笑。前一阵子，金玲迷上了一个男演员，在她看来，出现在电视上的，除了新闻节目的播音员，其余无论干什么，都叫演员。她被那个比她还小好几岁的未成年男孩弄得神魂颠倒，一个已经工作的人竟然如此幼稚，金老师丝毫理解不了。"你上班的时候也是这样整天看手机吗？"有一次她说，金玲没有回答，从沙发上站起来，回自己房间，用脚后跟把门关上，眼睛始终没离开屏幕上的综艺节目。

有一天，金老师特意做了一桌丰盛的饭菜。金玲昨天上夜班，白天睡觉，中午睡醒一觉起来，看见一桌子都是自己爱吃的菜，坐下来就吃，金老师也坐下来，用不容商量的口吻通知金玲，你得搬走，你那间屋子我要租出去。

金玲边吃边说，那租给我吧，我给你钱，市场价。金老师拒绝了，说我不能拿你的钱，那太难看了，说出去让人家笑话，你就搬走，我租给别人，你早就该自立了。金玲放下筷子就回了房间，来不及接着补觉，迅速地收拾起一些衣服，把行李箱拉出来立在卧室门口，倒头接着睡，傍晚醒来时，行李箱已经被拉到客厅的大门口了。金老师的房门紧紧关着，决裂来得悄无声息。金玲知道一切的肇始、裂痕的浮现，都在那天晚上——那只猫被丢在地上摔死。第二天就不见了，它到底去哪儿了？是死是活？

她走进厨房去做晚饭，等妈妈午睡起来。退休以来，金老师变得非常懒散，午睡经常睡到傍晚才起来。等她起床了，晚饭摆在桌子上，鸡蛋西红柿面，面条有点粘在一起，金老师说："你应该等我起来再下面条，这都粘成一坨了。快三十了，做什么事都没个算计。"

　　金玲没答话，端起碗开始吃面，想问金老师的话，拌着面条一口一口吃下去了。她想，我妈不会有任何新鲜的答案，她摔死了我喂的猫，还能有什么？还能对她抱什么期待？她就是一堵石墙，是对着她吼叫、连回声都听不见的石墙。吃完面，她洗了碗，然后拉起行李箱出门，一出门凉风习习，吹散了白天的闷热，西边的天空火红得像一片流淌的熔岩。她沿着小区里的道路走，就是她和孙震一起跑过的那条坑坑洼洼的人行道，道边的杨树新近被削掉了树顶，变成两排齐刷刷的平头板寸，很有几分滑稽。行李箱的塑料滚轮轰隆隆地响，她一直走到外面的街上，找到一家门面很小的宾馆，开了一间房，床单上有股淡淡的霉味，窗户很小，窗外不到半米，便是另一栋楼的灰色砖墙。她把窗户向外推开一线，透透气。在这个宾馆里，她住了六七天，很快在网上搜到一处出租的房子，一套两居室中的一间，房东住带阳台的那间，她住阴面的小房间，靠着厨房。房东跟金老师年纪差不多，离婚了，儿子在北京工作，老人觉得孤单，就把空出来的房间招个姑娘合住，平常做了饭，碰上金玲正好在家休息，也大方地叫她一起吃。晚上，她会趴在床头的台灯下面看看书，有些是她自己买的书，有些是放在房间里、房东儿子的旧书，很多都是她从前看过的，恍然像是她自己的书架。

金玲翻看他的旧书，看页边空白处的读书笔记，字迹细小而有力，记录着一些小孩幼稚的看法，他喜欢，他不喜欢，这怎么可能呢？？？太可怕了！！！激烈地表达他的观点和情绪。这个男孩喜欢在书上写字，有时候他甚至联想到与书的内容完全无关的东西，随着时间推移，字迹渐渐成熟，语句也越来越清晰，话变少了，但是更能切入核心。有时候，金玲觉得看他写的这些批注甚至比书本身更有意思，有几次，在推理小说上，他看到三分之二就猜到了凶手，把名字和自己的推论过程写在边上，看到这里，金玲只好把书合上，关灯睡觉。

那些怪梦就是从她搬进这个房间才开始的。她重复地梦见自己变成一只猫，四脚落地的那一刻，梦就熄灭了，剩下一片灰暗的朦胧，自己好像在猫的身体里左奔右突，找不到出路。有一天夜里，她惊醒过来，拧开床边的灯，觉得这个房间内的一切看起来非常熟悉，好像是另一个自己曾经住过的地方。那些书、那些笔记，没有任何地方留下一个名字，那个名字就在她心里浮浮沉沉，像静默的闪电在云层时忽隐忽现，预示着紧随其后的闷沉的雷。她翻身下床，到处搜索，像个闯进陌生房间的小偷。最后，她从床底下拉出几只落满灰尘的纸箱，里面装着他从小到大的课本、练习册、作业本、绘画本，美术课上画的城堡，他喜欢用蓝色，蓝色的水彩笔总是最先用完，问她借。他父母离婚后，他妈妈让他改了姓，也改了名，房东偶尔提起他的时候，用他的新名字。金玲丝毫没有意识到房东的儿子就是孙震，那些小学和初中的课本上，还写着他原来的名字。

是那只猫，她想，再次把我和他联系起来了。她躺在床上，睁着眼睛等待天明，觉得与这样奇异的连接相比，日常生活中的上班下班、吃饭睡觉显得苍白无力，甚至毫无意义。一定要找到孙震。

五

我又遇到了金玲，这中间的巧合恐怕是小说也不敢写的。简单说，她租了我们家的房子，在我的房间里住了几个月，才发现房东的儿子原来是我。通过我妈妈，我们重新联系上了，她请了几天年假，来到北京，我去机场接她。在路上，她给我讲了她一直在做的那些梦，金老师把小猫摔在地上，有血流出来，紧接着，她觉得自己变成了那只猫，困在猫的身体里。

她说，噩梦不仅仅是梦，甚至开始影响她的正常生活。在梦里她仿佛过着另一种生活，被人追赶着，抢着抱起来抚摸，耳边乱哄哄的，她挣扎着醒来，像打了一仗似的疲惫。

"好像在梦里过着一只猫的生活。"她说，"猫睡着了，我又醒过来。"

我开着车，她坐在副驾上，车子堵在机场附近的高速路上，触目所及是一片静默而焦躁的红灯。她的神情和语气都很认真，让人无法不思考她说的话，即便再荒诞，也有一种神奇的说服力。我们都知道，在这个世界上，除了我和她，这种荒唐的想象没有人会相信。汽车堵在路上，窗外是灰蒙蒙的飘着浮尘的空气，又高又扁的楼房，像用积木搭成的，坚硬而脆弱，似乎一切都可以随时拆解开来，变成气味、颜色、毛发、血肉、砖块、钢铁和砂石，她说的那些话，把我拉回既近又远的少年时代，既短暂又永恒凝固的那一刻：猫摔死在地上，手电筒的强光取代了月亮，我转身就跑。

计划的第一步，就是接近雪球。她认定了雪球的形象就是这些噩梦的根源，只要看到它，她就忘不掉从前的事情，就要一次又一次地被卷进可怕的回忆。她逃不掉，因为雪球出现在所有的地方，只要打开手机，就不停地被推送过来，它的照片、它的近况、它今天的直播视频，以它命名的今年的流行色，雪球蓝，正是它眼睛的颜色。那种蓝色出现在所有的地方，是网店的背景、餐馆的招牌、商场里的新款毛衣和运动鞋，难以形容的深蓝像不见底的深海，也像阴天里冰冷的河水，或者博物馆陈列的珠冠上的蓝宝石，凝结出一种沉静的混浊。"这只猫是个鬼魂。"她说，"它找我们复仇来了。"

"那金老师呢？"我问，"她为什么什么事也没有？她怎么不做噩梦？"

"因为她没有心。"

这些东西纠缠着金玲，像茧丝一点点地缠绕毛虫，是自己吐出来的丝。我把她带回我的住处，安顿在卧室里，把自己的被子拿到客厅，打算晚上睡沙发。我们叫了外卖，比萨和啤酒。她第一次来北京，我想带她去逛逛故宫和颐和园。当天夜里北风呼啸，第二天阳光灿烂、晴朗无云，我们坐地铁去了几个著名的景点。在地铁上，雪球的画面在窗外连缀成一串动画，最后蹦出来一个酸奶的名字，金玲说："咱们得想个办法，弄死它。"

"它不是已经死过一次了吗？"

"那就再弄死它一次，彻底消灭它。"她说，"对了，那天你为什么要跑？"

"哪天？"

"就是我妈摔猫的那天。"

我说我那时候吓坏了，不知怎么就想跑。她愣了一下，又笑了，岔开了话题。

我们逛了故宫博物院，在东华门喝到了有名的网红咖啡，为此排了很久的长队。咖啡店门口的黑板上用粉笔画着一只蓝眼睛的白色长毛猫，雪球正一统天下。

我告诉金玲，我有个朋友在 X 公司工作——在北京，好像每个人都有朋友、同学、亲戚或者老乡在 X 公司工作，我们可以想办法混进去，找到它，杀死它，像电影里演的那么顺当，像我们小时候在放学路上，她给我讲过的那些冒险。她提到的书我都找来看了，但是那时候我不好意思告诉她，对于青春期的男生来说，向一个女生表示崇拜似乎是件没面子的事。她的体验总是那么神奇，充满幻想色彩、虚构的故事由她讲出来也显得特别真实，她有一种模糊真伪、颠倒乾坤的能力，从前她只是给我讲别人的、别的时代的故事，现在她亲自投身进来了。

我约了在 X 公司当程序员的朋友一起吃饭，他是我本科的校友，学计算机，我学中文，一起打篮球认识的，我们那一届有不少人进了 X 公司，收入都很可观。他爽快地应约，在 X 公司附近的一家餐厅见面，他主动说起现在的收入、公司的各种福利，还允诺一有机会就向老板推荐我的简历。

我趁机向他说起，想去他们公司里面看看。X公司每周有一天开放日，允许员工带家人孩子来公司，组织孩子们在一起玩，还可以近距离地接触一下雪球。他答应了，说我可以假装是他的表弟。与他告别之后，我回到家，发现金玲不见了。等到晚上，她也没有回来，电话不接，微信不回。我一直等到夜深，在沙发上歪着睡着了，醒来天色微明，屋子里静悄悄的，我站起来在屋子里找了一圈，她的衣服和背包不见了，睡过的床收拾得平平整整。我打电话给老家的人民医院，电话转了几次，最后才问明白，金玲已经辞职了——不是休年假，是再也不回去。

六

　　日子一天天地过去，雪球的阴影日益浓重。像一种病毒似的，它侵入所有人的视野，继而攻占了身心，说不清这是对世界的贡献还是索取，是施恩还是报仇。金玲消失得无影无踪，此前她噩梦连连，觉得自己被困进一只猫的身体，这一切的起因是她妈妈。我向老家的熟人打听过金老师的近况，她做了膝关节置换手术，后来把整套房子都租给外人，一个人去南方旅居，据说过得非常开心。除此之外的事，她女儿在哪儿，她跟她女儿有没有联系、关系如何，我就不知道了。

因为走得突然，没有告别，我总觉得金玲还会回来，就像小时候，她突然就不理我了，后来又主动与我和好。当她有了新发现和新想法，或者看了有趣的新书，她总是急着与我分享。上次是因为她发现了几只小猫，这次是因为她坚信雪球是个魔鬼，下次又是什么呢？我怀着期待，一天天地过下去。后来，通过朋友的推荐，我也进入 X 公司工作，负责写文案，这些年我一直沉浸在文学的世界里，现在我跳了出来，给视频部门写几分钟的小剧本。有空的时候，我也去看看雪球。

在猫身上，时间近乎停滞。它的白色长毛就像山顶亘古不化的积雪，在阳光下闪耀着波光，眼睛还是那样蓝。雪球蓝流行过几年，现在稍微过气了，即便如此，那些年流行的痕迹还时常能在街上看到，蓝色的皮包、运动鞋、围巾，或者清仓打折的商场推车里，堆着一些蓝色的毛衣。

不知不觉，大家对它的爱开始衰减。新偶像层出不穷，金玲描述的那个世界，所有人被一只猫统治的癫狂世界并没有到来。就在某一天、某一刻，大家忽然冷静了，失去了兴趣和耐心，失去了对雪球的狂热的爱，仿佛做了一场热闹的大梦，醒来时浑身疲惫，发现周遭还是昨天的模样，坚实冷硬，容不下神魂颠倒，也没时间胡思乱想。

公司还是养着它。它的生活面积缩小了，搬出了顶楼的直播室，猫屋被挪到一间小会议室的角落。白天，它可以在办公楼里随意走动，不再需要专人看管，谁看见它，都可以摸摸它的背，挠挠它的下巴，猫还是原来的那只猫，那种令人销魂的吸引力却消失了。它的食量减少，身体消瘦下去，长毛不再每天梳理，变得枯涩无光，纠缠着滚成一个个毛团，睡眠时间变得很短。与此同时，它的行动却越来越快，越来越矫健。大部分时候，它像个移动的影子，办公楼里忽现忽隐，出现在各种出人意料的地方。有一次，我看见它在玻璃窗外侧的下沿上蹲着，随时有可能掉下去。它发现我在观察它，就站起来，迈着从容的步子走开，从这个窗台跳到下一个，无论多险陡的地方，对人类来说，几乎是悬崖峭壁，在它看来都是方便阶梯，随处都能容身落脚。一眨眼，它就从我的视线中消失了。

渐渐地，雪球成了一个遥远的名字。人们对它的迷恋，像潮来又潮去，沙滩被抚平了，仿佛什么都没发生过。周边产品积压下来，以它为主题的手账、背包、圆珠笔、保温壶和T恤衫都堆积在库房里，电影计划也中止了。一切都显得理所当然，好像所有人齐齐地从一场持续的高烧中清醒过来，洗了一把脸，将雪球忘得干干净净。最后，它变回一只普普通通的无人注意的猫。

没人知道它何时从办公楼里跑了出去，大家都忙着手头的新工作、新计划、新项目、开会、总结、邮件和PPT，不再关注一只猫。除了我，我仍然觉得它跟我有关，跟金玲有关，是连接我与她、过去与现在的一扇门。它突然消失的那天，下班后，我在附近转悠，想找到它。晚上八点多了，园区里有不少人加班，办公楼里灯火通明。修剪得整整齐齐的草坪上散落着一些幽暗的小灯，我沿着草坪中的石子路走着，经过两三丛开得爆裂的迎春花。今年的春天暖得反常，刚刚三月，外套已经穿不住了，脱下来搭在手臂上。我在公司转了很久，叫着雪球的名字，没有任何回应。这些年，对于那些倏忽间发生的变故，我从来都毫无准备，也毫无办法，到处找不到它，我放弃了，打车回家。我还住在原来的地方，走出电梯的时候，我看见门前站着一个人，还穿着上次见面的那身衣服，同样的背包，头发纠缠散乱着披在肩上，没有好好梳理。金玲看起来非常疲倦，风尘仆仆，仿佛经历了一次漫长的旅行，见到我，她露出笑容。她回来了。像从前那样，她忽然离开，又忽然回来，而我只能在原地等待，相信她的故事，接受她带给我的一切。

七

那天，孙震打电话告诉我，他有办法接近雪球了。向来就是这样，我说什么他都相信。他相信我的梦，相信我随口编的故事结局，相信我妈妈真的会蒸包子送给邻居。不会，她不是那样的人。包子是我用零花钱在外面买的，想借机去看看孙震有没有过来补课。我妈跟郭老师根本没什么交情，等一开学，郭老师见到我妈，向她道谢，一下子就败露了。她迅速地察觉到，那个上小学时总跟我打架的男生孙震，跟我的关系越来越亲近，成了我最好的朋友，甚至更亲密。她让我不要跟男生交往，好好学习，她历数了早恋的危害，说到别的学校有怀孕的女生被开除了，以后没有学校收，只能在家靠父母养着。这些事离我都很遥远，但是我妈用的那种威胁的语气，好像明天我就会变成辍学的不良少女。

她越这么说，我就越跃跃欲试，看看恋爱能怎么毁掉一个人。课间，我们俩从班里跑出来，跑到教学楼后面的小路上偷偷接吻；放学后，我们一起回家，用零花钱买几根火腿肠去喂小猫。在那个到处蒙着厚厚灰尘的自行车棚里，我们俩东拉西扯，聊一些漫无边际的事情，他告诉我他父母正在闹离婚，他不想回家听他们争吵、摔东西，甚至动手打架，将来他想跟着妈妈生活。有时候我们互相监督着背政治题，什么叫生产力和生产关系，什么叫社会主义初级阶段，那些概念、定义和结论滔滔不绝，要背得非常流畅，背到不需要动脑子，话语就自动流淌出来。课本里的内容像一把细齿的梳子，梳理我们年轻凌乱的脑子。有时候我觉得很烦躁，为什么要死记硬背？为什么要考试？为什么非要上大学？我妈是她那辈人里少见的大学生、佼佼者，还不是一样变老，变得啰唆又烦人，连我也不爱她？我妈向我描绘了一幅恐怖的图景，好像只要我不听她的话，就会直直地走进一场人生悲剧，可是那时候，她要我相信的事情，我一点都不相信，她禁止我去做的，我全想尝试一遍。

全校通报批评的那一天，我正坐在教室里收拾书包，准备回家，校长的声音在操场上响起来，他先是说了一段校风校纪，又说了一段中考的重要性，然后，毫无准备地，我听见了我和孙震的名字。校长说我们行为不检点、不端正，影响了学校的校风和学风，班里的同学都不说话了，安静下来，有人低声地嗤嗤笑着。

我飞快地背起书包，冲出教室，校长的声音还嗡嗡地笼罩着操场和教学楼，像一张正义的蜘蛛网，上面粘满了道德正确的苍蝇。他的那些话里很少有事实，几乎没有任何描述性的内容，他说我行为不检，却没有具体说是如何的不检，他说我们败坏校风，也没说为什么败坏了良好的校风，他只字不提我们轻轻地牵手、温柔地拥抱、害羞地接吻、热烈地聊天、默契地放声大笑或者相对无言，用操场上的高音喇叭捏造出两个不守本分的坏学生形象，我无法将他的话语跟我和孙震联系起来。最后，校长说完了，孙震的声音响了起来，我呆住了，响彻天地的大喇叭里，真切地传出他的声音，他说："我不应该早恋，我做错了，我以后要好好学习……"可能还有一些别的，但是我已经听不见了，因为从他说第一个字开始，我就拔足狂奔，跑出学校的大门口，跑上马路，直到听不见大喇叭的声音，耳边只剩下街上车水马龙的低沉噪声，路边音像店放着流行歌曲，鼓点如雷，轰击着耳膜。

我无处可去。回家去面对我妈，听她新一轮的嘲讽和指责？我听够了。我走进音像店，漫无目的地浏览，转了一圈又走出来，强迫自己不要去想孙震，他在哪里？他说完没有？他是不是已经回到家开始写作业了？他要继续当一个好学生？他这个浑蛋！天渐渐黑了，这条街不是我平常回家走的路，我走进一家卖烟酒零食的小铺，买了一包夹心饼干，在路上边走边吃。我妈肯定在找我了，我猜她既不担心也不后悔，而是愤怒，愤怒是她永远用不完的情绪。饼干又甜又脆，我用力地大声地咀嚼着，第一次体验被人背叛的滋味，就是花生酱夹心的味道。

在街上晃到十点多，行人车辆都减少了，店铺都已经关门，我开始往家的方向走。这时候我已经不那么难受了，迅速地忘却和平复，是跟我妈妈生活十几年练出的本领，我学会了同时使用暴躁和冷漠来保护自己。路上，我发现一个空的可乐易拉罐，一脚踢过去，罐子滚出去很远，走过去继续踢，同时心里渐渐平静下来，夜色中不断地传来易拉罐磕碰路面的响声，越来越远，却怎么也逃不出我的下一脚猛踢。最后，它滚到马路中间，一辆汽车过去将它压成扁扁的一片，印在路灯光里，仿佛暗沉的沥青上渗出一块鲜血。我哼着歌儿往家走。

经过楼下的自行车棚，有人叫我的名字。我走过去，边走边摘下沉重的书包，一照面就朝他砸了过去。孙震用双手推开，我发现他力气变大了，跟小学时候大不一样了。我扑过去打他，就像从前我们打架那样，他一边抵挡，一边说："别打，别打，我错了！"

我停下来，气喘吁吁，他又说："我错了，校长说要开除我俩，除非公开检讨。"

"那他为什么不来找我？为什么不让我去广播上检讨？"

"那得问金老师。"他说，几只小猫喵喵地围过来，在我俩之间，竖着尾巴转悠着。

我想着他说的那些可恶的话，我听到的，还有我没听到的，眼泪几乎不受控制地涌出来。孙震说："那些话都是校长让我说的。我自己不是那么想。"

"那你怎么想？"

"完全相反的意思。"

我哭得更厉害了，我和他互相都没表示过喜欢，虽然我们拉过手、接过吻，也就像小时候那些打闹的一种延伸，一开始不好意思说，到现在也不用说了。他走到我跟前，冒着被我继续打的风险，想亲我，几个小时之前，他还在学校的广播里说早恋是错误。我轻轻推开了他，表示我还没有完全原谅。

就在这时，手电筒照了进来，我们被发现了。我妈、猫、死去的猫、尖叫，我的回忆到此为止，因为后面的那些年都恍然如梦。我们都考上了高中，不是同一所，后来他考上了北京的名校，我复读了一年，去读了一所普通大学的护理专业。毕业后，通过我妈的熟人关系，在老家的医院当了护士。她觉得医院是个好单位，将来她年纪越来越大，如果需要看病住院，有个女儿在医院多方便。

在周大夫出现之前，我还没意识到我在期待什么。他是新来的医生，我妈做膝关节置换术，他给了很多额外的关照，我妈认为那都是冲着我来的，对人家也笑脸相迎，十分热情。我不讨厌他，时常聊聊天，开个玩笑，但是我没办法往别的方面去琢磨，不是不想，而是不能，我不能喜欢周大夫。那天晚上之后，我再也没有真心喜欢过任何人。

我妈把小猫摔在地上，我尖叫起来，感觉全身被裹上了一层带刺的沉重甲胄。孙震跑了，还没忘记捡起地上的书包，我眼睁睁地看着自己又一次被抛弃，这次他没办法解释，没办法再用看似真诚实则狡猾的借口来哄我。事实证明，面对大人，他毫无招架之力，不但不敢反抗，连面对的勇气都没有。他这么一跑，让我妈抓住了把柄，对我说："你看他是个什么熊玩意儿!"过了几分钟，我才冷静下来，背起书包，跟着我妈回家了。一路上，她不停地说话，我一句也没听进去，耳边全是心底的海啸声。第二天，在教学楼的走廊里，我又遇见了孙震，他想跟我说什么，我躲开了，不想说话，也不想打他骂他，心里充满失望。自那时起，我决定收拢心思，听我妈的话，好好念书。

这些年本来一切平顺，我早就忘掉了孙震。然而，认识周大夫以后，我发现，我必须面对一个问题，关于爱情的问题，只有孙震才能解答。我有一半的灵魂还停留在那个晚上，他想亲我却被我推开的时刻。我想知道，你既然喜欢我，为什么在我最恐惧最脆弱的时候，独自跑掉了？我要找到他问个明白，然后才能全心地投入未来。

我在网上写了一个帖子，假托孙震的名字和语气。他早就改名了，只要看见这篇文章，一定能猜出是我写的。我编造了关于雪球的谣言，什么真正的雪球早就死了，现在的那只是个冒牌货之类的，危言耸听，只是为了让这个故事流传得更广，更有可能被他看见。

我跳进孙震的身体去讲我们的故事，意外地发现很多新东西。原来我小时候那么暴躁不讲理，一言不合就抢起铅笔盒拍他的脑袋，打着打着，有一天忽然不想打了，就在那一霎间结束了友情。升到初中，有一天他在校门外等我，我们又开始交往，我急迫地向他展示我看了什么书，我滔滔不绝，想要显示我的聪明博学。他学习成绩比我好，年级排名更靠前，我想让他知道，我不是像他那样只读课本，我看很多课外书，知道的事情比他更多、更丰富。从孙震的视角来看，原来我才是进攻的那一方，为了对抗我，他去找我看过的书，在假期里全啃完了，就为了跟我有话可说。而我呢，我也想提高成绩，将来他能考上的高中，希望我也能考上。我越是回忆过往，越觉得那是一段非常美好的时光，我们都觉得对方很厉害，谁也不想落后，最后我妈把这一切全打碎了。

他考上省城的重点高中，后来又去北京念大学、读研、工作，而我就留在老家，在医院当护士。周大夫出现了，让我意识到时间紧迫，说不定脑子一热，我就会恋爱、结婚、生子，永远在这个地方生活下去，像我妈诅咒的那样。她说我没出息、太笨，哪儿也不能去，到了别处，我会弄丢自己，会被人骗，找不到工作。在她的安排下，我进了县城的人民医院，得到一个铁饭碗，这就是我妈设想的最适合我的生活。自从她当着我们的面摔死了小猫，她的权威就变得牢不可破，之后的很多年，我都没办法对她说"不"。

直到那天，她让我搬走，我才意识到不光是我受不了她，她也受不了我，不想再跟我一起生活。我一直觉得是我妈束缚着我，没想到反过来也是一样。我搬走以后，她把房子租了出去，拿着租金和退休金，去南方旅居。在海边，她穿着长到脚踝的花裙子，戴着浅色草帽拍照，从小到大，我没见过她穿裙子，永远是一身深色衣服配一双老气的旧黑皮鞋，原来她还有别的模样，那个美丽女人的模样被一层严肃的坚冰包裹着，现在终于被晒化了——我就是包裹她的那一层冰。她去南方没多久，我就悄悄辞了职，到北京去找孙震。

我编造了离奇的故事，把那只万众瞩目的名猫雪球和我们喂的小野猫联系起来。我说，我总是在做同样的噩梦，梦里我变成一只猫。孙震又相信了，他总是相信我说的话。他不记得我在放学路上胡编乱造的那些故事结局了吗？就因为他总是毫不迟疑地信任我，我才忘不掉他，即便他又胆小，又懦弱，遇事跑得比我还快。

在北京，他去找了他的朋友，打算帮我混进 X 公司，就在那天，我收拾东西悄悄离开了。在他看来，也许是我的另一次心血来潮，想和好就和好，想不理就不理，想走就走。他认真地对待我，相信我的幻想，可是当幻想散去，我发现自己身处一个陌生的城市，在一个多年未见的老熟人家里，没有工作，也不知道接下来要做什么。他会按部就班地上班、跳槽、加薪、升职，一路向前，走到我看不见的地方。而我呢，我对抗他的武器还剩下什么？我来到北京，用一个神奇的故事来包装自己，那些神秘的梦境和感受全是假的，编造出来骗人的，而唯一真实的，就是我害怕平凡，害怕普通，害怕变成一个不值得好奇的人。他说，当时他也被吓住了，他从小就怕我妈，不知怎么就拔腿跑掉了，我一下子明白了理想的爱情只是一种想象，而想象这东西，无论如何完整坚实，最终总是通向失落的。

我背起背包，踏出他家的门口，一脚踏进沉甸甸的未知，眼前的世界一下子变得澄澈明净，黑暗中霎时雪亮，仿佛透过雪球的眼睛在看。等有一天，我把一切都看得清清楚楚，不再追求绝对完美的忠诚，也不再渴望被关注、被追逐、被狂热地爱慕，我就回来找他。假如孙震还住在这里，还在等我，那我们就可以坐下来，诚恳地谈一谈爱情。

门

外

　　按下中控台上的解锁键，刘森拉开车门，坐到副驾驶的位置，沉重的书包放在腿上，等着刘唯把平躺下来的驾驶位座椅调直，关掉音乐，发动汽车。

　　刘森戴着耳机，刘唯跟他说话，他没反应，父亲大声重复："晚上想吃什么？"

　　"随便。"儿子大声回答。

　　"听什么呢？"

　　孩子不回答，头跟着节奏轻轻晃动。汽车汇入车流。天色渐渐地暗下来，整条街的红色尾灯都亮着。刘唯看看时间，还有四十分钟，导航显示目的地距离：二十公里。

　　"来不及吃饭了，买个面包吧。"

　　"我不饿。"

　　车流松了一点，刘唯踩下油门，过一会儿又停滞下来，问刘森："今天作业多吗？"

　　"多。"刘森低着头，拿着手机在刷朋友圈。初二，十四岁，全班同学都有手机了，流量包每个月都超，话费不比他爸爸少。他打开一个微信对话框，开始快速地打字。刘唯想起刘森小时候，季静带着他认拼音卡片，拉长声音教他："b-a，b-a，爸爸，m-a，m-a，妈妈——"

"爸，"他突然说，摘下耳机，"我想学羽毛球。"

"哪儿有时间？作业那么多，还要补课。"

"星期日下午有空。"

"怎么突然想学这个？"

"就是想学。"

左前方一辆车突然并线，刘唯踩下刹车，骂了一句。刘森说："哇，跑车。看那尾翼！"

"你怎么不飞呢？"刘唯一边抱怨，一边找机会超过它，两边的车一辆接一辆，前头，银红尾翼向上翘着，排气管黑洞洞的，森然排列。

"开车不要斗气，很危险。"刘森说，语气严肃。

堵车的路段终于过去了，原因是左侧三车追尾，司机站在路边打电话，车灯碎了一地。刘唯加速超过前面那辆慢吞吞的厢式货车，然后按照导航的指示，准备左拐，刘森说："明天上午我跟同学去看电影。"

周五的晚上，到处都在堵车，他想，回头跟老师商量一下，能不能排到别的日子上课。汽车驶进一栋大楼的车库，绕到地下三层才找到位置，离上课只剩下五分钟。父子俩急匆匆地赶到补习班，刘森去自己科目的教室。前台旁边的等候区摆着一些塑料凳子，刘唯在角落里找到一个空位坐下来，身边挤着不少人，大部分是父母，也有爷爷奶奶辈。他从裤子的后袋里摸出手机，想接着刷剧，发现忘带耳机了。他给儿子发了一条微信，让他课间休息的时候把耳机拿出来。

教室外面的休息区坐满了等候的家长，所有人都在低头刷手机，黑压压一片安静的人头，偶尔有相熟的聊几句。刘唯是听朋友推荐，说这里的老师不错，学生成绩提升得特别快。前台的一位女老师正在吃晚饭，饭香一阵阵地飘过来，直往鼻子里钻。刘唯才想起来，刘森还没吃晚饭呢。

为了减肥，刘唯不吃晚饭有几个月了。他比大学时胖了四十斤，体检单上各种＋号。到这个年纪，人开始怕死。他打算先把晚饭戒了，等体重降下来，再开始戒烟。现在，烟就是他的晚饭。

下了楼，到街对面的便利店里买了三明治和牛奶，楼下抽完一根烟，上去发现原来的座位被一位奶奶占住了，只好走到外边，靠墙站着，用手机看美剧，音量调得很低。他喜欢看那个年轻的金发女主角，养眼。每次陪着刘森去上课，刘唯都想着下次要带本书来看，每次都忘，一边整天忙忙碌碌，一边又放任大把的时间流过手心，像这样的等待，每周有两三次，跟陌生人挤在一处，花几个小时等孩子下课。

女主角又要上床了，年轻人真乱，身材也是真好。他等不到片尾，就跳到下一集，有人走到身边，他并没抬眼，以为又是一个没座位的家长，没料到那个人往他肩头拍了拍，笑了起来，笑声跟二十年前一模一样，她说："观察了好久。真的是你。"

"太巧了。"刘唯站直身体，"多少年没见了？你在这儿干什么？"

林以文告诉他，她女儿在这里补习。

"我儿子也在补习——真是太巧了。"

老同学寒暄几句，林以文提议出去抽根烟，他欣然从命。在大学里，他们短暂地约会过几个月。林以文比刘唯大两届，教会他抽烟。毕业之后，她出国念书，没再见过面。两个人站在街边，她简略地说了这些年的生活，留学，回国，工作，结婚，生育，离婚……路灯之下，刘唯见她眼角有纹路，头发染成棕色，靠近根部的地方，隐约有些银白。

"你没什么变化。"

"我比那时候胖多了。"

"是吗？看不出来。"

"哈，恐怕是记不起来了吧。"

"真的，看了半天才敢认你。"她说，烟头明明灭灭，"你们是新来的？"刘唯点点头，跟她聊起这个有名的补习班，她告诉他哪个老师最好，说到孩子念书的事，话更多起来——她女儿刚上五年级，她一个人带着孩子生活。

"你可真不错，大部分都是妈妈陪着。"

"他妈妈，"刘唯觉得这没什么好避讳的，"他妈妈早几年去世了。"那次车祸，他和儿子都没受伤，只有季静没救回来。

她表示同情，感叹爸爸一个人带孩子太不容易了，两个人还在聊，直到刘森打来电话，问为什么不回微信，还要不要耳机，两人便一起上楼。刘唯让刘森跟林阿姨打招呼，刘森立刻拿出对待外人的一套礼貌，向阿姨问好，又接过晚饭，把自己的耳机给了刘唯。他就随手塞进裤子后袋里——现在用不着了。

课间休息只有几分钟，林以文的女儿没出来。她说想去喝咖啡。在楼下的一家餐厅，人不多，气氛很安静，座位铺设得柔软低矮。她点了两份饮料。

刘唯忍不住抱怨，这些补习班弄得大家身心疲惫，抱怨应试教育的那一套话，家长们总是有共鸣的。渐渐地，话题转向系里的同学，议论他们近况如何。这些年她跟同学们都不联络，都是刘唯一个人在说，她很有兴趣地听着。

"我结婚之后，就很少跟大家联系了。"她说，"他不喜欢我朋友太多。"

她结婚的消息，刘唯听说了。后来，刘唯也结婚了，很多年都没有想起这个人。她用手指捋头发，又搅动咖啡，谈起自己的女儿，喜欢运动，会弹钢琴，会烤面包。她还推荐了几家适合带中学生去的冷门博物馆。快下课的时候，刘唯要结账，她不肯，抢着买单。

"遇见老朋友太高兴了。"在电梯里，她问，"下周你们还来吧？"

"下周我们还来。"在那一刻，他决定先不要调整上课的时间，星期五晚上就很合适。记忆里，跟林以文在一起的几个月，就像一段愉快的假期，她身上有一种周五傍晚的气息，可以抽烟喝酒，可以夜深不睡，现在，她又是单身了。看见她的样子跟从前差不多，刘唯就觉得自己还不老。

回家的路上，刘森向他要耳机。刘唯费力地把手伸进屁股底下，从口袋里摸出来，刘森抱怨说："坐着要压坏了。"

"这儿的老师讲得好吗？"

"还行吧。"他又戴上耳机。忽然之间，刘唯也很想听歌，听年轻时流行的那些歌，一时又想不起哪首，很多旋律混杂在一起，荡悠悠的熟悉的歌声。睡前，他靠在床上，在听音乐的软件里面一首首地翻出来标记，刘森喜欢的那些年轻歌手都排在首页显眼的位置，刘唯一个也不认识。

林以文给他推送了她认识的老师的微信，他说"谢谢"，很想再跟她聊几句，又找不到合适的话头。过去我们都聊什么？在一起的时候，两个人总是说个不停，争论、辩解，连《灌篮高手》里面哪个角色更厉害都要说上半天，充满着无用的激动和快乐，连分手也分得痛快干脆，不怎么伤心。好像两个放学同路的小孩，她先到了，她就拐弯回家，随意地说声"再见"。

早上醒来，耳机还套在头上，手机没电关机了。刘唯爬起来，看看外面的天气，晴朗无风，于是把刘森叫醒，问他想不想出门，去看古钱币博物馆。他说："我约人看电影，昨天都说过了。"

"约了谁？"

"几个同学。"

"那明天再去？"

"不想去。博物馆有什么意思？"

吃完早饭他就走了，中午不回来吃饭，刘唯给了他一些钱，和同学一起出去玩，男孩子总得有点儿钱。要是季静还在，她大概会做个彩色的表格，表现好就粘一颗星星，攒够五颗星，换五块零花钱。季静向来一丝不苟，刘唯就不讲究那么多。

儿子一走，刘唯就用手机连上蓝牙音箱，调高音量，然后从冰箱里翻出一罐苏打水。这玩意儿寡淡无味，只有碳酸气的刺激像一种安慰，粗粝的沙子般的安慰。减肥期间，他用这种饮料来代替啤酒。厨房的窗户对着外面的街道，金黄的叶子开始飘落。有人在打扫落叶，一下一下地划拉着，堆出一座小山。

林以文说，她要带女儿去爬山看红叶，不知道是哪座山。这时节叶子还没红透。从前季静也喜欢爬山，喜欢去户外，没生小孩之前，他们每个周末都去郊外，那时候他们没有车，天没亮就起床，赶长途车去景点。现在，让他周末早上九点钟之前起床，绝无可能。

他把喝空的易拉罐丢进厨房的垃圾桶。周末的上午总是很短暂，刚吃完早晨的面包没多久，又到了该吃午饭的时候。冰箱里有速冻饺子。

到底去爬哪座山呢？

他拿起手机，刷朋友圈，看她有没有发游玩的照片，没有，她的朋友圈都是女儿的生活细节。那女孩长得秀气，却不像林以文，一定是像爸爸了。

也巧，没过几分钟，她就发了两张爬到山顶的照片，她和女儿的脸并排挤在画面里，脸上加了一层柔光，隐去那些眼角的细纹，更像大学时代的模样了。她们身后层峦叠嶂，一簇簇的红叶尚未连成片，像一些新鲜的伤痕，散布在山坡上。

刘唯点了个赞就退出来，到厨房去煮速冻饺子。吃完饭，把盘子堆进水槽，又拿出一罐苏打水，跟着音乐哼唱起来，歌还是那些煽情的歌，年轻的时候，他还会拿着吉他弹唱几首。多少年了。

二

　　星期五，又见到林以文，问起她们周末去哪儿，原来是一座没开发的野山，找到一条当地村民踩出来的小路，特别清静，路上有很多黑溜溜的羊粪。两个人一边聊着天，在商场里转了转，又走出去，沿着街道散步，一直在聊各自的孩子，好像没别的话题可说。末了，又一起抽烟。刘唯说："我老婆最烦我抽烟，尤其是在车里抽。"

　　"我也是想戒，戒不掉。"

　　"她老是抱怨，后来我就改了。"

　　"那现在呢？"

　　"现在什么？"

　　"现在你还开车抽烟吗？"

　　"不会。怕教坏儿子。"

　　"哎呀，"她笑了，"瞧我们都这么老了。"

　　"你一点也不老。"刘唯脱口而出，

　　她没搭腔，就笑笑。天黑透了，两人回到商场里，在一处顾客休息区坐着。对面的店铺里挂着几件印着卡通图案的白色 T 恤。刘唯想起来，他跟林以文穿过一套情侣衫。那两件 T 恤印的什么图案来着？机器猫还是奥特曼？

　　林以文伸展双腿，盯着自己靴尖上的一点磨白。她的侧脸瘦削，下巴向前突出，像一枚窄窄的月亮。

"他什么也不要，只要离婚。"林以文说，"好像我是一把锁，非得挣开不可，最后跟一个女同事一起去了成都。"

"去年暑假，他让玲玲去成都，带她去吃火锅、看熊猫，还抱着小熊猫照相。我以为玲玲跟我一样恨他，结果人家父女还是父女。"

"我问她跟那个女人相处得怎么样，她说，妈，你真是小气鬼。原来现在的孩子都这么通透，有点心寒。"

渐渐地，林以文开始诉说那些不顺心的事，比如玲玲不爱吃她做的饭，从前都是爸爸做饭；学习成绩也不算好，虽然老师都夸聪明，就是不够用心。她整天忧虑，怕女儿考不上好大学，表面上又要装得轻松，继续鼓励。大部分工资都花在孩子教育上。

刘唯这边还惦记着那两件情侣衫，应该没丢，就在衣柜的某个角落里。季静死后，他没整理过卧室的衣柜，四季衣服都混在一起。他浮皮潦草地把日子过下去，过一天算一天，被时间推着向前走，周末送刘淼去各个补习班，自己就在门外等着，一坐两三个小时。

超人，他想起来了，是两个穿红披风的超人。她那件大概早不在了。他把喝空的咖啡杯放在脚下。不知道还能不能穿得进去？他现在一坐下来就觉得有块肚子没地方摆。季静死后他发福得厉害，甚至不好意思见岳父岳母，他们总是说："你又胖了。"听起来像是责备。季静死后，她妈妈一度瘦到脱形。到了寒暑假，刘森就去陪他们住几天，刘唯开车把儿子送过去，饭也不吃就走。

"而且，特别不爱吃饭，"林以文说，"只爱吃甜食，牙坏了好几个。带她去补牙，因为要补得太多，打了全麻，医生把我教训了一顿，让我少给她吃甜食。我只好给她爸爸打电话，问他红烧鱼怎么做。"

红烧鱼，刘唯想，不知怎的，一股家常味道从某处升起，一下子让他馋起来。他谨慎地咽下口水，黑咖啡越喝越饿，他开始渴望一顿正常的、温暖的晚饭，为什么不去吃一顿呢？他想，今天不行，快下课了，约她吃饭最好不带孩子，孩子会把一切都变成吵闹的家庭聚会。下周五一定要请她吃晚饭。

她又提起现在的工作，打算跳槽，对职位很不满意。当年她是学生会主席，现在是普通职员，最不能忍受的是一个当年在她手下的学妹，在公司比她高两级。她也没老到甘心混吃等死的地步，只是不会像别人那样溜须拍马而已。

"所以，你们公司有空缺职位没有？"这句话来得突兀。他沉吟了一下，说等等看，替她留意，接着他就在迷雾沉沉中瞥见一丝曙光——自己就在人事部，负责招聘。

"我考过不少证书，"她说，"回头好好整理一下，不知道哪个有用。想不到吧，我还考过咖啡师的证书，哪天你来我家，我给你做咖啡。"刘唯一时没接上话。下课时间到了，孩子们陆陆续续走出来。玲玲个子很高，猛一看像中学生，穿着红白相间的校服、粉色的运动鞋，书包也是粉色的，挂着毛茸茸的卡通挂件。见到刘唯，玲玲有礼貌地打招呼。刘森还没出来。

林以文马上变回一个絮叨的母亲，把玲玲的书包接过来，自己拎在手里，让女儿穿上一件厚外套。玲玲嘀咕着天气并没有那么冷，依然听话地穿上。母女俩向刘唯道别，下周再见。刘唯看着她们消失在下行的电梯里。下周再见，他想，下周再见。

刘森走出来，说学校只有一个卫生间，总在排队，女生用厕所都太慢了。他不喜欢这里，嫌没有原来的那间学校环境好，教室拥挤，空调也不舍得往大了开，冷死了。他抱怨了几句，刘唯就说："你是来补课的，还是来度假的？"

"我又没度过假。"刘森说，气呼呼的，把书包抱在腿上，等汽车开出车库，回到灯光明亮的大街上，又提到学羽毛球的事。

刘唯告诉他，小学时候给你报过兴趣班，你不想学，放弃了，还说，再也不想打羽毛球。

"那时候我小，"他争辩道，"现在我就想学。"他始终不肯说为什么。刘森并不热爱运动，个头虽然高，刘唯老觉得儿子四肢不协调，缺少运动天赋。休息时间刘森就喜欢窝在自己的小屋里，写作业、看漫画、听歌。偶尔刘唯想带他出去转转，回答的句式都一样："×××有什么意思？"

他不再追问刘森为什么突然想学羽毛球，想去就让他去。刚才林以文提过她女儿在练羽毛球，还参加过比赛，当时问明白就好了。他看了一眼刘森，照例戴着耳机，低着头，不停地发微信。

羽毛球。他记住这件事。第二天中午，他在办公楼底下，一边抽烟，一边等叫的外卖，林以文发来信息，告诉他怎么报名、费用多少、上课情况，非常细致。他当即打电话去问，给刘森选了跟玲玲一样的课程，两个孩子可以一起上课，就从周日开始。

晚饭的时候他跟刘森说，没提起林阿姨和她女儿，有意略过了。第二天，他接刘森回家，顺路去商场，给他买了球拍和一双室内穿的羽毛球鞋，他的鞋只比刘唯小一个码。刘唯给自己也买了双新的运动鞋，乔丹新出的复刻版。当年，林以文还是个球鞋迷，她家境不错，零花钱比刘唯多，上学的时候就爱穿乔丹。那时候刘唯买不起一千多块的运动鞋。

他们在商场一楼吃肯德基，周围全是带孩子的家长。刘森一个人对付一个全家桶，刘唯只吃几根薯条，坚持他的减肥计划。刘森边吃边问："爸，你会打羽毛球吗？"

晚上，他们在楼下找到一片空地，不知道谁在地上用白线画的方框场地，父子俩打起球来。刘唯示范了一些基本动作，刘森上手很快，移动灵活，很快就打得有来有回。后来，天渐渐下起了雨，深秋的雨很凉，他们又打了一会儿，好像发条上紧了还没放完似的，停不下来。渐渐地，雨越来越密，刘森打出一个好球之后，刘唯说："回去吧。我太饿了。"

刘森说还要写作业，到家就进了房间，把门一关。刘唯忍不住给自己泡了一碗面，就着不含糖的苏打水，吃得很不满足。来点酒就好了，他想，再来点肉和花生米，酱牛肉最好。

最后他掏出手机点外卖，送外卖的小哥披着一身亮晶晶的黄色雨衣。雨下得不小，明天肯定降温。深夜，刘森已经睡了，他把食物摊在桌子上，打开餐桌的吊灯，光线柔和，拍了张照片，本来想发给林以文，又觉得唐突，就发在朋友圈。花生米是辣的，他数着粒吃，怕不小心吃多了。林以文没来点赞。

第二天早上，刘森问："爸，你昨天买的牛肉呢？发朋友圈的那个，还有吗？"刘唯告诉他在冰箱里，一口没动。刘森用馒头夹着牛肉，连吃了两个。刘唯催他动作快点，上学要迟到了。

转眼又到星期五，下过两天秋雨，温度骤降。刘唯在培训班外面等刘森，也等林以文，她迟到了。过了一会儿，又过了一会儿，他给她发了一条微信，她回复说孩子发烧了，今天请假，屏幕上干巴巴的一行字。刘唯一个人下楼去抽烟，冷空气直往领口里钻，像一只调皮的手，抓着一团雪塞进来。他竖起外套的领子，提醒自己要把冬天的棉服翻出来。

沿着街道闲走，清理过的人行道上粘着寥寥几片潮湿的落叶，路过的每间餐厅都是诱惑，每种香气都是一道险关。往回走的时候，他给林以文发微信，问她周日的羽毛球课还去不去。过了很久，刘唯和刘森都快到家了，她才回复：不知道，看情况。

第二天刘森去参加奥数比赛，机构内部的一个小型比赛，拿到赛区的一等奖。始终是小孩，拿到奖状就特别高兴，点名要吃火锅。现在刘森可以吃最辣的那种——小时候丁点儿辣椒都不能沾，当时他还不会表达辣，就会说"疼"，这个吃起来很"疼"，花椒味、咖喱味、辣椒味，他一概归结为"疼"。季静跟刘唯抱怨，跟儿子吃不到一起去，她是无辣不欢的。

刘森五岁的时候，季静对他进行辣椒训练，从极少量开始，一点点地让他适应。她认为孩子的习惯来自父母的塑造，而刘唯觉得一切就该顺其自然，他自己也不爱吃辣。刘森主要归她管，总说爸爸不懂教育孩子，他就躲在不懂的借口下面偷懒，又有些不甘心。那段时间，夫妻总是争执不休。

最后一次争吵，就发生在去森林公园野餐的那天。

火锅里的红油咕嘟嘟地翻滚，鸳鸯锅中间立起了一个增高的隔挡，防止沸腾的油花蹦过来，破坏了这边的清汤。刘森边吃边说："比赛的题目太简单了。"

刘唯把熟透的牛肉片码在盘子里——无论何时，只吃碗里食物的一半，他数出五片肉，放进嘴里缓慢地咀嚼，这是哪个女明星提出来的减肥方法？太浪费，太造孽了。刘森说："爸，你浪费粮食呢。"

他不得不把剩下的肉全吃光。季静教导儿子不许浪费粮食，一粒米也不准剩在碗底。

最后一次争吵，起因是一件家务事，又扯到旁的不相干的事，就吵得更厉害了。刘唯不明白她怎么变得如此刻薄，季静也觉得他越来越冷漠，并且心怀鬼胎。"这是事实啊。"她说，"你根本不关心孩子，家里的事完全不管，整天惦记着别的女人。我知道，我什么都知道！"

她是故意的，刘唯想，把一箩筐的菠菜分别扔进汤锅的两边。不知道这种局面是怎么形成的，但是季静的确怀着一种敌意，把刘唯当成生活中的障碍，让父亲演变成一件沉默的摆设。刘森说："我不想吃这么多菠菜。"

"多吃点青菜，记忆力更好。"

他把一筷子菠菜放进刘森的碗里，刘森皱紧了眉头。

"我不吃菠菜。"

"这么大了还挑食。"

"我可以吃别的菜，就不想吃菠菜。"说着，他用筷子把沾满调料的菠菜夹了出来，直接扔在桌面上。明明旁边就有个空碟子。

刘唯被激怒了。火锅还在冒着泡，煮出越来越浓厚的滋味，服务员提着铜壶过来加上热汤。刘森又去夹牛肉。

"捡起来吃了！"刘唯说，把筷子伸过去，把桌面上的菠菜捡起来，丢进刘森的碗里。刘森眼圈红了，盯着那碗菜。

刘唯说："吃了。吃不完别走。"

开车去羽毛球馆的路上，刘森坐在后座上，一副赌气的样子。球馆的光线特别好，一整面都是落地的玻璃窗，家长聚在一起晒太阳。刘唯在人群中看见了林以文，她说："我跟玲玲的教练打招呼了，让他也带带刘森。他们俩在一个组。"刘唯到前面去看了一会儿上课的情况。这块场地面积很大，一半租给机构上课用，另一半向外出租。空间中充满了砰砰作响的击球声，无数脚步飞快地移动着。

林以文说："下次我们也带球拍来打打球，干等着太无聊了。"刘唯立刻想起自己的球拍很久没用过了。没有孩子的时候，他跟季静常常在小区楼下的空地里打羽毛球，夏天的傍晚，出一身汗，去小商店里买冰可乐……现在他很久没喝过含糖的可乐了。球拍不知道扔哪儿去了。

回到家，他到处翻腾，最后在阳台储物柜里找到两只球拍，线都旧了，立刻下单了新的羽毛球线。刘森还在生白天的气，说不想吃晚饭，直接回了房间。刘唯下楼买了面包放在餐桌上。刘森直到半夜才从自己的房间走出来，把面包拿走，又关上房门。

　　第二天晚上，刘唯坐在餐桌边穿线，按着店家给的视频教程，把旧线都换成新的黑色高弹力线，球拍焕然一新，拍张照片发给林以文，问她有没有自己的球拍，没有他可以带，线是新换的。

　　她回：还没有买，那谢谢你啦。

　　刘森走出来，去厨房的冰箱里拿出一罐可乐，站在刘唯的对面咚咚喝着。"是她吗？"他突兀地问。

　　"什么？"

　　"我妈说的那个女人，是她吗？"

　　"哪个？"

　　"外遇啊。"

　　"不是。"做父亲的抬起头，断然否认。

　　"给我报这个班，是因为她吗？她女儿也去。"

　　"是因为你自己非要学羽毛球。"刘唯说，"你要是不愿意上课，我马上找人家退钱。"

　　从这天起，生活就变得像一面崭新的羽毛球拍，横竖都是绷紧的力。刘森开始闹别扭，不跟刘唯说话，而刘唯问心无愧——反正不是她。

他照旧送刘森上下学，刘森不肯坐副驾，挪去后边，耳朵上永远塞着耳机，不跟爸爸说话。有一天，刘唯忍不住跟林以文说起这件事，以及他有多想把这孩子暴打一顿。林以文听完大笑，说："你们男生就这么别扭。我跟我女儿无话不谈，像姐妹一样。"

"我要是有外遇的对象，何必等到现在。"刘唯说，"再说这也是我的事，轮不到他管。"

"你是个好爸爸。"林以文说，家长间的相互吹捧又来了，"比玲玲的爸爸强多了。"

一开始，她听说刘森怀疑自己是他爸爸的外遇对象时，笑了一阵。笑过以后，又显出一种幽怨，好像触动了心事。天气冷了，他们不再出去逛，就随便找个地方坐下来，或者在商场里走走，林以文的棉服搭在胳膊上，后来就换成刘唯帮她拿着，一开始他们聊得很多，话题耗尽了就沉默下来，各自坐着刷刷手机。

星期日，孩子们上课的时间，两个人也在球馆里租一块场地打球。林以文跟从前一样灵活矫健，刘唯很久没剧烈运动了，出了一身大汗，眼前都被汗水模糊了，动作都像在挣扎。中间休息的时候，林以文递给他一瓶水，他接过来一饮而尽。

林以文坐在他旁边，身体微微发热，她穿着一身短袖短裤运动衣，露出来的手肘和膝盖骨节分明，皮肤薄得好像要被扎破似的，问他，你儿子怎么样，还在闹脾气？

"不知道。"刘唯说，"我跟他真是没话可说。随便吧。"

"你那时候真有外遇？"她冷不丁地问，弯腰捡起一只羽毛球，递给走过来捡球的人。那个人上半身的肌肉在紧身衣上印出浮雕般的痕迹。

"没有。"

那时候，季静固执地认为刘唯跟别的女人有染。好吧，他确实跟一个偶然认识的女孩见过几次面，吃饭、喝咖啡，他发誓再没有别的。对方挺漂亮，也是有夫之妇，他不敢说交往下去不会出别的事情，但是季静指责的事实从未发生。他觉得自己没犯错，即使被判有罪，罪名也是莫须有。

刘森出生后，在很长一段时间里，他们没有性生活，季静总是拒绝，"太累了"。她常常半夜起来泡奶粉，然后就再也无法入睡，在客厅里坐着直到天亮。刘唯建议她别干坐着，可以找本书或者电影看看，省得无聊。

"你总说没有自己的时间，睡不着的时间不就是你自己的时间嘛。"这样一个小建议，就惹得她哭起来："你根本不明白！"

"产后抑郁，我猜是。"林以文说，"你应该多哄哄她。"

"那后来呢，孩子都好几岁了，还产后抑郁？"刘唯说，"她只是借题发挥。"

"你不懂，"林以文说，"你不懂孩子到底带来多少变化。"

"我也一个人带孩子好几年了。

林以文摇摇头："你不了解你儿子。"又说："再猜一个，你真有外遇，对吧？哈，别不承认。"

下课时间到了，几个孩子被教练招呼到一起，围成一圈听课堂总结，都穿着白色运动鞋，像一群小兽的雪白蹄子，聚而复散，向着自己的父母走来。

林以文提议，两家一起去吃晚饭，吃牛排去。玲玲很高兴，下楼的时候一直在念叨要点什么菜。林以文不会开车，母女俩就搭刘唯的车。刘森一反常态地要坐回副驾的位子。刘唯说："你到后面去，让林阿姨坐这儿。"

"为什么？"这是一个多星期以来，刘森对他说的第一句话。

"副驾不安全，小孩不能坐。"

刘森下了车。车门敞开着，林以文坐进来，灰色的棉外套像一团云，是裹住了阳光的乌云。两个孩子坐在后面，刘森戴着耳机，玲玲望向窗外。

拐上大路的时候，他不自觉地加速，超过一辆又一辆车。他预感到生活将有一种崭新的可能、剧烈的变化、失而复得的快乐。他要试试，总不能连尝试的勇气都没有。

他们去了一家连锁美式餐厅。这家店完全中餐化了，所有菜一起上，都摆在圆桌上，汉堡的酱汁淌了一些在盘子里，刘森用手指蘸了放在嘴里，刘唯让他去洗手，"你多大了，还不知道饭前要洗手?"他觉得刘森是故意的，语气便不大好。

刘森去洗手，一去就没回来。刘唯打电话给他，一通就挂，后来干脆关机了。他假装无所谓，好像见惯了刘森这种脾气，让母女俩放心吃饭："他自己回家了，不用管，我们吃我们的。"实际上一桌子食物都没怎么动，只有玲玲吃了几根薯条，一边吃，一边看着两个大人的脸色。

"刘森怎么了?"玲玲问妈妈。

"没事。"

"那为什么生气呀?"玲玲说，"今天上课，教练还表扬他了。"过了一会儿又说："他性格好奇怪啊。"

林以文提议早点回家，玲玲还有作业要写，也不要刘唯送，自己叫了出租车，在路边等着。刘唯离开的时候，副驾座位上放着几袋的食物，是林以文让服务员包好，带回去给刘森吃的。这顿饭她抢先结了账，分别时，态度非常客气。

回到家，刘森的房门反锁着。刘唯敲了几下，他不开门，就隔着门问他刚才去哪儿了。他回答去了同学家，借一本参考书，正在写作业呢。刘唯继续审问："你这种行为是什么意思?"

"没什么意思。我不饿，不想吃饭。"

刘唯把带回来的食物放在餐桌上。接下来，他不知道该干点什么，只好坐在客厅的沙发上，开着一盏暗淡的灯，室内的一切都显现出模糊的轮廓，墙上时钟的秒针催命似的转动。他觉得自己不能再浪费时间，拿出手机给林以文打电话。

　　"孩子没事吧？"对方的声音含着温柔的关切，那一刻刘唯觉得自己就像身陷敌营的俘虏，听见了战友的声音，自己竟被抓走了这么多年。他说："没事。"林以文的呼吸起伏不定。"我在跑步。"她说，"玲玲睡了。你在做什么？"

　　"我准备睡了。"他想，如果她说：晚安，那么这事就算了。

　　她在那头沉默着，舍不得立刻说晚安似的。电话那头的气息慢慢平和下来，她说她快到家了，天气真冷，但是空气很好，每天晚上她都跑步，还说你也应该多运动。她不说晚安，刘唯也不说，他知道这是在拖延时间，没意义但是有必要——他甚至有点享受这些废话。

　　她又提到工作的事情，刘唯答应她，一有合适的职位，他就直接推荐她。他们约好周五一起去吃晚饭，趁着两个孩子上课的时间，然后就真的没话可说，再不挂电话可就太怪异了。她在那头笑了起来，说你真是一点都没变，他问，哪里没变？哪儿都变了。她说，星期五见面再告诉你。刘唯怀着一丝被挑逗过的心情上了床，像弄皱了的床单、吹皱了的池水、揉皱了的情信。他等星期五等得焦躁无比。那天刘森下学还特别晚，慢悠悠地走出校门，刘唯问他什么事耽搁到这个时候，他只说班里有点事。

白天下过一场雪，撒过盐，街道还是湿的，在路灯下闪着银亮的光。他们迟到了十几分钟，林以文站在门口。

"我们也迟到了，玲玲刚进去。今天路上堵得厉害。"

外面温度很低，两个人都不想出去，就在商场里吃快餐，并排坐在高脚凳上吃汉堡、喝可乐，今天连汽水都特别好喝。林以文把她不想吃的薯条都给了他。

林以文说想给玲玲买双专业的羽毛球鞋，这边商场没有，刘唯提议开车去另一家商场，他知道一个牌子不错。在车库里，车子发动起来，却迟迟没有开走。刘唯庆幸自己有先见之明，找到这么一个隐蔽的停车位置，车窗上有深色的贴膜，从外头看不见里面。后座上一个人待着是很宽敞，两个人就嫌挤，他考虑将来再换辆大点的车，然而此刻的拥挤是刺激而亲密的，头顶在紧闭的车门上，发动机持续送出热风，他觉得自己像罐头里的小鱼又回了魂，吐着气泡，铁皮盖子打开，吓人一跳。

他们重整衣衫，熄了火，把车钥匙拔下来，再去买鞋已经来不及。在电梯里，林以文对着广告牌上的玻璃整理头发，将长围巾重新打结。从头到尾，她的态度都很自然，好像不过是一起下楼抽了颗烟。玲玲朝她走过去的时候，她又变成那个过分关切的母亲，但是刘唯知道，刚才他们在车里经历的时刻，将在各自的生活中凸显出来，将周围的一切都衬托成浅淡的、无关紧要的背景。

三

刘森放学的时间越来越晚，刘唯问过几次，他总说有事。什么事？说了你也不懂。又去向老师打听，老师说没有拖堂，刘森上课很专心，成绩也稳定。

"你要有耐心，好好沟通。"林以文说，"青春期就是这样。会不会早恋了？"

"谁知道。"他嘴上这么说，显得满不在乎，心里却犹疑起来，社会新闻看得多了，现在的中学生什么事都敢做。每天半小时，他算计着，至少半小时的时间，他不知道刘森留在学校里干什么，跟谁在一起，他决定找个机会好好盘问一番。

一天晚上，刘唯躺在沙发上打游戏，刘森从房间里走出来，进了卫生间。他觉得这就是个机会，于是坐直了身体，把手机扔在茶几上，等刘森一出来，开口就问："你早恋了？"

"什么？"

他临时编了借口："你们班主任跟我说的。"

"没有。"说完，他就进屋，关门落锁。刘唯重新躺下来，拿起手机继续玩游戏。他没办法像季静那样对着孩子唠叨，不达目的绝不罢休，一碰到孩子的逆反他就退缩了，缩回他的沙发和手机中去，要么就像上次在火锅店那样，突然间火冒三丈，发一通毫无用处的脾气。

刘唯的注意力开始转向林以文。孩子们上课，他们在约会，时光是偷来的，欢乐中夹杂着侥幸。寒冬的晚上，他们走过灯火掩映的街道，或者开车出去，无缘无故地转一大圈再回来，每次亲吻都像第一次。有时候，刘唯觉得这关系虽然密切，却毫无进展，恋爱总得有个方向，跟林以文说，她答："怎么，你还要编个计划书吗？"

他总觉得时间紧迫，拖下去没有意义，不如早点规划。他们俩这样的情况，打算结婚的话，要考虑的事情不少。林以文对这个问题总是闪躲，避而不谈，工作的事倒是经常催他，问他有没有好的空缺。刘唯想，可能她喜欢谈恋爱，想把这个过程拉得更长些。元旦临近，刘唯想送她一件像样的礼物，借机谈谈未来的计划。他早早地订了餐厅的位子，打算带着孩子们一起，既过节，又表白。这件事总得摊开了说。

办公室午休的工夫，他去附近的商场挑礼物，看上一条钻石项链，标价 9988。他不懂品牌或者设计风格，就觉得这东西总算拿得出手，送女人珠宝总不会出错，就买下来，打算过节那天，两家人一起吃饭，当场送给她。

星期日下午，照旧打羽毛球。林以文赢了两局，两个人在场边喝水。另外一块场地里，上课的几个孩子被分成两组，打双打，玲玲和刘森一组。他们过去看了一会儿，玲玲年纪虽小，四肢修长，运动起来十分灵活，刘唯说："玲玲特别像你。"玲玲穿的新鞋跟刘森的是同款，只有码数不同，一眼望过去，更像一家人了。

林以文提议再打一局，谁输了就去买饮料。刚刚回到场地，就听见那边乱起来，场边的教练跑了过去。

刘唯跟在林以文后面，分开围观的孩子们，中间是玲玲捂着半边脸蹲在地上，刘森站在一边，看见爸爸来了，说："我的球拍不小心甩到她了。"血滴在原木色的地板上，别的家长也围过来了。林以文回头跟刘唯说："开车去医院吧。"

去医院的路上，刘森大概说了事情的经过，他的前一个动作是怎样的，球拍怎么挥到了同伴的脸上。林以文的手一直贴在玲玲的脸上，也沾了血。刘森向她道歉，她没答话。到了最近的医院，挂急诊，交费的时候刘唯想出钱，被林以文拦住了，说我们有保险，这些费用可以报销。玲玲在急诊室里缝针，林以文陪着她，刘唯在外面等着，一边教训儿子，把他种种的不听话和不懂事都裹在一起训了个够，刘森靠墙站着，只辩解一句："我不是故意的，刚才我也道过歉了。"

"随便说一句对不起就行了？道歉要有诚意，我没觉出你有诚意。不要以为你整天敷衍我，就可以照样敷衍别人。"

林以文和玲玲从诊室里出来了。玲玲的眼睛所幸并没伤着，伤的是眼睛下面皮肤最薄的部位，医生给开了防止疤痕的药膏，说这种伤口很容易留疤。刘唯又开车送她们回家。

第二天上午，刘唯处理完一些零碎的工作，想起来给林以文打电话，问她女儿怎么样。她说伤口没事，过两天去换药，不用他开车送，她们打车就可以，只是担心留疤，女孩子脸上有疤，实在太遗憾了。

刘唯说这真是太抱歉了，她没接茬，只说这两天请假在家陪孩子，全勤奖没了，马上要期末考试，落下的功课也得补回来，生活的节奏全打乱了。刘唯本来想安慰她，以一个情人的身份，却发现自己找不回那种亲昵的语气。一桩意外将他们分隔开来，肇事者与受害者，泾渭分明。

他想起订好的餐厅、准备好的礼物。那只绒布盒子还锁在办公桌下面的柜子里，项链在黑暗中熠熠地闪光，等着被轻轻地拿起来，圈在脖子上，镜中仔细端详，心满意足。哄一个女人开心，同时自己也觉得满足，这种体验已经离他很远了，久远的远。季静是那种怎么也哄不好的女人，她不肯听、不肯信，即使刘唯明明白白地把一切都告诉她，仅此而已，没别的，就吃过两次饭，她坚信这就算出轨，甚至把儿子拉进自己的阵营，捏造出一个女妖似的形象。刘森似懂非懂，只记住了一个爸爸和那个女人都是坏人的结论，记不得具体的故事，或者根本没有故事，只有印象。随着他渐渐长大，印象也随之模糊、淡化，一个破坏别人家庭的第三者是什么模样？林以文撞上来了。

出车祸那天，刘唯和季静带刘森出门，去森林公园搭帐篷。季静那天心情还不错，她心情好的时候就不提不开心的事，对刘唯也有笑容。很久没有那么顺当的日子，早上出发，一家人在公园里闲散一天，傍晚回家，一路通畅。他承认速度是快了点，但是当时交通状况很好，所有的车都在超速。

他说错了一句话，可能是家里缺什么东西该添置了，让季静想着去买，也许是大米，或者湿纸巾，总之是件家务事，这句话把她的怨气点燃了。她开始历数刘唯的种种罪状，不管儿子、不管家，把所有的责任都推给她，只会挑毛病，她烦透了。这不稀奇，他们的生活就是一整座火药库。刘森在后座上，用双手堵起了耳朵。刘唯跟她争执起来，季静的声音越来越激动，盖过了车里的音乐声——那辆旧车上还装着 CD 机，副驾驶前方挂着一个收纳袋，里面插着几张光盘，边缘锋利。

争吵声越来越高，刘唯不禁烦躁起来，怀着怒火，在车流中快速地钻来钻去。十字路口，一辆厢式货车突然出现，刘唯来不及减速，本能地将方向盘向左转动，这是第一个错误——开车遇到意外状况，应该先减速，而不是先闪躲。季静那边撞了上去，不知道为什么，安全气囊没有弹开，这是第二个错误。当车子开始刹车减速，身体向前冲的时候，她没有系安全带，又是第三个错误。对于一场悲剧来说，三个错误已经足够了。她并不是死于直接的碰撞，一张被挤压的光盘边缘卡进她的脖子，割断了动脉。汽车的右半边严重变形，费了很大力气，他们才把她拉出来。

刘唯和刘森都没受伤，好像这起事故是专为了她而设计，非常准确地将她带走了，像一台抓娃娃机里面的情景。刘森被吓坏了，刘唯每天晚上都要哄着他睡觉。有一天，刘森睡意蒙眬，眼皮要合上了，刘唯起身去关灯，忽然听见儿子问："爸爸，你为什么把我妈妈往前撞？"

面对一个七岁的孩子，他怎么解释这是人的本能？换成你，你也会那么做的，再说当时她正在对我大吼大叫，我没办法冷静思考。最后他说："为了保护你，你在后面，爸爸妈妈都想保护你啊。"

刘森哭了，哭了很久才睡着，从此他不再主动提起妈妈，直到林以文出现。也许是因为她的笑容、她和爸爸之间的天然熟稔，以及她总是出现，一起聊天、一起打球、一起吃晚饭，就像妈妈故事中的女妖——藏了这么久，终于现身了。

他把首饰盒重新放回去，柜子锁好。公司新招一位行政主管，晚上要给林以文打个电话，看她要不要试试，待遇比她现在的工作好，在一间公司，两个人还能相互照应。下午，他在刘森的学校外面等他，林以文打电话过来，敷衍了几句之后，又提起玲玲的伤。她说今天去换药了，长得不太好，她担心将来脸上有疤，毕竟是女孩。刘唯只好安慰她，刚要提起新职位的事，她就说："所以，我觉得，你们还是应该赔一下。"

刘唯一时没反应过来，"赔一下？赔什么？"

"我买的保险只能报销医药费，但是我休息的这些天，影响奖金，还有将来要做去疤的治疗，这些费用，我觉得你应该负担，"她停了一下，补充说，"也不是全部，至少一部分吧。你看——"

他明白了。他不想听这笔赔款的具体计算方式，女人总是爱绕弯子，不如痛快些："你想要多少？"

在狭小的汽车后座上，两条罐头里的熟透了的鱼，熟透了怎么能游起来？

"一万。"

"行。"他说。一万就一万，凑个整，不用找零了。

放下电话，他给刘森发了微信，叫他在学校等着，今天要加班，晚点来接。很快就到了买项链的商场，幸好收据还在，退款到账后立刻就转给她。像卸下了一个负担似的，他去快餐店买了两份套餐——节食可以停止了。把装满食品的纸袋放在空的座位上，等到了刘森的学校，才看见他的回信："不用接了，我走路回家。"

刘森已经十四岁了。学校离家不远，他并不需要爸爸每天开车接送，这是显而易见的，刘唯一直没想到。不去补习的日子，也许他更愿意跟同学一起走走，在繁忙的课业和爸爸中间，拥有一小段透气的时间。刘唯回到家，敲刘森的房门，把晚饭递给他，他说不想弄乱书桌，还是到餐桌上吃。父子俩面对面地吞掉两个大号汉堡。可乐放得太久，冰和碳酸气都化没了，不再凛冽，变成软绵绵的糖水。

刘唯没说赔钱的事，决心永远也不提，太丢脸了，自己以为早就搞定的事，原来会错了意。他遇到的女人跟他总是不同轨，从来没有搞懂过。从前他还很想懂，现在不想了，他知道界限就在那里，男人与女人，自己与他人，好像头顶着硬邦邦的车门做爱一样，总有个地方不太舒服，总是无法真正地、彻底地忘我。

林以文还是经常碰见。玲玲脸上的伤并没有留下明显的疤痕，医生总是把事情往坏处说。有一次，在补习班的门外，她问刘唯想不想下楼喝杯咖啡，他拒绝了，说喝多了晚上失眠，她就走开了。后来，他把刘森的课程调到别的日子，不会再碰上她们。上羽毛球课的时候，他们跟别的家长混在一起坐着，很少聊天，当然也不至于连个招呼都不打。玲玲换了新教练，不再跟刘森同组，听别的家长聊天时说起，上次玲玲受伤，俱乐部也赔了一笔钱。这种事，组织者多少都要负点连带责任，听说她妈妈的态度非常强势。

寒假快到了。有一天，刘唯下班回家，刚要拐进小区的门口，看见刘森和一个女生走在一起——除非晚上有课，他不再每天接儿子放学。那个女生和刘森穿一样的校服，刘森肩上挂着一只橙色的羽毛球包，不是他自己的东西，估计是那女孩的。或许，这就是他想学羽毛球的原因。两个人并排走着，两只手勾在一起，到了门口，刘森把球包还给对方，挥手道别，女孩脚步轻快地继续往前走。刘森没看见爸爸的车停在马路对面，刘唯也没打算盘问。他觉得最好不要立刻回家，以免引起刘森的担心，以为早恋被发现了。刘唯把座椅放平，用手机播放自己喜欢的音乐，年轻时候流行的歌，一首接着一首。当然他也有年轻时代，他也曾牵着女孩的手穿过树荫，这些都不值一提了。他意识到时间不再站在自己的这一边，在各种退缩和放弃的同时，他正在变老。此时他闭着眼睛，打算听完这首歌，最后一首，就回家去，今晚要给自己和儿子做一顿好饭。

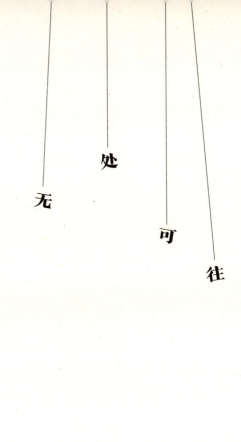

无处可往

一

雨天，没有人来洗车，狗就趴在铁皮屋的屋檐下边，把下巴垫在潮湿的水泥地上。这间屋子兼做仓库和狗窝，在一些装着汽车清洁用品、金属漆和马牌轮胎的纸箱子中间，铺着一块长方形的塑料地垫，是它睡觉的地方，一只不锈钢盆放在旁边，里面盛着剩饭。

此刻，狗的主人正靠在洗车店的收款台边上，跟老板娘算上个月的工资，她把他上个月入职的日子记错了，到手的工资不对数。重新算过一遍，老板娘在微信上给他转账，他把钱收了。这间办公室也是顾客的休息室，收款台前面摆着一张旧的双人皮沙发、几把折叠椅、一张玻璃咖啡桌，二层的，下面扔着几本旧杂志，桌上摆着一个公用的充电宝。他把手机连上充电宝，坐下来开始打游戏。另一个同事也坐在旁边，同样玩着自己的手机。室内只听得见老板娘轻轻敲打电脑键盘的声音，以及雨点拍打窗户的簌簌。

折了一次，他轻轻地骂了句脏话。刚来没几天的年轻同事，眼也不抬地说："老陈，要不要我帮你打？"

"滚。"他说，"再嘴欠让赛虎咬你。"赛虎是那条狼狗的名字。

"赛虎才不咬我，它谁也不咬。"李同说。他刚满二十岁，身材瘦高，戴着眼镜，像个学生的样子。

老陈不说话了，注意力又被游戏吸引过去。老板娘做完了账，开始戴上耳机看网剧，不时拿起保温杯喝茶，她身后的架子上摆着玻璃水、卡通挂件和车用香水一类的零碎东西，顾客在这里无聊等待的时候，常常随手买一些。

雨越下越大，从簌簌变成哗哗，洗车店的小院里汪着水。老陈想着，这种天气不会有人来洗车了，一会儿跟老板娘打声招呼，早点下班，带赛虎出去遛遛。赛虎喜欢坏天气，越是下雨，它越有机会跟着主人出门。此时它正卧在睡觉的垫子上，那里雨淋不到，继续盯着密密匝匝的雨幕，好像那是一块空空的银幕，等着看将有什么故事发生。

天将傍晚，平常这个时间，有很多车在外面排队等着清洗，老陈和李同该忙起来了。这时候，赛虎就会悄悄退进仓库的暗处，不让顾客看见它，也不胡乱吠叫。因为它乖觉安静，不惹事，老板娘默许了它不用拴铁链。今天，雨还没有停下来的意思，没人来洗车，黄昏暗沉沉的，转眼便与夜晚交融一体，对面商场的 LED 招牌亮了起来。

跟老板娘打过招呼，老陈给赛虎戴上脖圈，打一把伞，牵着它出去。狗很快就湿透了，毛贴在身上，显得瘦了一圈，即使浑身湿透也影响不了出门的开心，老陈紧紧地拉着狗绳，防止它兴奋过头，蹿出去吓着别人。即使只是安静地走着，赛虎依然是一条吓人的大狗，很快，老陈就带着它转进一条小路，一边是漫长的铁栅栏，圈着一片小学的操场，另一边是暗沉沉绵延不断的楼房，这条路车开不进来，人也很少。往前走，铁栅栏上有个缺口，底下摞着两块砖，赛虎停下来，熟门熟路地用两块砖垫着脚，一下子就蹿上栅栏，落在操场里，它低头嗅了嗅熟悉的塑胶跑道，便甩开四条腿在操场上一阵狂奔。

雨小些了，老陈收起雨伞，将伞柄的吊绳挂在手腕上，也爬过栅栏，翻进操场。四周没有灯光，只有城市夜晚的微芒，赛虎的影子还在快速地移动，老陈也小跑起来，湿润的空气轻轻地拍在脸上。赛虎不知道从哪个角落找到一只瘪掉的足球，咬在嘴里，甩出去，再追着按住，推开，再捡起来。老陈走过去，把球抢在自己手里，赛虎扑上来，两条前腿搭上他的肩膀，爪子是湿的，鼻子微微地耸动。狗的胸膛因为运动而上下起伏，老陈拂了一把它的脖子，它的尾巴就摇得更欢了。

"真够傻的。"他轻声说，一边把球远远地抛出去。玩耍结束，训练时间开始了。

这块操场是他们的训练场。老陈到洗车店上班没多久，就发现了这块宝地,晚上学校没人,翻进栅栏,就能把赛虎放开,让它疯跑一会儿。老陈训练它听从口令,"坐!站!捡回来!"它懂得把主人丢出去的东西拾回来,会坐下,会握手,会一动不动地待在原地,直到老陈说"行了",它才像解了冻似的,重新欢快地奔跑起来。平常,他只有一周一天的休息日才有时间带狗过来,下雨天是个意外的假日。他手里举着那只破球,赛虎蹲在一旁,看着他的动作,皮球飞出一道黑白斑驳的弧线,狗弹起身子向前猛冲。一人一狗玩了很久,直到雨完全收住了,天上露出半轮雨水淘洗过的明净月亮,轻而透的月光被夜灯悄悄地蚀没不见。老陈顺着原路爬出来,赛虎紧跟着他,一人一狗脚步疲沓地走回洗车店,狗在店里的仓库过夜,老陈锁好大门,回自己租的地下室去睡觉。躺在床上,他拿着手机,买了一个宠物玩具球和小气筒,顺便看看宠物用品店里还有什么有趣的玩意儿,翻着翻着,赛虎又跑来了,朝他一扑,手机掉下来,一下把他砸醒了。

二

　　天晴了,站在洗车店的门口,一眼望得见西山。一场雨下完,空气里的脏东西被冲掉了,到处明晃晃地发光,建筑物的轮廓显得清晰而锐利，密集的方框和直角切割着视野、横平竖直，彼此错落，一直延伸到远方，处处显得新鲜、精致而脆弱，像是彩色积木拼出来的虚幻城池，轻轻一碰就要轰然倒了。客人的车在店门口排着队，老陈和李同忙了一整个上午，没时间吃饭，中午接着忙，直到下午两三点，才抽空吃饭。他吃饭，赛虎就在旁边坐着，盯着他的筷子和嘴，偶尔接住一块掉下来的肉或者骨头。

"馋鬼。"他说，扔给它一块啃过的排骨。他坐在仓库门口吃饭，李同在办公室里跟老板娘一起吃饭，他们又吃又聊，动不动就两个人一起哈哈大笑。老陈眉头也不动一下，像完全没听见。别人的事少管，只管自己和赛虎。吃完了，剩下几口米饭和菜，统统倒进赛虎的盆里。

赛虎把鼻子凑过来，往老陈怀里撞，并不是要讨吃的，只是单纯地表示亲昵，老陈伸出一只手来敷衍它，偶尔轻声呵斥，越逗弄，狗越兴奋，加快动作，两只前腿忽然抱住老陈的手腕，张开嘴轻轻衔住了。老陈正要站起来，又被它拽得坐了回去。"别闹。"他提高了声音，赛虎松了口，继续在他脚边转悠。手腕上湿漉漉的，带着一点口水的臭味，他走到洗车间里头，打开水龙头冲洗干净，赛虎跟过来，低头舔起地上泛着泡沫的脏水。它对这些脏水的味道特别着迷。老陈朝它腰上轻轻踢了一脚，赛虎退开几步，继续伸着舌头舔。

"喝死你得了。"他骂道，走过去又踢了一脚，这下它呜呜叫着跑了。老陈拿过一根沉重的拖把，开始清理地面，拖得干干净净。赛虎回到杂物间，继续趴着看大。下午接着忙碌，直到快递送来一只纸箱，里面装着一只没充气的玩具球。到周日晚上，他又带着狗去了小学操场，赛虎玩疯了，他一次次地将球抛向空中，让它飞奔去捡。

下过几场雨，春天越来越和暖了。夜晚像一个没有出口的巨大的温室，校园里种着丁香花，含着锋芒的香气一阵阵刺进鼻子。他坐在场边，只在模糊中看见赛虎的影子，忽上忽下，忽隐忽现，无止境地追逐那只球。他坐在那里想乐乐，乐乐也喜欢狗，如果乐乐还活着……总也忍不住去想，要是没出事，乐乐现在长多高了？从前他天天忙碌，一有空就给乐乐打电话，后来也是天天忙碌，闲下来却不知道该干什么。从前的事渐渐模糊成一团，结婚，生孩子，离婚，出来打工，乐乐哭着不让他走，乐乐在手机屏幕里张开嘴，让他看掉牙的豁口，乐乐抱着一只脏兮兮的皮球。记忆中充满凌乱的彩色噪点，像一台信号很差的老电视，画面上覆盖着一层雪花。

一辆汽车从身后的街道上驶过，车灯打亮操场的角落。赛虎的身体忽然陷入一片耀眼的光明，它愣了一下，随后又消失在黑暗里。它抓紧时间疯跑，好像活着就是为了没目的的运动、没意义的消耗、没来由的快乐。乐乐小时候也是这样——乐乐只有小时候，永远停留在小动物似的童年，老陈带着他去爬老家的山坡，把自己摘过的酸枣树丛指给他看，把自己害怕过的坟地指给他看，教他认墓碑上的暗红的刻字，教他分辨核桃树、野栗子树和柿子树，教他抄近路下山，乐乐远远地跑在前头。老陈撒开步子追他，乐乐大笑着尖叫起来。回想起来，那些山不是山，是轻飘飘的船，晃晃悠悠的，一竿子荡开就离了岸，离了岸就再也回不了头。

天气虽然暖和，坐久了，地下仍然泛起凉意。老陈站起来，掸掸裤子，招呼一声赛虎，狗乖乖地朝他跑过来，嘴里还叼着它的宝贝球。从此他们天天都来，在这儿待到半夜才走。有时候老陈还会带瓶啤酒来，喝完了小心地把瓶子带走，怕被人发现。这块操场、这些晚上都是他向城市偷来的好处。到北京后，他发现到处都有围墙、栅栏、锁、电动推拉门和24小时的保安，除了洗车店和地下室，他终于找到了第三个可以去的地方，免费的，不拥挤的，赛虎可以疯跑，不会有人来查他的狗有没有狗证。虽然是偷偷摸摸的，但是来的次数多了，习惯了，心理上就光明正大起来，觉得这就是我的地盘。有一回，赛虎一进来就撒尿，他没有多想，只是笑骂，没当回事。赛虎仿佛受了主人的鼓励，又到篮球架底下抬腿尿尿，老陈哈哈大笑起来。

第二天来，狗又要尿尿，天性发挥得彻底，绕着操场一圈标记地盘。它这样折腾，老陈并没留意，他拉开一罐啤酒。晚上跟李同一块儿吃饭，已经喝到半醉，啤酒下了肚，像往快烧干的火锅里又添了汤，没多久就重新沸腾起来，眼前一片忽明忽暗，清醒地知道自己是醉了，又因为这点清醒感到欣喜，好像原来一直闷在屋子里，突然门窗洞开，天光大亮，风爽快地吹进来了。他觉得自己站了起来，站起来之后又站起来，一次比一次高，仿佛在虚空中登着高高的台阶，每一级踩的都是自己。渐渐地，他看不见狗了，也看不见乐乐，登高望远，只看见夜空中的半座城市，灯火密集闪耀，连缀成一片黄澄澄，像金子也像沙漠。他不敢往前走，怕一动就摔下去，实际上他一直在走，摇摇晃晃，边走边哭。这一晚酒喝得并不多，却醉得很深，醒来时天色微明，躺在跑道上，背上一片潮湿，赛虎卧在近处盯着他。他坐起来，觉得眼前的世界都变了个样，仿佛从前他头朝下倒吊着过日子，颠倒着看世界，现在摆正过来了，一切归了位，人是人，狗是狗，乐乐是乐乐，自己是自己。他站起来，带着一种重生的错觉，新的太阳，新的一天，可以在旧套子里过上新生活，嘴里呼哨一声，赛虎就跑来了。他们轻快地翻过栅栏，抬起头，让清晨的凉爽空气轻轻拍打着皮毛和血肉，仿佛北京之大，他们哪儿都可以去得，只是老陈自己选择回到洗车店。

三

到底被发现了。过了几天，他们又去，发现栅栏的缺损不仅修好了，无端又加了一段铁网，铁网高高的，黑黝黝的，中间挂着几团灰色的物体。晚上光线不足，乍一看仿佛蓬蓬的鸟窝，其实是新装的摄像头，向下俯瞰着，监视着操场以及外面的小路。

赛虎在原来有缺口的位置转来转去地嗅着，显得有些焦躁。它一会儿站起来，前爪挂在铁丝网上，身子立起来有一人来高，嘴巴张开，在铁丝上胡乱地啃几口，口水湿湿地印在上面，一会儿又落下来，坐好，吐着舌头看向老陈。

老陈牵起狗绳，沿着围栏慢慢走，接近学校的大门，看见保安室里的灯亮着，想转身已经来不及了。门打开，里面出来一个人。

"你什么人？"那个人用手指着老陈，"学校不让随便进。"

"没事。"老陈说，"我就遛遛狗。"

"你夜里爬进来，狗在操场上拉屎撒尿，我们这里有监控的，都看见了。谁让你来这儿遛狗？"

狼狗的喉咙里发出低沉的呼噜声，老陈拉紧了绳子。他没有办过狗证，心里是虚的，不想跟对方多纠缠，拉着狗转身就走。

对方还没完，喊道："再看见你就报警了！上派出所遛狗去吧！"

赛虎频频地回头，尾巴塌下来，几乎拖着地，压抑着愤怒。它长相凶恶，跟名字很相衬，老陈天天看着，不觉得有什么特别，拉到外面，行人看见它都本能地躲闪。它血统不纯，不值什么钱，学东西也费劲，一个动作要训练很久，最爱干的事就是无目的地疯跑，给它一块空地，它能制造出十条狗同时奔跑的效果。对陌生人，它向来没有恶意，但是此刻，老陈只能紧紧握着狗绳的拉环，由着它把绳子扯成一道僵硬的直线。赛虎不停地朝着反方向挣扎，想跑回操场那边，全身的肌肉都绷紧了，一边呜呜地低吼。老陈使劲地把它拽回身边，抬手在狗头上狠狠一敲，"回家！"

狗一下子松弛下来，气势低落，身子瞬间缩小了一圈。它低下头，脚步疲沓地跟上来，仿佛知道自己错了。空气闷热凝涩，像穿着一件湿透的 T 恤，裹在身上，粘着，脱不下来。是乐乐的那件衣服，他一眼就认出来了，胸前印着一只穿背带裤的熊，这衣服他在商场的橱窗里见过，一件小孩穿的短袖要上千块，那熊是一针针绣出来的。他在网上买的是仿制的假货，假的胸前是胶印的图案，胶印也好看，只是在水里泡了两天之后就模糊了，眼睛鼻子嘴巴融成一片，泡软的布料像随波漂荡的一团水草，里面隐约包裹着一个柔软的小人。明明就是放在那里，一动不动，在他眼里却是含混不清的颤抖的景象，明明灭灭，好像隔着一块毛玻璃看外面的雨，雷鸣电闪，雨水砸在眼前，他丝毫感受不到，只觉得浑身干燥无比，干得像一个稀疏而凌乱的稻草人，而乐乐是从里到外湿透了的、被浸满的。有什么东西正从死掉的孩子身上向外满溢，而他自己就孤零零站在远远的岸边，晒着阳光，吹着热风，木棍做的双脚不湿半点。

　　这天晚上，他把赛虎拴了起来，有意将铁链收得很短。狗发出轻而细的呜咽，轻细得像一茎枯草在月光下摇曳。这里没有月光，只有彻夜亮着的灯，各种灯，不同的亮度和色彩混合在一起，混成一块无边无际的光的雾，是城市的夜晚所穿的一领长袍，每个人都被笼罩在这片袍裾底下，怎么也走不到边。狗被关在仓库里，从这天起，老陈天天用铁链拴着它，好像信任一下子消失了，对狗的、对自己的，说不清是为什么，但是他感觉到了某种界限，在这个混沌一片的地方，因为哪里都不属于自己所以哪里都一样的地方，隐隐存在着透明而锋利的界限。

　　遛狗的次数减少了，因为没地方可去。对赛虎这样的大狗来说，马路并不安全，虽然他没遇见过城管，但是没办狗证始终是件心虚的事。他不想花几百块钱办许可证，觉得这些规定既不讲理，又不讲情，除了借机收钱没有别的目的，当然道理也许是有的，但是他既不懂，也不想懂。他就活在这些繁杂的规定中间，侧身闪开或者抬腿迈过去，不触碰也不招惹，过着狭小、受限却十分经济的生活，遛狗要牵绳，过马路等红绿灯，不要随地吐痰，烟头扔进垃圾桶，去地铁站乘电梯要靠右边，按着地面的黄线排队，排队，总是排队……他想象着乐乐在身边，就好像一个失去了手臂的人在感受自己的幻肢，总觉得那只手还在，下意识地想要调动空气。曾经，乐乐就是围绕着老陈的空气，时冷时暖，时明时暗，时动时静，大部分时候乐乐是兴奋的，因为他一年只有春节的几天才能看见爸爸。一年的趣事、一年的笑话、一年的想哭和想笑，每一年过去，乐乐说话越来越流利，用词越来越准确，话越来越多。在老陈的记忆里，这孩子的成长不是顺滑流畅的，而是一次又一次的突变，在视频里还觉不出来，一见面，像是被敲了一闷棍似的，霎时又惊又痛，这是我的乐乐？

　　突然间乐乐就能读能写、识文断字，说起话来一套一套的，叽叽喳喳不停。小孩脑子转得很快，从一个话题跳到另一个，中间毫无转圜，老陈跟不上他的思路，他就有点失望，但是很快又恢复过来，念叨着老陈不知道的那些同学名字，谁和谁打架，谁是他的朋友，谁力气最大，谁踢球厉害。他嗯嗯啊啊地应着，一边把手机打开刷抖音上的小视频。现在他后悔了，一后悔就想起那个情景，那个最平常最微不足道的情景，乐乐滔滔不绝地说，他假装在听。手指滑过浓妆艳抹的年轻女人。

　　该后悔的事情多了，其余的都已经遗忘，就这一件记得清楚，反复地浮现。每次拿起手机打发时间，乐乐的声音就响起来，像遥远年代的大地震突然又来了余震，他就在这些余震的间歇中苟活，大部分时候是平静的，也免不了提心吊胆。那些话语并没有特别的含义，跳来跳去，混杂着一些人名，一些前言不搭后语的琐事，奶奶、爷爷、数学老师、赛虎——赛虎那时候就来了，爪子特别大的黑背小狼狗，将来必定是一只大狗。门打开了，赛虎腾地站起来，它站着也有半人高，激动地来回踱步。

　　"你就老实拴着吧。"老陈走进来拿一瓶新的清洁剂，赛虎蹲坐下来，用尾巴轻轻地扫地。一辆接一辆车，红的、黑的、蓝的、灰的，赛虎用它惯常的姿势趴在地上，每个轻微的动作都伴随着铁链的声响。移动的色块来来去去，胆大的人会凑近来，甚至伸出手来逗逗它，有时候它突然翻身站起，将对方吓得后退几步，它重新趴下，仿佛乐在其中。赛虎对外界充满着简单而纯真的兴趣，去跑跑，去跳跳，甩掉这根铁链。而老陈一直在忙，天气越好他就越忙碌、越走不开，阳光把他和赛虎锁在这里了。金属的漆面被擦得亮闪闪的，映出一道道人影，座椅的皮革味道，混杂着清洁剂的刺鼻香味，像一整筐烂掉的水果，橡胶水管拧绞出长蛇般的缠绵，扑通一声跌落在地，颤抖着吐出最后两口清水。车主在休息室里坐着等，埋头看自己的手机，有的衣冠楚楚，有的风尘仆仆，结账时老板娘推销会员卡，拿着计算器帮人计算优惠后的单价，办卡还有两瓶玻璃水赠送。

从车顶淌下来的清水像瀑布，也像眼泪，他还记得小时候在老家，见过丧仪上专门雇来替主家哭丧的人，事情一过，立刻喜笑颜开地坐在席面上吃酒，也是排场的一部分。现在那一套是不讲究了，他也不需要谁来替他哭。在干燥的、风和日丽的春天，踩着坚实的水泥地面，周围长满了一丛丛方方正正高高矮矮的楼房，到处明亮无碍，而所有弯曲流动的东西都像眼泪，柔软的眼泪能穿透一切质地，冲破一切表面，皱成一团的塑胶手套、拴狗的铁链、玻璃上待擦干的水渍、丢在水桶里伸展开来的深色毛巾，一切都暗暗地通向乐乐，通向他最后的形状。

四

那天很冷，也是个晴朗的好天气，车是他借来的。乐乐坐在副驾上，往外走的时候，赛虎追在车后，追出村口，上了大路才停下来，蹲在路边，在后视镜里凝成一个小小的黑点。乐乐摇下车窗，探出半个身子，挥手让它回家。寒风卷进来，南方，又湿又冷的风长着棱角，像许多锋利的碎纸片往脸上乱刷，老陈让乐乐关上窗户。乐乐喜欢玩这个车窗摇杆的装置，一会儿摇上去，一会儿转下来，车拐上一条小道。

老陈记得很多小路，不是近年新修的那些马路，是本地人才知道的小路，通到山里，通到河边。开到车走不了的地方，停好车，人继续往前走。乐乐走在前头，蹦跳着捡树枝、捡石子，抽打路边的野草，偶然抽出一只受惊的鸟，轻叫一声，箭头似的射向高天。老陈小时候常来这边玩。他觉得，乐乐在家总是拿着奶奶的手机玩游戏，小孩子不能这样，眼睛要看坏了，要出去跑啊，出去玩啊，要接地气。

老人带孩子总是胆子小些。这条人踩出来的小路一直通到河边，老陈告诉乐乐，过去放暑假的时候，他经常来这儿游泳，那时候爷爷奶奶不管那么多，他一跑出去玩就是大半天。他教乐乐用石子打水漂，男孩子这都不会还行？一击三连，快跳到河对岸了，乐乐欢呼起来。第一步，从挑选形状合适的石子开始。

赛虎被铁链拴了一个星期。焦躁了几天，它渐渐地接受了现状，不再见人就兴奋，老陈跟它念叨，"咱们没地方可去呀"。近来天天阳光灿烂，洗车店的生意好，从早晨干到天黑，晚上他只想回去睡觉，盼着明天下雨。北京的春雨，下得这么吝啬小气。给赛虎买的那只皮球，漏了气，匍匐在床底下，捡出来充了气，带到店里，扔给赛虎。很快，赛虎就发明了一套拖着铁链玩皮球的游戏，精准地把球控制在铁链允许的范围之内，不求人，自己就能兴奋起来。

　　吃中饭的时候，老陈照例把剩饭倒进狗盆，有一个连着骨头的鱼头，他没在意，赛虎是什么都吞得下去、吃起来像猪的一条傻狗。他和李同整天都没空休息，匆匆吃了饭就要继续干活。阳光越发炽烈，北京的春天只有短短几天，很快就热起来，来的顾客都穿着短袖，老陈也把长袖的上衣脱了，就剩个背心。赛虎在仓库里不安静，来回跑动，发出类似咳嗽的声音，好像要呕吐。老陈和李同正在收拾一辆黑色的本田轿车，用鹿皮拭去水痕，车主站在一旁玩手机，赛虎的声音引起了他的注意。

　　他走上前，凑近赛虎，老陈没认出是谁，当时喊话隔着一段距离，声音或许记得，脸记不清了。那个在学校门口骂人的保安主任走到仓库门口，身体向前倾，赛虎正在一下一下地使劲向外吐，嗓子里卡了东西。他伸出一只手，在赛虎眼睛前面晃了晃，说："嘿！这傻狗吃顶了吧？"

　　这只手没来得及收回去，就被赛虎咬住了。不是咬住老陈手腕的那种玩闹似的轻轻一叼，是实打实地咬住，毫不迟疑地上下闭合，血肉被穿透，他惨叫起来。事情发生得太快，连这声惨叫也是迟了一步。

　　老陈赶过去，大声呼喝，赛虎不肯松口。他拾起一截丢在地上的橡胶水管，照着赛虎身上猛抽，它还咬着那只手，身体左右闪躲，闪不过挨了几下，终于松开嘴巴，缩进墙角的阴影里。嘴半张着，从喉咙到胸口上下起伏，两只大眼睛在暗处闪闪发光。

　　手背上几个深洞，几乎被咬个对穿。老板娘听见动静，慌忙跑出来，陪顾客去医院。等他们走了，老陈又拎起那根水管，走进仓库，把卷帘门拉下来，不开灯，摸着黑，狠狠地打起狗来。打着打着，忽然想到这狗恐怕不能再养在这儿，怒火更炽，抽得更狠了。

　　最后，赛虎缩在墙角，发出求饶的呜咽，低低的、细细的，像一个孩子小声地哭。老陈松了手，水管就软软地掉了下去，瘫在地上，像一条腻滑的蚯蚓。狗在浑身发抖，忽然脖子一紧，咳了几下，张嘴吐出一段混着黏液的鱼骨头。老陈坐在纸箱上，喘着粗气，李同在外面敲门，叫他出去接着干活。

　　那天，他们在河边待到傍晚，老陈跟乐乐讲了他小时候在这里游泳的事，没人教，自己扑腾着，能从河的这边一猛子扎下去，一口气潜到另一头，水草、淤泥、鱼，看得清清楚楚，那时候水比现在可深多了、清多了。近些年，这条河渐渐变得又浅又脏，水流沉缓，水面上时不时地漂过一些垃圾，塑料泡沫、饮料瓶、一块带钉子的破木板……他想不明白为什么乐乐要独自下河，已经很久没人在这儿洗澡了。除了那天，他向儿子吹嘘，说自己半天就学会了游泳。

事情出在暑假里，天气最闷热的时候，树、草、房子都在蒸腾中颤动，颤动着微微变形。料理完一切之后，老陈又去那条河边，试图找出一些蛛丝马迹。夏天水涨了些，河面变得宽而平，浅灰的颜色，是阴天投下来的影子，缓缓地几乎看不出流动，靠近水边就有淡淡的腥潮味道，柔软无骨的湿泥被踩得吱哇乱叫。

乐乐从这里下水，根据岸边的情况，老陈推测着，从这里下水，往前走，水深很快就到膝盖，小孩的膝盖；再往前，慢慢地，试探着，卷起来的黑裤子也沾湿了，水渐渐漫到上半身，脚踩到一处坚硬的东西，石头或者枯枝，身子一侧，半边衬衫也湿透了，纯黑的短袖衬衫，衣服鼓胀着，顺水漂浮起来，像那种装垃圾的黑色塑料袋，胸口、脖子，来，游起来吧。他托着乐乐，在清澈透明的河水里，乐乐的眼睛紧盯前方，不肯把头放进水里，这样学游泳是永远也学不会的。乐乐紧绷着身体，不敢伸展四肢，好像被凉爽宜人的河水牢牢锁住了。

游起来。从这头到那头，此岸到彼岸，还是那条河，又完完全全不是那条河了。他拉开仓库的卷帘门，走出去继续干活。老板娘从医院回来了，把老陈叫进办公室，简单交代了几句，出来时他手里拿着先前脱下来的上衣，边走边往身上套。老板娘也跟着走出来，帮着李同开始干活。

艳阳天的下午，走在北京的大街上，老陈是头一次。他觉得自己像一只活在深洞里的老鼠，无穷无尽的慷慨阳光并不能使他身心舒展，反而有些瑟缩。到处和暖、透亮、微微的吵闹，丰满的树叶在风中往复摇摆，像一块绿茸茸的毛巾在擦抹灰尘，把空气都擦干净了。头发被晒热了，眼皮被厚重的日光压得低垂，日光或者泪光，差不多，隔着一片模糊，每个孩子都像乐乐。

他走进一家连锁超市，在生鲜区买了一大块牛肉，包装得好好的，最贵的。别的什么也没买，就拎着这块牛肉回到住处。厨房是公用的，沿墙摆着一条长桌，煤气罐放在下面，桌上放着灶台，塑料旋钮上浮着黑色的油泥。最初的火苗是小小的微蓝，继而膨胀成一团橙红的烈焰，从水到火，从北到南，上千公里也像半步之遥。他坐着板凳，守着那炉子，邻居过来，洗菜、切菜、打招呼聊天，他嘴上流畅地说话应答，心里却是一个字也没有，像隔着玻璃望雨、隔着炉门望火，都在另一边，山的另一边，河的另一岸，看似遥相呼应，其实毫无关联。牛肉渐渐煮出香味来了。他把切成碎块的熟肉捞出来，装好了，带去店里，正好不凉不烫。赛虎依然蜷在角落里，他把狗盆里的剩饭倒掉，把牛肉倒进去，满满一盆，轻轻推到它面前。

"吃吧。"他说，"吃饱了你就该走了。"

狗伸出鼻子嗅嗅。老陈站起来，走到外边，不去看它，院里满地脏水。过一会儿，估摸着吃完了，走进去看，肉还是满满的，没动过。赛虎努力地向后藏躲，一身皮毛溶解在黑暗里，仅剩两只发亮的眼睛。

五

狗不能再养在这儿，老板娘说。老陈明白，没多争辩。经验告诉他，告别这件事，越简短越好，越粗糙越好，最好一语带过，从此不提了。第二天，他请了假，租了一辆车，让狗上了后座。上次没带它，它跟着车跑出很远，这次它如愿了。

周末，很多人出城踏青，天气跟昨天一样明媚，洗车店的生意肯定好，李同说不定在骂他。一出城，他就把天窗打开，赛虎兴奋地用前腿扒着椅背，立起身子，脑袋探出去看风景，到处是色彩鲜艳的碎块，拼接成明暗交织的图景，哗啦啦地猛扑过来，热闹春光在车头撞得稀碎。

开出几十公里，觉得差不多了，于是驶下高速，直行，拐弯，再直行，前面有一片围着矮篱笆的苹果园。他停了车，让赛虎下来，那篱笆很轻易就翻过去了，果树还是细小的，未长成，开着晕染过的白花。赛虎很久没出门了，兴奋得呼哧带喘，张开腿在树根上撒尿。

它边嗅边跑远了，起初老陈还跟着它，渐渐不跟了。租来的车停在路边，车钥匙都没拔，一下子就开走了。回到城里先去还车，坐公交到店里，李同一个人正忙不过来。

接下来的几天，老陈总是想起从前听过的新闻，一条老狗被主人抛弃，跑了几十公里自己找回家，主人非常感动，又把它留下了。类似的版本还有猫，或者马：战士死在边疆，他的马独行几百里，回到故乡，马鞍里塞着一封给妻小的绝笔信……胡扯得令人感伤，又令人神往。老陈在网络上搜索过几次，然后发现关于狗的信息莫名其妙地越来越多，动图、小视频、宠物商店，李同告诉他这是大数据，老陈不明白，多问几句，李同也解释不清。

"反正就是，你在网上干什么，他们都知道。"

老陈不去深究，反正他弄不懂，弄不懂的就不想懂了。有一天，大概是扔掉赛虎的半个多月以后，他无意间看见一条关于流浪狗的新闻：记者探访了一家流浪狗救助中心，镜头随着记者的视角，拍到一溜长长的铁丝网，围着一片空地，有点像他们从前偷偷溜进去的小学操场，数以百计的狗挤在里面，眼睛盯着走过来的人。视频很短，画面匆匆闪过，记者在解说，这些狗来到这里，等待收养，没被人看上的狗，一个月之后就会被执行安乐死。

又从头看了一遍，这次确定了，那只在画面右下角一闪而过的狼狗是赛虎，大模样没变，瘦了一圈，脖子变细了，身上的毛粘在一起。每只狗都很脏，互相挨来挤去，盯着铁网外面的人，眼里有希望，也包含着恐惧。老陈的手指在屏幕上滑来滑去，看了一遍、两遍、三遍、四遍……死，乐乐都可以死，为什么狗就不能死呢？他把手机倒扣着扔在床边的桌子上，关了灯蒙头就睡。

另一个晚上，月亮圆得不像话，像一枚巨大的黄色瞳仁居高临下地瞅着，冷静、漠然。在这目光的笼罩中，一个人影出现在流浪狗收容所的大门外。这地方原先是个老工厂，高墙森严，铁门紧锁，那也拦不住他，他轻轻一跃便跳过围墙，无依无凭的，身体仿佛没有重量。在明晃晃的月亮地里，他来到圈着狗的铁丝网边，狗群躁动起来，大的、小的、长毛、短毛、纯色的、斑驳的，哀叫，低吟，怒吼，像一个意义不明又包罗万象的梦，梦里环绕着一簇簇陌生的游魂，期待地伸长脖子，或者开心地张开双手。没有钥匙，没有工具，他却顺利地开了锁。在一大波向外奔流的热乎乎的肉体中，他准确地抓到了赛虎，旧的项圈还在，松松垮垮地挂着。它跟着老陈，亦步亦趋，一步也不敢远离，一人一狗灵巧地翻了出去，如履平地，像动作片里的情景。轻软的夜风吹拂在脸上，是褪了色的和煦春风。老陈眼前的世界正在徐徐展开，身边两侧千沟万壑，虽然没有一个地方属于自己，却处处都去得。走着走着，他渐渐小跑起来，越跑越快，仿佛梦境是一条没有终点的跑道，只要不停地跑下去，就永远不必醒来。

张　　　　口　　　结　　　舌

傍晚，擎天柱死了，他的朋友们围在他身边。他艰难地说完几句话，胸前的灯就暗下来，变成两块死灰色的玻璃。只有等着电视台重播，他才能活过来。琳琳站在邻居家的窗外，看到这一幕，忍住泪水不让自己哭出来。隔壁是琳琳奶奶的家，电视里正在踢足球。

奶奶在厨房炒菜，油锅滋啦作响，厨房和客厅卧室之间隔着一条露天的过道，这条过道连接了十来户人家，西边的尽头有一棵粗大的槐树，是琳琳爷爷种下的槐树，那棵树长了三十多年，爷爷已经去世七年。因为是这一排的最后一户，槐树下天然是自家的小院。琳琳搬起一个圆形粉色的塑料板凳，坐在树底下怔怔地发呆，鼻子酸堵。擎天柱。

奶奶用炒菜的铁铲刮擦锅底，一道菜完成的信号。琳琳站起来，去厨房门口等着，第一道热菜端了出来，蒜薹炒肉，是琳琳最爱吃的。她小心地端着热盘子，走到挂着帘子的门前——那门帘还是奶奶自己卷的。有段时间，整个大院都流行手工卷门帘，用曲别针、胶水和裁成小块的彩色挂历纸，卷成小而硬的纺锤形，首尾相连，几十年后琳琳还记得那个数字，一百八十，一百八十个曲别针的长度，刚好从门框垂到地面，每次有人出入，挑起来，它们就摇荡着发出清脆的响声。夏天，大门敞开，帘子放下来，内外影影绰绰。

此刻，门帘里头，解说员又一次兴奋地叫嚷，和着观众席上卷起的海啸般的轰鸣，他的声音又尖又快，像一支利箭，穿过五颜六色的门帘和树影斑驳的小院，刺进琳琳的耳朵。

"二比一！"解说员高喊着，夹杂着兴奋和紧张过后的释然，接着又回归正常的语气，和身边的同事谈论起这场比赛的精彩之处，总结球员的表现。琳琳拨开门帘，钻进屋里，把那盘菜小心地放在沙发前的茶几上。球踢完了，该轮到她了。要看看还有什么好节目。

电视里闪现广告画面。室内残留着淡淡的烟味，玻璃茶几上的烟灰缸里有几截烟头，长条形的皮革沙发上，侧躺着一个人，脸朝着茶几，鼻息均匀，睡着了。

琳琳拿起包了一层透明塑料的遥控器，前前后后地调台。擎天柱死了，说不定就是最后一集。她按下柔软的按键，体会到一种控制感，画面随着手指的动作不断变换，一下子欢快活泼，一下子沉郁悲凉，一下子庄严肃穆，一下子又娓娓道来，大部分节目都没什么意思，枯燥无聊。琳琳觉得，擎天柱死后，生活顿时空虚了一大块，少了盼头。厨房那边，再次传来刮锅底的声响，第二个炒菜也出锅了。

琳琳的爸爸睡得很熟。昨天晚上他去邻居家喝了不少酒，深夜才回来。琳琳听见他拉开防震棚的门，迷迷糊糊地又睡着了。他们管与厨房相接的那间小屋叫"防震棚"，78年之后建起来的新房子。长大后的琳琳曾经仔细观察过这间小屋，发现它从结构和材料上都对应不上"防震"二字，但是叫法依然延续下来。

直到菜都摆上茶几，奶奶才对琳琳说："去叫你爸爸。"琳琳走过去，轻轻地推他。闭着的眼睛下面有明显的浮肿，嘴巴微张，琳琳叫了几声，他猛地张开双眼。

"该吃饭了。"琳琳说完，就去里屋的碗柜里拿碗筷。里屋里放着一张双人床，琳琳跟着奶奶睡在这儿，家里的水龙头装在靠窗的角落，紧挨着洗衣机和老式的日立冰箱。碗柜上挂着琳琳爷爷的黑白照片，寸头，面容严肃，几个儿女的长相都能在他脸上寻出痕迹，特别是那种不容分说的严厉目光，如出一辙。

到晚上，躺下了，琳琳爸爸还在看电视，光在门缝里闪烁。琳琳对奶奶抱怨说："我爸要看球赛，跟我抢电视，结果他睡着了，根本就没看。今天是最后一集。"

"他昨天喝多了。"奶奶说。

琳琳翻身对着墙。奶奶也躺下了，悄声问："你妈跟你爸还打架吗?"

"有时候打,有时候不打。"

"你妈脾气也不好。"

琳琳"嗯"了一声,过了一会儿,奶奶睡着了。平常她不会这么早睡,有两集电视剧是天天不落的,今天破了例。这是在暑假里,屋后是菜地,每家每户都分到一小块,蝈蝈有节奏地唱着,这声音在夏夜里本来是催人入眠的,今天琳琳却睡不着。她用指甲去抠墙上的绿漆,绿色涂到比床高一点的位置就停止了——那个时代的装饰风格,墙漆只涂一半。上个学期,琳琳的新家装修好了,两屋一厅,琳琳终于有了自己的房间。卫生间的瓷砖依然只贴一半高。

"搬了新家,你爸你妈还打架吗?"奶奶问。琳琳说:"比以前少点。"八岁,她已经懂得含糊其词,不太明白搬家和吵架之间有什么关联。

抠墙会上瘾。灰屑在黑暗中纷纷飘落,像下着一场微缩的雪。奶奶去世的那天,从火葬场回来——按照儿女们的主张,去世当天就匆匆火化了,琳琳坐在这张床上,看见当年小孩的手指抠出的小洞,圆圆的,白白的,内里还很光滑均匀。

与变形金刚有关的愤愤不平,很快就过去了。无论什么样的矛盾,比这激烈一万倍的冲突与争吵,不需要解释与道歉,最后总能平息,泪水被抹去或者风干,皮肤上的瘀青褪去，不留下任何痕迹。琳琳一边抠着墙，一边蒙眬睡着了。

第二天早上，琳琳把院子里的落叶扫干净，扫帚靠在砖墙上，吃一块桃酥当早饭。桃酥是爸爸昨天买来的，还买了熏鸡和酱牛肉。防震棚的门紧紧关着，不到十点他不会起床。奶奶站在槐树底下，跟邻居聊着天，嚼别的邻居的舌根。这是老工厂的家属院，大家都互相熟识，各种家庭琐事像嚼不烂的口香糖一样说起来没完。琳琳知道，大家都是当面一套话，背后一套话。不过，嚼所有人的舌根，也就等于完全没嚼。

扫完院子，扫帚靠在砖墙上。琳琳进屋打开电视，一放假她就变成电视动物，从早看到晚，只要没有别人回来就行。无论是她爸爸，或者二叔，进了门就会拿起遥控器，接管电视机的使用权，不会跟琳琳打个招呼。没人觉得这有什么不对，或者不自然，电视总得开着，总得有人看，总得换台。傍晚，琳琳气呼呼地挑开门帘，来到院子里，听见邻居家的电视声音。那家的孙子叫李子齐，跟她同岁，她就站在人家的窗前，悄悄地，隔着玻璃，看见擎天柱之死。

她不能进去，是因为人家正在吃晚饭。一家人四五口，坐在电视机前，陪着李子齐看动画片。这个情景让琳琳有点羡慕，当时她并没意识到这种感觉就叫羡慕，从这种微末小事开始，她一点点地学会羡慕别人，一点点地建立观察的习惯、比较的习惯，这个我也有，那个我没有。渐渐地，没有的越来越多。

奶奶对现状很满意，她是从吃不饱的年代过来的人。现在，她有退休金，有医保，几个孩子都上班挣工资，以为晚年无忧。眼下，她要去大院外面看看卖菜的今天有什么菜，卖肉的来了没有。琳琳没跟着去，她想趁着爸爸起床之前，抱紧电视多看一会儿。

爸爸起来了，对着槐树下的月季花刷牙，漱口水吐在花根子底下。家里的每个人都这么干，那几棵月季生机勃勃，丝毫不受影响，夏天开得茂盛。后来，二叔把奶奶的那块菜地改成停车场，水泥富余了些，就把那一畦种花的土地也抹上水泥，花根子都埋在下头。奶奶坐在院子里瞧着，当时她已经不能走路，一句话也没说。

琳琳回来，咕哝了一句："月季花多好，为什么填平了？"

奶奶说："你二叔弄的水泥，富余了，没地方使。"

琳琳没再说什么，把买来的东西拿进厨房。她开的车也停在新修的停车场上。

所有频道转了一圈，回到最初，一个年轻的台湾歌手在台上又唱又跳，五六年后琳琳疯狂地、后知后觉地迷上他，现在她还觉得这歌舞太吵闹了，毫无意思，一门心思想找动画片，《西游记》也行，总比没得看要强。

防震棚的门被推开了，哐啷啷啷啷啷，多年后犹有余音。有些东西回荡着，徘徊着，就是不走。琳琳发现，记忆中某个时刻会被拉长，绵延到无限，某个时刻又会塌缩成黑洞，像墙上那个用指甲挖出来的圆坑，永远填不回来。

接着，门帘被挑开了，爸爸走进来，遥控器不在茶几上，不在沙发上。不在电视柜上。

“遥控器呢?”在琳琳手里，握着，放在双腿上。

“给我。”爸爸说，探身过来取，来不及等琳琳递给他，就拿过去了。这动作像是硬抢，这态度又像是理所应当。

“我在看呢。”

“《西游记》，看多少遍了。”一边说，一边调台，爸爸的头发支棱着，光着上半身，穿着短裤和拖鞋。

“我想看!”琳琳毫无道理地叫起来，“你给我换回来!”

“出去!”爸爸的声调高起来，“出去待着!”喊完这一句，嘴唇继续滚动着，琳琳猜那是脏话。

琳琳站起来，向门口走去，忽然又转过身，拿起刚放在茶几上的遥控器，死命按了几下，爸爸走过来，劈手夺去。挨没挨打，她不记得了，大人的影子罩过头顶，又缩回去，爸爸再次稳稳地坐回沙发上，电视遥控器握在他手里。琳琳转身，用力地挑开门帘，挂历纸卷成的几千个小纺锤砸在木门上，发出巨响。琳琳走出院子，下台阶。奶奶在院子里择韭菜，一根一根抽出来，去掉根部的浮土，掐掉尖上的黄叶，她戴着老花镜，也许没戴，记不清了。槐树叶零零星星地掉落，奶奶说："过来跟我择韭菜。"

琳琳脸上有泪，想说什么，舌头却是僵的，转不起来，说不出话，憋了几秒钟，随后那句话就被吞下去，舌头放松下来。她搬过板凳，坐下，这一坐就是二十年滑过去了。她抱怨一句月季花的事，就把买来的蔬菜、肉和水果拿进厨房，她爸爸依旧横躺在沙发上，奶奶坐在旁边的一只旧木椅上，靠着暖气，烘着僵直的腿，一动不动，仿佛一座石像。电视机声音开得很大，伦敦奥运会的篮球比赛回放。

"让我奶奶看会儿吧。"琳琳说。

"我不看。现在的电视没什么好看的。"奶奶说。爸爸只扭头看了她一眼，一言不发。

琳琳每周都回来看望他们。父亲失业多年，奶奶有退休金，需要人照顾，母子俩就凑在一起住。去年，她父母刚办完离婚手续，爸爸就搬过来。原来的保姆在这里干了两年，早就想走，琳琳苦留不住，工资涨过两次，再高她也给不起了。为难之际，爸爸搬回来住，就把保姆的工资付给他，他推辞一次，就收下了。

这笔钱，说是给爸爸的赡养费也好，替奶奶出的保姆工资也好，反正两个人一起花。起初琳琳觉得这个安排很好，各得其所，反正房子判给妈妈，他正没地方住。对奶奶呢，亲儿子来照顾，再怎么样也强过外人。琳琳跟奶奶这么说，奶奶也点头同意，她对原来的保姆并不满意，嫌做饭不好吃，面食都不会做。

"你爸做饭比她强。"奶奶说，"他也没地方去。唉，真是，你们家的房子还是你爸单位分的呢，让你妈占了去。"

这里头的事，琳琳不想跟奶奶多说。这些年她爸爸每况愈下，他这个年龄的人，没工作往往是时代的原因，光荣下岗，偏他不是，他自己提的离职，单位的同事当时苦劝不住，不让他走，他不听，非要辞职下海。谁知那不是海，是没放水的游泳池，磕得头破血流。赔了几次之后，妈妈不肯再拿钱给他，说我们娘儿俩还要过日子，再逼问，就吵起来、打起来了。

跟他商量着一起做石油生意的，是几个东北人。东北虎，琳琳经常听见爸爸提到这个外号，妈妈半信半疑地看着他，反正到最后也是没钱。没钱给他，存款都是定期的，拿不出来，两个人吵架都是为了钱，一个想要，一个死守，有一次爸爸说，哪儿有男人出去创业，一点钱也不花的？琳琳不说话，在家她总是沉默，父母都想不到琳琳长大之后居然去做记者，这孩子说话还闹结巴呢。

在父母和亲戚中间，结巴不是需要关注的病症，而是一道景观。琳琳记得，总有人说起这件事，惟妙惟肖地模仿她，逗得大家哈哈大笑。当时只觉得是自己的错、自己的丑，被人捏住了，只能怪自己。

长大后，琳琳上网搜索过这种阶段性的、童年期的口吃，有时候很久不发作，有时候一天发生好几次，前一句话还很流利，后一句话就噎在喉咙里，上不来，下不去，好像点了暂停键，周围的一切还在清晰地流动，电视声、脚步声、油锅下菜的爆响、树上的蝉鸣、门帘的搅动，只有她身上的时间不再流动，卡在那个说不出来的字眼上，心里扑腾扑腾的，像有只不驯服的鸟在挣扎着撞笼子，突然间，鸟儿冲了出来，接下来的一串像连珠炮密集地发射，既畅快，又挫败，一句话说完，背上毛毛的一层凉汗。跟她聊天的人，转眼就在饭桌上议论，琳琳这个结巴呀……

　　她在各个网络链接之间跳来跳去，自己诊断自己，口吃、家庭问题、压抑、失调，这个毛病早已好了，但是琳琳很想知道病因。直到现在还有人议论，琳琳小时候是个结巴，没想到她能当记者。琳琳就低头吃菜。

　　她把买来的菜、肉放进厨房，另有一只厚纸袋，装着一件羽绒马甲，奶奶让买的。来暖气之前，屋里冷，她穿长袖毛衣很困难，伸胳膊吃力，马甲穿脱方便；靴子上次买的不合适，这次琳琳拿走去换，带拉链、带扣的都不行，只要一脚蹬。还有，家里没牛奶了，琳琳立刻到院里的小卖部去买。初冬的冷风吹得硬邦邦，琳琳把双手插进羽绒服的口袋里。奶奶死活不肯穿羽绒服，因为拉链也嫌麻烦，眼花看不清，两边对不上，还是系扣的棉衣好，要扣子又圆又大的那种。

琳琳想到一个问题，盘旋着没问出口，不是因为结巴，"这些小事，为什么不叫我爸帮忙？"

她提着一箱牛奶走回家，跟遇见的街坊邻居打招呼，笑眯眯的，好像一切都是老样子，但是她清楚地意识到有些东西在悄悄地改变，话语、神情、一句话也不说的死寂，冰冷的好像从不开火的厨房，冰箱里的冻肉塞得满满当当。听奶奶说，你爸要做肉，就炖一大锅，上顿吃，下顿吃，吃一个礼拜。

有一次跟琳琳说，别买青菜了，青菜都放烂了扔掉，白花钱。

琳琳就买胡萝卜、土豆和大白菜这些存得住的蔬菜。除了加班，她每个星期都来，开一辆银灰色的小轿车，后备厢里放着食品和日常用品，有时候是洗发液，有时候是夏天用的蚊香和驱蚊水，奶奶让她买的。她知道院里的小商店有这些东西卖，而爸爸就待在家里。

牛奶放在沙发旁边的地面上，奶奶整天坐在一只旧单人沙发上，伸手就够得着，还有保质期很长的小面包或者饼干，早上奶奶就吃这些当早饭，很多年来的习惯，一天喝一盒牛奶。奶奶说，牛奶早就喝完了。上周琳琳加班没赶回来。

快十一点了，爸爸终于起了床。失业以来，他天天睡到快中午。琳琳在厨房做午饭，把电饭锅的盖子拿下来清洗，灶台先擦一遍，再淘米煮饭，她打算做三道菜。拿出酱油的时候，发现不对，只有黑沉沉的老抽，又去买了生抽。吃饭的时候奶奶说，我还纳闷炒出来的菜怎么老是煳苦煳苦的。

"老抽不能炒菜用。"琳琳说，"放一点菜就黑了。"

爸爸吃着饭，照例有一瓶二锅头在桌上，琳琳照例劝他少喝点，他也照例不听。奶奶正在看一出河北梆子，秦香莲一身孝衣，正凄凄惨惨，忽然画面一转，跳到一个围棋节目，有名的九段国手在讲解一场比赛，琳琳说："啊，我奶奶没看完呢。"

爸爸没说话，奶奶说："我不看了。"

琳琳觉得，得找个时间跟爸爸谈谈，让他知道他在这里是有工作的，照顾一个行动不便的老人，很多事情、很多细节要注意。她把这些话在心里组织起来，排列组合，一会儿把指责放在最前面，一会儿又打算以温情动人。与小时候相比，她变得更会说话了，各色人等都能应付，会没话找话，假装谈得很热络，也会适时地截住对方的滔滔不绝，把话题引向她需要的方向。十几年来，她没有再犯过结巴。

饭吃完了，这局棋还没完。奶奶挂着助行器站起来，挪到里屋去睡午觉。琳琳替她关上门，对爸爸说："让你来这儿是干什么的？要不你还是走吧，我们请保姆。"

完了，话一出口她就后悔，没打算争吵，但是情绪和话语就这么自然地、不由她掌控地冒了出来。假如心里有一把小火炖着恨意，是不可能散出甜香的。

爸爸还是看着电视里的棋盘，像没听见她说话。琳琳稳住自己，想了想，这沉默特别漫长，像犯结巴时，舌头僵住了，那个字就吐不出来，是熄了火的火车头，带着后面那一串车厢停在荒凉的夜半郊野。过去说不出的现在还是说不出。

缺少对话的习惯，她想，为什么她同陌生人可以相谈甚欢，面对自己的爸爸却结结巴巴呢。一结巴，就想掩饰，一掩饰，就忘了原本要说的话。后来，她终于想起来了，想起来也不必再说。

现在，聂卫平很少出来做节目了，也许是因为琳琳从来不开电视。清理爸爸的遗物时，她从防震棚的床底下翻出一箱子围棋杂志，多年的积攒，有一期封面是常昊，当时还是少年呢。她拿出几本，和别的几样遗物都放进一只尼龙袋。家里的衣柜里有一只牛皮纸盒，放着奶奶的一点遗物。现在，她需要摆上第二只纸盒，里面就装这些东西，除了杂志，还有一个核桃手串、一只假得不能再假的蓝宝石戒指。关于那戒指，她记得清楚，是一个朋友拿给他抵债的，据说欠了一万多块，还不起，爸爸带着两个朋友上门去找他，听说还动了手，最后要来这只戒指。他喜滋滋地拿给妈妈看，妈妈说是假货，也就骗骗你，便丢在一边。两人为此大吵一架，没多久就办好了离婚手续。

琳琳结婚的时候，爸爸非要把这戒指给她，说很值钱，商场里卖三万多。琳琳坚辞不受，说已经有戒指了。父女之间推来推去，奶奶坐在一旁笑着看。过后，她悄悄对琳琳说："你爸想给你点东西，你应该拿着。"

"我知道，我不缺。"奶奶又笑，那两年，她的表情减少，笑容却比从前更多，一笑，额头上的皱纹就浅了，皮肤薄而光滑，反射着微微的光。琳琳说："他在家，有事就找他，缺东西了让他买，缺钱了跟我说。什么都指望我回来再办，我工作忙起来怎么办？"

"唉，你爸身体也不好，你看他这些年……"

还有一件极其微小的事，琳琳说不出口。它就是生活中的一道细小褶皱，伸手抚也抚不平，不理会也没关系——遥控器，他总是拿着电视遥控器，从早到晚，看什么电视永远由他决定。

随着膝关节炎的加重，奶奶的世界缩回这两间小屋，院子都不去了。从前她还看书，现在戴着老花镜也看不清了，电视里播什么她就看什么，爸爸看什么她就跟着看什么，体育节目她一点不懂。

有一次，琳琳回来，发现电视坏了，屏幕闪着雪花，人影模模糊糊的，立刻开车去附近的县城里，买了新电视，下午就装好了，借机跟爸爸说："别老占着电视，让我奶奶看看，她一天也没别的事做。"

"她什么也瞧不懂！"爸爸说，当着奶奶和装电视的师傅，琳琳觉得脸上像挨了一耳光。

奶奶还是笑："那些体育节目，我是看不懂。"

很久以后，琳琳有次听姑姑说："那两年，你奶奶很怕你爸爸呢。"

"怕什么？"

"就这么说吧，"姑姑说，"你爸爸没打过你奶奶，没有明着骂过你奶奶。"

琳琳骤然嗅到一丝冷气。"当时，还是应该请保姆。你爸走之后，存折里有多少钱？你给他的钱都去哪儿了？"

琳琳摇头，随后说："当初，让我爸回去照顾奶奶，你们都同意的呀。"

"你出的主意嘛。"姑姑笑道，"你出的这个好主意。你爸没地方住，你奶奶没人照顾，这不两全其美？"

琳琳竟无话可说。回想起来，并不是她要求爸爸去照顾奶奶，而是离婚后，他就搬去了奶奶家，没多久，保姆就提出要走，琳琳怀疑有别的原因。后来才知道，他回来之后，奶奶让保姆睡在外屋的沙发上，把防震棚给了爸爸。人家不愿意常年睡沙发，抱怨几句，奶奶就跟保姆吵起来了。

"有什么办法,她的亲儿子,她就受着呗。"姑姑说。因为奶奶偏心儿子,她经常说着说着就愤愤不平起来,即便人都死了这么些年。

琳琳猛地意识到,这个故事绝不应该从孙女的视角来讲,她把它变成了一个令人愤怒的不孝子的故事,而这个家庭的图景,从奶奶的视角望去,也许有着迥异的面貌。

奶奶曾经对琳琳说:"我跟你爸也说了,将来我死了,他就接着住这屋子。这是公房,不用交回厂里。"

琳琳不想听见"死"字,要去哄她,奶奶却少见地不开玩笑,当一件正经事说。这个家里很少进行有用而认真的谈话,有什么事一两句话就含混带过去了,聊天说的全是别人家的八卦,眼前的问题一个字不提。

"先让他好好照顾您。"琳琳说,"他还拿工资呢。"

"他身体也不好。"

琳琳发现,她理想的母慈子孝的图景总也实现不了,就像爸爸当年说要下海做生意,那些豪言壮语也实现不了一样。他的计划总是在变,餐馆、超市、游艺厅、麻将室,琳琳想象不出爸爸当个小老板的样子。那些想法停留在口头上、酒桌上、电话里,斗志满满、得意扬扬,好像宏图伟业没开始就已经完成。前些年,他对奶奶说的那些话、吹的牛皮,琳琳听见都替他脸红,好像羞耻心全部遗传给女儿,自己一点没留。

有一次，妈妈对他说："你不如去找个看大门的工作，一个月也有一千多块钱。"他大怒不止，在家摔了两个玻璃杯，出门扬长而去，随后赌了一夜，第二天早上回来。然后，海鲜超市又变成游艺厅，说来说去，还是要钱。

奶奶问琳琳："听说你爸要创业，你妈不肯给他钱？他们俩还打架吗？"

琳琳摇头说不知道，装傻装习惯了，好像一切都无所谓，爱怎么闹怎么闹去。奶奶说："唉，我还能活几年呢？"

之后，她又活了好几年，最后两年多跟爸爸生活在一起，她叹的气更深、更长了。琳琳想过在奶奶睡觉的那间屋子里想办法拉线过来，墙上再装一个电视，奶奶也同意了。爸爸在一旁听见，说："再装个电视，你奶奶就连里屋都不出来了，人一点儿运动没有，那可不成。"

琳琳没理他，坚持要买，过两天奶奶打电话给她，让她别买了，又是那句话："别瞎花钱了，我还能活几天呢？"

琳琳又打电话给爸爸，他含糊地说："你奶奶自个儿不想要了。"

当然可以不理他们，直接安装就行，可是她没这么干。很多次，她坚持一下，就有另一个较好的结果，最后都退缩了。多一事不如少一事，琳琳想，算了吧。

唯一的电视遥控器永远拿在爸爸手里，声音和画面填满他的眼睛、耳朵以至整个大脑，仿佛遥控器成了他的身体器官，手边常摆着一小杯白酒，有菜要喝酒，没菜也要喝。

奶奶就枯坐一旁，没事可做，过了一天又一天。自从那次电视没买成，琳琳莫名觉得灰心，想说的话，时常到嘴边又咽下去，好像不合时宜。琳琳的叔叔姑姑们都认为这安排挺合理，两个人各取所需，亲母子住在一起，再合适不过了。琳琳有次跟二叔打电话抱怨，说爸爸太懒了，奶奶有事总叫不动他，二叔说了一句至理名言：记住，永远不要说老人身边照顾的人不好。

放下电话，琳琳想，没人想给自己添麻烦，甚至连她自己也觉得这样凑合下去也行，不就是不能看喜欢的电视节目，怎样呢？一周的剩饭也吃不死人。隐隐约约地，她觉得这些细小的问题昭示着某种可怕的将来，以小见大，可想而知。除了担心，她更害怕那些未知的影子。有时候，正端着碗吃饭，米粒咀嚼出甜味，就突然想起一些曾经发现却又忽略的细节。

琳琳每次回去，都帮奶奶洗澡，用一条搓澡巾擦遍她的全身。奶奶扶着卫生间的水池，或者坐在马桶上，湿淋淋的，水汽蒸腾。奶奶低着头，琳琳从她的脖子开始向下，到背，到腰，然后回到肩头，再顺着胳膊向下，胳膊上有一块青，琳琳问："哪儿磕的？"

"那天夜里，从床上掉下来，在地上躺了半宿。"

"怎么不叫我爸！"

"他睡在外头，听不见啊。"

"那就让他在这屋里睡，放一张行军床，夜里有事好叫他起来。"

"算啦。"奶奶说，"他身体也不好。"

奶奶去世后，琳琳觉得她睡了半辈子的那间屋里余音绕梁，好像五十多年说过的话都在里面挤压着、堆叠着、吵闹着，最后化为一片无声的混沌，言语腐败成泥。琳琳坐在床沿，望着空空的枕头，枕巾倒是一块清洁干爽的毛巾，像是新换的，揭开枕巾，底下的白底绣花的枕套一片漆黑，很久没洗过了。奶奶是那么爱干净的一个人，琳琳忍不住哭起来。

奶奶去世那天，爸爸发短信给她，说你奶奶咽气了。当时她正在开例会，手机调成静音，偏偏那天领导的废话特别多，东拉西扯，她习惯性地走神，望着会议室窗外两棵光秃秃的大杨树。一夜北风过后，早晨的天空是少见的碧蓝清透，阳光暗淡，带来一层轻薄的温暖，杨树枝上跳着几只麻雀。同事们忽然哄笑起来，琳琳没听清领导说了什么，他讲的笑话一向很拙劣。

散会之后——琳琳清楚地记得那天的所有细节，散会之后，她捧着保温杯去茶水间接热水，翻翻手机，在两三条广告信息之后，看见爸爸发的短信，竟然就这样通知了她。

立刻打电话，座机没人接，又打爸爸的手机、姑姑的手机，打了一圈，最后二叔接了，说他正要去买寿衣，开着车呢，不方便说话。琳琳又给爸爸打，这次他接听了，说话的速度非常快，平常他说话不是这么快的，甚至因为喝酒，总是有点大舌头。那天他说话说得非常多，每一句都流利清楚、明白晓畅，不像平常的他。

"早上我起来，"他开始了，"看看表，六点十分。你奶奶那屋没动静，我就上厨房，把昨天剩的小米粥坐在火上，再煮俩鸡蛋。早上老太太要喝牛奶，我拿那个小奶锅，还是琳琳小时候喝奶，用的那个长把儿小奶锅，也给她热一碗。"

撒谎，琳琳想。纸盒装的牛奶，奶奶喜欢用吸管喝。虽然年纪大了，她并不爱喝热牛奶。继续听他说。

"牛奶热完了，吃的都摆上桌，叫老太太起床。门外叫两声，没答应，我就推门进去，一看床上没人，在地上躺着。被子在身上裹着，脸就朝下。又叫两声，还不答应。我一摸，已经没气了。"

"没叫大夫吗？"

"叫了。卫生室的刘大夫来了。"琳琳知道那位退休的刘大夫，在厂里的卫生室干了一辈子。琳琳小时候，打疫苗都是找他。

"他都多大岁数了？"

"多大岁数也是大夫。"爸爸有些不耐烦,"刘大夫来了,说人不行了,我就找居委会开了死亡证明。"

"奶奶还在地上?"

"我跟刘大夫一起搭上床的,他还帮我把防震棚的门板卸下来。"

琳琳才知道过世的人要躺在门板上,等殡仪馆的车来。她开车赶回家,闯了所有红灯,和买寿衣的二叔同时进门,见到奶奶,一起帮奶奶换了寿衣。

又看见胳膊上的瘀青。

琳琳说:"这不是她第一次摔下来了。你们看这块青。"她指给二叔和爸爸看,告诉他们洗澡时的发现。

"嘿,她老想自杀!"爸爸说。

琳琳震惊地看着爸爸,没想到他会这么说。寿衣换好了,是奶奶最不喜欢的大红色,琳琳低声说:"她喜欢蓝色,硫酸铜的那种蓝。"死者的两个儿子已经出去了,外面来了人,是听见消息的街坊邻居。

琳琳坐在沙发上,那块走形的旧门板搭在沙发和茶几之间,奶奶的头朝着门口,一块黄布覆着脸。揭开布,皱缩的皮肤依然柔软,甚至有几分温暖,这是余温吗?她摸着奶奶的脸。爸爸说,她想自杀。

原来他什么都明白,什么都明白。

接下来，琳琳做出了这辈子最叛逆的事，她拿出手机，拨120，接线员再三确认情况，"是说人已经死了吗？"

"他们说是死了。我觉得人还有温度。"

挂断电话之后，她看见院子里抽着烟聊天的几个人，阳光透过树枝落在他们的头、脸颊、肩膀，光影驳乱散碎。消息送出去，一会儿就会源源不断地有人来，到时候，琳琳想着，我要当着这些街坊邻居的面，把话问清楚。

然而，殡仪馆的车先到了，比急救车来得快。琳琳看着他们把奶奶装进纸棺，门板被立起来靠在外墙上。那纸棺一头大一头小，窄得不像能睡下一个人，可她不仅睡下了，身子两边还堆了许多红黄色的碎纸条，黄绸布衬着一张一动不动的睡脸。琳琳又打电话给急救中心，车已经派出来了，转到司机的手机，告诉他，人马上要送到火葬场去。司机在那头，像没听懂："火葬场？"

"对，火葬场。"

"你让我开着急救车去火葬场，是这个意思吗？"

"是，"琳琳说，"麻烦您快点来。"她有预感，任何仪式和流程都不会有的，他们只想快点了结此事。

对方挂断了电话，琳琳跟着上了灵车。两个姑姑只到了一个，另一个直接去火葬场跟大家会合。这辆车后面的座椅都拆掉了，装了两排长凳，琳琳和她二叔对坐着，小姑姑和二婶也坐在琳琳的对面。琳琳的目光从他们脸上扫来扫去，试图看出一点端倪，关于奶奶，关于自杀。

其实他们也是什么都明白的，琳琳想。"永远不要说老人身边的人不好。"二叔耐心地开导琳琳，"再不好，也是亲儿子嘛。"

纸棺就放在两条凳子的中间，随着汽车行驶，微微地摇晃。

车厢里一片沉寂。谁也不看琳琳的眼睛，琳琳再一次说："这寿衣颜色不好，我奶奶喜欢蓝色。"可是，她想说的并不是这句。

"寿衣都是这个色。"二叔说，"这套两千多呢。"

琳琳不说话了。爸爸坐在前头副驾驶的位子上，手伸出去，向外撒白色纸钱。

过了半晌，车子拐了个弯，棺材稍微跟着滑动了一下，二婶低低地叫了一声，伸手去扶棺材的一角，带着哭音说："妈，妈，没事，车拐弯呢，马上就到。"

琳琳又把他们挨个看了一遍，缓慢滞涩的目光，好像用的是奶奶的眼睛。她不敢出声了，怕一出声就是衰老嘶哑的嗓音。抛出去的白纸钱随风飘舞，像一群翩然的鸽子，从车窗外飞过。

到了地方，车停下来，殡仪馆有人来接。琳琳糊里糊涂地跟着下了车，下一个镜头就到了火葬场的等候区，中间剪去了多少画面浑然记不清了。关于那天的记忆是一段一段的，一些声音，几个画面，几张人脸。

有那么一刻她以为人已经送去烧了，看见一个红灯亮起，迷迷糊糊地就要迎过去，被姑姑一把拉住，说："不是你奶奶！"果然，另一群人走上前，抱遗像的女人被周围的人搀扶着，哀哀地哭不出声。黑相框里是个十几岁的男孩。

"黄泉路上无老少呀。"二叔说，他坐在椅子上，探身向前，点起一支烟。这儿不许抽烟。爸爸不见了。

琳琳茫然地站着，姑姑一直抽泣。手机响了，她接起来，对方说了几句才想起来，是急救车。

奇怪，一到这里，她就不再怀疑奶奶还活着。在那间住了几十年的老房子里，琳琳不相信奶奶就这么死了，但是在这儿，她又不能想象奶奶只是睡得太沉。假如人真的还在，那么眼前这个场景，将有另一番解释，异常可怖的解释。

她不敢多想，接着电话走出去，急救车停在台阶前，医生下了车，问人在哪里。

又卡住了，遥远而熟悉的张口结舌又回来了，话到嘴边说不出，嘴唇颤动，对方盯着她，"在里面！"终于迸出来了。医生随身带着一只手提箱，随她走上火葬场的高台阶。爸爸去办火化的手续，琳琳和医生找到了奶奶，二叔和姑姑也围过来了，没人责怪她。

纸棺的纸盖子打开，拉下黄色口袋的拉链，露出来的脸静静地被鲜艳的纸条簇拥着，不打算化妆了，也不做任何仪式，琳琳猜爸爸一定选择了价格最低的流程和最便宜的骨灰盒。在这件事情上，孙女没有发言权，连掏出钱包的资格也没有。

医生打开随身的箱子，拿出设备，一头挂在自己的耳朵上，解开大红色的寿衣，露出惨白的胸脯，那胸脯曾为所有的孩子哺乳，琳琳小时候也曾扑向她的怀中，此刻他们正在围观，琳琳屏住呼吸。

几个红色的圆片贴了上去，连着线，调换位置再听、再测，两三分钟过后，医生收起设备，竖起箱子咔嚓咔嚓扣好，说："心情可以理解，但是老人已经走了。"

气氛一下子缓和下来，二叔送医生出去，付了急救车的费用。几只手伸过来拿起棺材盖，琳琳说，等等，等等，让我再看一眼，手又纷纷缩了回去。待她看完，盖子徐徐落下。这下是永别了，琳琳痛哭出声。从前她只是听说，现在她知道永别是怎么回事了。

好像是忍了许多年的泪水，从擎天柱死掉的那一刻起，终于流了出来。她不知道这个又长又短的故事还有没有另一种讲法，有没有人愿意讲给她听。家人之间照例是不说实话的，有时候，借酒蒙了脸，有人在饭桌上指桑骂槐。有一次姑姑跟琳琳说，半是责备，半是安慰，其实，家里的好多事你不知道呀。

叫救护车去火葬场，闹给谁看。

琳琳挑开门帘，帘子拍在打开的门上，哗啦啦啦地脆响，摇动不止，她穿过槐树的荫凉，像从前和以后的无数次那样，经过那丛开得正艳的月季花。关于死亡的描述她只在童话书里看过，坏人死了，魔鬼死了，巫婆死了，令人快慰的完满结局，她还没见过别样的死亡。那个傍晚，擎天柱之死让琳琳体会到另一种死亡。她站在邻居的窗外，听不清他到底说了些什么，她很想知道那些遗言，那些说出来却没听见的话，一定是真心话。即使现在很容易就能找到那一集，看一千遍，也补不回那一天的遗憾，种下一粒结结巴巴的种子。后来，又一枚红灯亮起来，这次是了，她随着家人一道，朝终点走去。

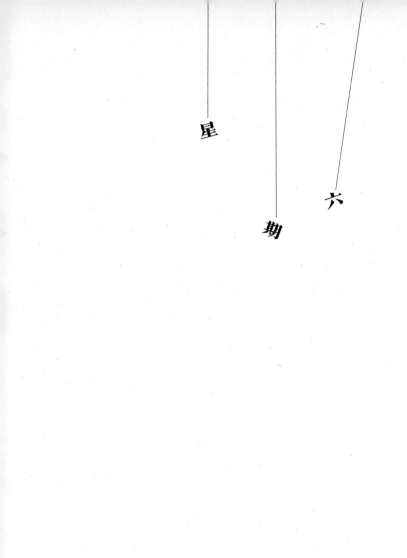

星

期

六

一

在公司附近的一家蛋糕店里，我遇见她。那是一家网红店，大众点评五颗星，点单的柜台后面，一整面墙挂满了绿萝和罗汉草，浓密的绿，郁郁葱葱。我与她之间隔着一个人，那个人一直在高声打电话，谈着很大的生意。我看见她买了咖啡和一块蛋糕，然后在摆满点心的玻璃柜前停下来，弯腰看着里面的各种甜点，好像在琢磨要不要再来一块。轮到我了，服务员问了两遍，我才回过神来，买了一杯冰茶，找到一个临窗的座位，沙发椅很柔软。那天是星期六，我加班到下午两点，来这里打发剩下的自由时间，晚上早有安排。杯中的冰块慢慢融化。有人对着桌子和挂着鹿头装饰的墙面拍照，几个女孩凑在一起自拍，十月的阳光透过玻璃，洒在她们的笑脸上。

她坐在一处偏僻的角落。杯子喝空了，我站起来朝她走去。我叫方好，水光潋滟晴方好，她带着笑解释自己的名字。我说我叫刘冬，没有特别的意思，就是生在冬天。那个下午，我破天荒地鼓起勇气，跟一个陌生女孩搭讪，顺利得出乎意料。她活泼开朗，对人没有戒心，也可能是因为我看起来不像坏人。她喜欢这里的甜点。"马卡龙，"她说，指着盘子里的粉色圆点心，"做得特别好。"

我不知道这些名字，看见什么都统称为"蛋糕"或者"点心"，她说我粗线条。很快，我们开始约会，她带我去逛各种甜品店，有些在热闹的大街上，有些在胡同的拐角。周末，我们整天待在一起，逛街、吃饭、吃蛋糕。方好喜欢烘焙，她说等她攒够了钱，就自己开一家面包房。我们讨论装修的色调，桌椅家具从哪里买，或者专门定做，摆哪种植物，挂什么风格的画框……随便聊聊，几个小时就过得飞快。在知名的，或者不知名的店铺里，巧克力和草莓蛋糕各选一样，听她絮絮地说这些事。未来像大海似的铺展在眼前，好像划上一条小船就能征服它。

我二十八岁，她二十六，恋爱又甜又热，像冬天路边的烤红薯和糖炒栗子。我们俩捧着纸袋，双手暖烘烘的，吃得连话都来不及说。她戴着一顶厚厚的灰色毛线帽子，露出的脸颊微微泛红。有时候，在地铁口吃两个烤红薯就是一顿晚饭，有时候，我们也去吃丰盛大餐，尤其是刚发工资的那几天，手头宽裕，北京的好餐厅那么多，我们都想尝尝。圣诞夜，我们用团购的优惠券，去吃索菲特酒店的自助餐。那天人满为患，摆在冰块上的刺身和蟹腿总是抢不到。元旦，我们去韩国人开的小酒馆吃活章鱼，她闭着眼睛把切成小块的章鱼放进嘴里，触手上的吸盘抵住我的上牙床。

热恋中，一刻也不想分离。工作日要等到晚上才能见她，白天就漫长得难以忍受。有时两个人都忙碌起来，只能约周末见面，这一周就像坐在炭火上，只能不停地发微信，长长短短的语音，一列红点，忙完一两件急事之后，贴在耳朵上慢慢听，一遍遍地听。从前，我会趴在办公桌上睡个午觉，现在一有空就跑到楼梯间里打电话，来来回回地说那些让两个人都沉醉其中的废话，滔滔不绝的缠绵。

和我一样，她也租着一间房子，眼看要到期了。我跟她商量，不如她把房子退了，搬到我这边一起住，省钱，省下约会的路程和时间，说到同居，也说到结婚。我告诉她我有一套闲置的房子，我父母留下来的，将来结婚买房，可以卖掉做首付。话既然说到这里，也就顺口说了下去，我家里的那些事，关于我哥哥的一切，从头到尾，说来话长。之前我一直没机会提起。

当时，我们坐在一家专门做芝士蛋糕的小店里，在商场的地下一层，店里人来人往。一个小男孩淘气地到处乱跑，被他妈妈拽回椅子上，往嘴里硬塞一块苹果。方好听得很专注，时不时地点头、皱眉，末了她说："以后我们好好照顾他。"

他是我哥哥，本来是独生子，四岁的时候，就像刚才那个小男孩那么大时，偶然摔伤了头。所有人都这么揣测，那次受伤是他发病的诱因之一，也许还有别的病症，跟受伤没关系，总之瘫痪的原因始终不明确。一场高烧之后，他丧失了脖子以下的行动能力，只有一条胳膊能动，世界罕见的一类病症。"是大脑出了问题。"我跟方好说。

我想，她会不会担心这种病的遗传风险，就像我从前遇到的女孩那样。她没提，只是问："那么，他头脑清醒吗？"

"清醒。"我说，"他非常聪明。"

"可怜，"她说，"越清醒越痛苦呢。"

自我有记忆以来，我哥哥就坐在轮椅上。轮椅是向政府申领来的，填张表递上去，民政部门就给发一台，他坐在上边，全家围着他转。我对他最初的印象来自那台轮椅，以为哥哥是长轮子的人，不明白为什么我不能跟他一样，还以为身上长轮子是件很了不起的事，像动画片里的机械英雄。他的轮椅背后系着一个紫色的尼龙袋，很旧了，上面印着白色的字样，是哪几个字我已经忘了。我妈妈推着他出去晒太阳的时候，用这只袋子装水壶和盖腿的毛毯，后来我妈妈死了，我爸爸一个人搬轮椅下楼，不带什么东西，尼龙口袋就瘪着，晃晃悠悠的，每次看见，就好像看见了我妈妈的遗迹。

"心脏病。"方好说，"记得你跟我说过。"

"不是，得心脏病的是我爸爸，我妈妈是车祸去世的，走得很突然。"我说，"对方赔了一笔钱，我爸办了提前退休，在家照顾我哥。"这是我上小学时候的事。方好用小勺挖了一大块蛋糕，又把它切成细细的长条，在盘子里拨来拨去，半天没放进嘴里。

听起来很惨，其实我们家的生活过得很平静。我上学，我爸和我哥在家，钱省着花，也过得下去。总之，家里有个不能自理的病人，这个家庭就一定要运转得精确无误，一个零件丢失了，另一个立刻就得补上，必须好用。我妈妈去世之前，我爸爸几乎没有贴身照顾过哥哥，后来，喂饭喂水、洗澡翻身，他什么都会做了。

她又起一块蛋糕递到我嘴边，味道甜得过头。她觉得这家店名不符实，肯定是花钱吹出来的名气。我们很自然地跳出了关于我哥哥的话题，讨论晚饭要去吃什么，要不要去看电影？结婚的问题像天上偶然经过的飞鸟，在视野中短暂地掠过一次，就不再提了。我们都觉得谈恋爱挺好，没必要赶着结婚。我们相爱，又不想爱得那么庄严肃穆、直奔主题。再等两年也不急。

每个周六晚上，我都看望我哥哥。有一次方好同我一起去，她没进门，在外面等我。残疾人托养所是一栋灰色的二层楼，掩映在周围的高楼丛林中间，那天方好穿了一件正红色的长外套，非常鲜艳，像旧灰墙的砖缝里意外迸出一朵花。她告诉我不用着急，她可以在附近逛逛，吃点东西，找地方坐着看书，我可以想待多久就待多久。我走进去，到值班室登记，这里的人都认识我，周末他们轮流值班。我哥哥在二楼的活动室里，正在看一场足球赛，他喜欢看各种体育比赛。我推门进来，他转向我，露出笑容，右手握在轮椅的摇杆上，转动的轮辐晶光闪耀。这轮椅不是那台政府发的福利品，是我上班后，用第一个月的薪水给他买的，更新的款式、更科学的设计，药店里最贵的一台。

在家的时候，亲戚、朋友、邻居，人人都感叹他聪明，加重了这种病在他身上引起的悲剧意味。其实，他聪不聪明，谁看得出来呢？五岁就能看出一个人是不是聪明绝顶？他不能正常说话，偶尔蹦几个单字，舌头不大灵活，笑起来嘴角向下耷拉，一副怪样，这些我早习惯了，我哥哥从来就是这个样子。不知道为什么，这一天，当我拉过一把椅子，坐在他身边，我突然有了新的视角，开始审视他，审视他和我之间的亲密血缘，而他见到我总是很高兴的。

房间里只有我和他。电视里传出山呼海啸，遥远的热闹，更衬出此处的冷清。周末，很多人都被家里人接走了。这地方很不错，政府有补贴，家里再出些钱，就能把我哥哥这样的残疾人照顾起来，让家人摆脱苦恼。这里有个和我一样年纪的姑娘，坐办公室的，做一些日常管理的工作，我追过她，她拒绝得干脆而彻底，直言她不会考虑和我这样家庭的人在一起，遗传病啦之类的，浪费感情和时间……这些一知半解的人最难说服。

我给他带了一包酥皮点心，豆沙馅，他喜欢甜食，跟方好一样。过去在家，我妈妈蒸的豆沙包，他能吃五六个，人虽然不会动，胃口一点不减。我爸爸去世前的一两年，抱着他来来去去已经非常吃力了。有时候，我放假在家，爸爸也让我搭把手，帮忙抬着脚，把他从轮椅抬到床上，或者相反——那时候我真希望他能少吃点。

我打开包装，拿出一块，放在他朝上摊着的手心里。他缓慢地举起那块点心，像捧着一碗满满的热汤，凑到嘴边，碎的酥皮沾到嘴唇上，掉在衣服上，这都不用管，吃完了一并收拾。我妈妈在的时候，她照顾得非常细致，轮到我爸爸的时候，他就追求效率。"没必要一遍遍地给他擦嘴，脏就脏点，"他说，"吃完了一起收拾吧。"我妈妈就不肯听他的，她要她儿子时时刻刻干净整洁，像没生过病一样。对我，她反倒没那么在意了。

他的眼睛还盯着从天花板上吊下来的液晶屏幕，解说员兴奋的叫喊中掺杂着他缓慢的咀嚼声。很多人都说我和我哥哥长得像，侧面看几乎一模一样，都有突出的眉骨和下巴，鼻梁低，颧骨不低。只有我妈妈觉得哥哥比我长得好，如果他健康长大，一定是个帅小伙，比我的个子还高呢。

很多年来，我活在一个实际上并不存在的优秀哥哥的阴影之下，因为不存在而有无数的可能，怎么夸张都不至于过了头。有一次，我妈妈对我说："你要是像你哥哥就好了。"那天，我拿回一张不及格的小学数学卷子，上面画满刺目的红叉，她叹着气，在上面签下名字。当时我不懂她的意思，现在想来，我发觉她把事情完全搞反了。

我妈妈去世后，关于我哥哥的一切幻想也跟着粉碎。我爸爸是一个讲求实际的人，不论遇到什么，他都追求脚踏实地，解决问题。他不会整天念叨哥哥曾经的聪明美好，也没有我妈妈的那些不切实际的幻想。我哥哥得病的第三年，在他的强烈要求下，妈妈同意生下我。我是将来的一道保险。

而我妈妈始终认为哥哥还有希望，希望总是有的，奇迹也说不定发生。她的这种微弱盼望，在当年形成了巨大的矛盾。我爸爸认为未来要指望我、依靠我，不要再为我哥哥花冤枉钱，而她坚持着不肯放弃。她给他念书，教他认字，不断寻医问药，电视上穿白大褂的喋喋不休的医学教授，或者电线杆上贴着的老中医，宣称偏方治大病，她都试验过，一点点改善都是天大的喜事。有时候，她把全家都搞糊涂了，因为她宣称的进步别人都看不到，只有她能发现，微小的偶然的变化，肌肉的硬度、肢体的姿势，或者食量的增长、咧着嘴笑的次数，她觉得这都是治疗的作用，是自己的成绩，是对得起儿子。她喜欢把"对得起"和"对不起"这样的严肃话语挂在嘴边，制造出一种莫名哀伤而又紧张的气氛。每当她说"我要对得起儿子"的时候，我都想把自己缩起来，坍缩成一个镜面上的黑点，被一指头抹去最好。

我哥哥十五岁的时候，连年不断的求医问药出现了转机。有一家美国的机构不知怎么知道了我哥哥的病例，应该是我妈妈一直联系的医生，把他当作罕见病例拿到专业的研讨会上提起，总之他们通过医院找到我妈妈，表示可以接我哥哥去美国治病，费用由他们支付，断断续续地联系了一阵。我妈妈很积极，有一段时间天天念叨这件事，我爸始终不抱什么希望。"别是骗子吧。"有一次他说，"哪儿有这样的好事，有也轮不上咱们。"

是不是骗子已经无从查证。我爸爸和我妈妈都不懂英语，全靠别人帮忙联系，而人家也有人家的工作，传过来的信息常常七零八碎，似乎费用的问题还有波折，我妈的情绪随之起伏不定。有一次在晚饭桌上，她吃着吃着突然哭出声，搞得全家都吃不下去。我只好饿着肚子写完作业，上了床，蒙在被子里撕开一包乐之饼干，枕头上全是饼干渣。直到现在，我在超市的货架上看见乐之的红色包装，还会想起那个漆黑的热被窝，小口咀嚼的声音被夜晚的寂静无限放大。

我妈妈去世之后，这件事没人管，就中断了。出车祸的前一天，她还跑了一趟医院，找那位相熟的医生问最新的进展，需要哪些资料和手续，对方到底能承担哪些花费。整个费用是个天文数字，也不见得能治好。也许根本就治不了，人家只是需要一个科研样本，听说全世界只有一百来个病例，比大熊猫稀罕得多。那天，她回到家，心情低沉，晚饭只煮了一锅挂面。

　　意外都发生在普通的日子里，像一个用错的标点符号，打乱了整个句子的节奏。他们不让我进太平间，我记得的只有镶在绿漆大门上的毛玻璃，被分成整齐的四个窗格，门关着，扒在门上使劲往里看，只模糊地看到一条空空的通道，尽头还有另一扇门。一位长辈亲戚拉着我的手，我记不得是谁了。我爸爸走进去，过了很久才出来。

　　按理说我当时已经记事了，我记得看过的动画片和漫画书，记得脆皮雪糕多少钱一根——那种雪糕现在找不到了，不知道有没有厂家愿意复刻一下，我一定买。那天很冷，回家的时候，我爸给我买了一根脆皮雪糕，我妈绝不让我冬天吃雪糕。当我撕开包装，舔上一下，舌尖比脸颊更冰凉的时候，才清晰地意识到她死了，永远不回来、不再管我了。可是现在我怎么也想不起她的脸，手边一张照片也没有，只剩下一些印象、一些话语、一点隐约的气氛。她的死永远混合着巧克力的味道。

有一次我跟方好一起吃巧克力蛋糕，说起这件事。我跟她提起我妈妈，她也谈起她的父母、她小时候的很多往事，这些话使我们愈加亲密。那天晚上我们第一次上床，在我租的那间小屋里，她的头发滑溜得像清水，缓缓流过我的手心。

我妈妈死后，那位帮她和美国联络的医生仍然很上心，时不时地打电话给我爸爸，我爸爸对他始终半信半疑。他让我爸爸开通一个电子邮箱。我家里有一台586电脑，我妈妈为了跟国外联系而买的，她死之后，显示器被一块红布给罩起来了，键盘也是，主机摆在桌子下面，积了满满一层灰。我爸爸不会用电脑，没有电子邮箱，甚至觉得那个医生可能是骗子。我妈妈在的时候，他除了说几句风凉话之外，拦不住她，她一死，就彻底没了下文，后来连那个医生也调去别处工作。现在看来，多好的机会，生生浪费掉了。

和我妈妈相比，在照顾哥哥这件事上，我爸爸要实际得多。他有把子力气，每天早上，他把哥哥的轮椅拿到楼下，又把哥哥本人抱下去，晒上一会儿太阳，然后回家做中饭，下午再出来一次，搬上搬下，数年如一日。我妈妈在的时候，他时常抱怨几句，觉得她乱花钱在一些没用的事情上，我妈走之后，生活骤然变得简单了，再没有人张罗着按摩、熬中药、夜里起来帮哥哥翻身，我爸认为一夜不翻身根本没关系，"我自己睡一宿也不动弹呢"。闲下来，他就看电视，足球、篮球、排球、围棋、桥牌，我哥哥就跟着他一起看，到现在还喜欢。

足球赛告一段落，解说员终于平静下来，窗外的暮色渐渐沉重。方好发信息告诉我，她在附近一家咖啡厅，叫我不用赶时间，离电影开场的时间还早。我哥哥吃完一块点心，我又递给他另一块。他很喜欢这种豆沙馅的酥皮点心，雪末似的面皮落在蓝衬衫的前襟上，这件衬衫还是我爸爸在银行上班时的旧工装。我哥哥现在的体重跟我爸爸去世前差不多，旧衣服他都能穿。小时候他一直很瘦，我对他的最初印象就是一个宽大的椅子上坐着一个细长瘫软的男孩，那时候我刚刚能扶着轮椅的把手站起来，再大一点，就像推着玩具车那样推着他在狭小的客厅里转圈。现在，轮椅快要盛不下他了，双肩已经超出靠背的两边，下巴和脖子连成一片，混沌着没有分界，黄色的皮肉一路流向膨起的肚子，随着呼吸微微起伏，只有两条小腿看起来又细又短，脚上套着一双旧的灰色毛绒拖鞋……我妈妈的说法是错的——就算我哥哥站得起来，也绝对没有我高。他今年三十三了。

现在，他连单字也很少说，经常"啊啊"地叫，但是他的意思我明白：这点心好吃。我点点头，替他抖落身上的碎渣，擦了嘴。电视上开始放广告，他用唯一能动的那只手指指电视，我就找来遥控器，一个个频道往下拨，转了两圈，没有他喜欢的体育节目，最后停在一个外国的野外纪录片上，讲的是在北美的大湖里钓鱼。他们钓上来的鱼大得超出想象，两个人横抱着拍照，鱼嘴上扯开几道长长的伤口，血淋淋的，半月形的鱼鳃微微地翕动。

"这么大的鲤鱼啊。"我说。哥哥发出笑声，他什么都明白，"他聪明着呢"，我妈经常这么说。据她说，哥哥小时候活泼伶俐，教什么都学得很快，能背上百首唐诗。说不定这些年他的智力也跟着身体退化了，他知道饥饱冷热，难受的时候会哭，高兴了也会笑，能说几个字，但是除此之外，他没受过系统的教育，认字很有限，逻辑也不清晰。大多数时候，他想表达的意思，只有我们家人能懂。

我们继续看电视，直到纪录片也结束了，开始播放下集预告，还是讲那几个外国人去钓鱼的事，有些画面还蛮惊险的。大鱼剧烈挣扎，尾巴拍起的浪花扑向镜头，水弯弯曲曲地往下流，像暴雨浇在玻璃窗上。我哥哥又傻笑起来。

我看看时间，差不多了，这点陪伴的义务总得尽到。我关掉电视，把他的保温壶拿过来，放在他腿上，将他的轮椅转个方向，推着走出了活动室，沿着一条灰色走廊走向他的房间。他的房间还有另一个室友，周末被家人接走了，我从来没见过，听说是四肢健全，但是智力有点问题。那张空床上，被子叠得整整齐齐，两条牛仔裤也折好了放在枕头边上，我哥哥的被子通常是不叠的。

每人有一个衣柜、一个床头柜和一套桌椅，统统是白色的。医院、福利院、残疾人托养中心、养老院，这些地方总有相似之处，即使在偶然的混乱中也透出简洁的秩序，工作人员可以在几分钟之内让这里重归整洁，所有物品都有合理的位置，管理病人就得这么利索，不然就会乱成一锅粥。我把他抱到床上，又一次觉得他真应该少吃点，对自己好，也减轻别人的负担。

在我妈妈去世之前，我们家大概就是一锅粥，文火熬着，越煮越干，眼看要煳了。两个大人经常吵架，一点小事都能点起火来，有的是因为哥哥，有的根本没有事由，我知道都是因为去不去美国的问题。我妈认为我爸太消极了。

"孩子都毁在你手上。"她说错了，是她和我爸爸都毁在哥哥手上。她出事的那天，正推着我哥哥过马路，那辆车斜刺里冲出，撞上她，当场死亡，哥哥的轮椅没有损伤分毫。当年这个事故还上了报纸，有一篇报道说，是我妈妈推开了轮椅，舍身救了儿子。他们就喜欢这样浮夸煽情的故事，可惜我们家一点也不需要这些感动，也不需要陌生人为我们掉眼泪，我们需要钱，爸爸不能上班了，我们最缺的就是钱。我爸当时的单位组织了一批员工捐款。

没过多久，他就退休了。

那时候还没有这样的残疾人托养所，只能靠家里人，我算是赶上了好时候。我帮着他，让他在床上躺好，想起来他还没刷牙，算了，一次不刷牙也没什么关系。临走前我关了灯，一会儿还会有人过来查房，此时刚过九点，我放心地走了。每个星期六的晚上，走出托养所的大门，是我一周以来最轻松的时刻，虽然寒风扑面，心里却热烘烘的，是良心得到满足的温度。我找到方好，她手里的那本书刚刚看完，去电影院的路上，她跟我讲起书里的故事情节。我觉得，如果要看一场悬疑电影，绝对不要先看原著小说，我不想听到任何剧透，可是她非说不可。

因此，在开场之前，我就知道谜案是怎么回事，她也知道，我们俩的心思没法集中在电影上。我时不时地吻她，有时候被一惊一乍的音乐吓一跳。她小声说如果大声喊出凶手的名字，会不会激怒别的观众，被他们轰出去？我们像两个淘气的孩子似的，想象着那番情景，在回家的路上还在笑个不停。恋爱就有这种神奇的效果：一丁点小事，就让人莫名地开心不已。每个星期都是这样，一过周三，就开始惦记着周六要去托养所，离开那里的时候，浑身都畅快，世界像一面擦掉灰尘的橱窗，灯光掩映，重新明亮起来。

倒不是因为我有什么对不起他的地方。我哥哥有低保，不够支付托养所的费用，余下的部分我替他支付。刚工作那两年，这笔钱还是个负担，现在当然好多了，不过我能为他做的也就是这些，出点钱，探望一下。托养所这些年都没有涨过价，我的工资已经翻了两倍，这点钱完全不是负担。我尽量把一切都安排得合情合理，我的生活、我哥哥的生活，我的生活还有无数新鲜有趣的事情可做，而他的生活只剩下不断地解决问题，吃喝拉撒，处处有求于人、受制于人。他知道我为他做的一切。有那么几次，他可能是想表达感谢，我及时制止了他，什么也别说，哼哼都不要。在我们家，自从我妈妈去世后，就没有人再直白热烈地表露感情，我妈妈的那种方式跟我爸爸和我都格格不入。她有一个硬皮的日记本，记着所有重要的日子，我哥哥第一次笑、第一次打疫苗、第一次叫妈妈、第一颗牙、第一次去托儿所……直到他生病，她的记忆变得平顺起来，因为再没有什么值得纪念的日子，每天过得都一样。她那些甜美的回忆、脆弱的柔情，化成日复一日的唠叨，问他冷不冷、饿不饿、困不困。她觉得是对话，其实大部分是在喃喃自语，我哥哥努力地回应她。这份努力，就让她心满意足，同时充满动力，不惜一切代价要治好他。我和我爸爸则像是局外的旁观者，看一场早就猜到结果的电影。我的经验是，绝不能把结局提前告诉她，她会勃然大怒，认为我没有良心。

"你怎么知道治不好？你懂什么！"她气吁吁地说。

我觉得委屈，因为所有人，家里所有的亲戚，都是这么说的。他们认为我妈妈是在瞎折腾，我的爷爷、奶奶、叔叔、姑姑、姥姥、姥爷、舅舅、舅妈，他们营造出一种舆论、一种心照不宣的氛围：我哥哥是不会好的，得了这样的怪病，那是命中注定，什么大夫医得了命？去美国治，更是天方夜谭，得花多少钱？钱打哪儿来？所有的年节聚会，我妈妈基本都缺席，我哥哥一刻离不了人。人不在，正好议论她，然而她总是知道的，闲言碎语越积越多，垒成四面厚重的墙，将我妈妈的汹涌母爱围在中间，无处疏通，只好加倍地发泄到我哥哥身上。

寒暑假，我不是在奶奶家就是在姥姥家，听了一肚子各种各样的闲话回来，像一次吃太饱的蛇，得花很久才能消化，漫无头绪的疑惑归结起来只有一句："你们为什么要生下我？"

有时候，我觉得我跟我妈妈并没有熟悉到讨论这种问题的程度。我是个省心的孩子，她对所有人都这么说，像是夸奖，又像是逃避。我身体好、成绩好，她很放心，心安理得地把所有精力都给了我哥哥。当然，我不会嫉妒他。谁会嫉妒一个瘫子呢？

二

春天，方好换了一个新工作。正式入职之前，她休息了一个多月，天天迟睡晚起。有一天，我上班前，她还蜷在被子里，说："要不你也休几天年假，我们出去玩玩。"这个主意不错。吃晚饭的时候，我们讨论了很多地方，西安、上海、凤凰古城，上网查机票和酒店，最后她泄气地说："一次不去看你哥哥也没什么要紧，非得周六之前回来？"

我呆住了。周六不去托养所，从来没有，我压根儿没有过这样的念头，原来可以不去看他。她一句话，我琢磨了很久，好像某种坚固的东西忽然出现裂纹，不再是铁板一块。我迟疑着说："那不太好吧。"

"只是一次。"她说，"我一年才回一次家。你每周都去看你哥哥，很够意思了，少一回没什么。要我说，根本不用这么纠结。"

你没有兄弟姐妹，你不懂，我想。裂纹继续扩大。她只是随口一说，在我听来像一句惊雷，根深蒂固的东西动摇了。那天我坐在办公室里，一直走神，一封邮件挨到中午还没写完。方好打电话商量晚饭吃什么，有一家新开的港式火锅听说不错。我敷衍着，附和着，无意义的琐碎对话像河水流过，最后她要挂电话了，我说："我们去西安吧，不管他了。一次不去没关系。"

她高兴地答应，机票酒店很快订好。我请了年假，周日出发，周六还是去一趟托养所。这次我来晚了，他已经回到自己的房间，躺在床上，床头有一对小音箱，连着一个MP3播放器，正在播相声。音箱是我给他买的，MP3是这里的公物，工作人员拿过来给他解闷。我陪他坐了一会儿，发现这里面只有一段相声，来来回回地重复听，变得一点都不好笑了，只剩下聒噪。

我把播放器关上，拿着去找值班的管理员，告诉他们，我哥哥已经听同一段相声几十遍了，能不能多存一点？太无聊了，你们做事要负责。或许我不该抱怨，那个管理员也是生面孔，不耐烦，说着说着我们两个的声音就越来越高。最后，人家很生气地站起来，走出办公室，把我一个人撂下了，出门时丢下一句："床位这么紧张，能进来不错了，还不知足。"

其实我心里很明白，无论是抱怨、发脾气或者讲道理，都是徒劳的。我哥哥是唯一一个周末没处去的残疾人，增加了他们的工作量，当然他是很安静的，我想他自己也明白这一点：不要给别人添麻烦，活着本身就已经很麻烦了。

我空着手回来，把音箱的电源拔掉，问他想不想尿尿，找到便壶帮他解决。小心翼翼地把便壶从被子里拿出来，我想明天这时候我就在西安了，酒店离小吃街不远，我们可以先去吃一顿好的，后天去逛景点，错过周末的人流高峰。不过西安的热门景点，什么时候游客都不会太少，没关系，我们不赶时间，可以慢慢溜达。我把便壶拿到走廊尽头的卫生间去清洗，洗得干干净净，刚才与我争执的那位管理人员也走进来，我说："下周我带个新的播放器过来。"他没理我。我想起来，下周末我赶不回来呢。

少来一次没什么，方好这么说。她说得没错，我哥哥总是一个样，他不会再长高，如果不把他抱来抱去，也意识不到他又长胖了，就像一艘锚定的船，稳稳停泊在时间里。我走的时候，替他关灯、关门，想着下次绝不能再跟人家争吵，当初也是费了不少周折才能进来，万一被轰出去，谁能照顾他？这里既便宜又安全，既适合他，也适合我。

西安的著名景点我们都逛了个遍，每顿饭都精挑细选，去吃附近评分最高的餐厅，和一个好胃口的姑娘在一起，很容易就快乐起来。她喜欢拍照发朋友圈，老是嫌我下筷子太快，破坏了完整的摆盘，很快我学乖了，等她说可以吃了再动手，有时候面都放凉了，粘成一坨。我觉得还是吃到嘴里比较重要，当然，她高兴就好。

星期六，西安下起了蒙蒙的雨。天气不适合出门，我们俩就窝在酒店的床上，一个打游戏，一个听歌看小说，中饭打算叫外卖解决。我过了一关又一关，有望在明天回程之前把这个游戏彻底打穿。天气预报说明天还会下雨。躺在床上背对着背，我们还在用微信聊天，谁也不想打破房间里的宁静，她分享给我她正在听的音乐。

"这能下载吗？"我问她。

"可以。"

我打算把这首歌存在MP3里，带给我哥哥，她回了一个耸肩的动画表情，说："他听得懂吗？"

"当然，"我说，"音乐怎么会听不懂。"

"你真贴心。"她说，"男生很少像你这样的。"

我翻身下床，来到窗边，外面的街道笼罩在纱笼一般细密的雨里，行人打着伞，车和人的行进速度都显得慢。我们点的外卖还没到，肚子都饿了。

"反正明天也是下雨。"我说，这次不是用微信了，"干脆提前一天走吧，在酒店待着没意思。"

"改机票也要花钱啊。"她摘下耳机。

"省一天酒店嘛。"我们计算起来，其实总的花费差不多，方好觉得没必要，还少住一天。

她说得有理，我不再坚持。午后，雨依旧没停，改机票还来得及，犹豫不决的时刻是最漫长的，我过几分钟就看看床头的电子钟。方好说："我们找个电影看吧。"她打开笔记本电脑。我说："我得回去。"

她没有再劝我，然而，房间里那种属于年轻情侣的、甜美的、宁静的、闲逸的气氛消失了。本来是个暖和的下雨天，两个人在房间里亲亲热热的，我却这样扫兴。她没说什么，拿起手机来查机票，告诉我航空公司的客服电话，让我自己去改，还说她不会跟我走的。我把她的气话当了真，只改了我一个人的机票。

她找出一部电影自顾自看着，直到我收拾好行李，要离开房间时，还没看完。她戴着耳机，眼睛紧盯屏幕，当我不存在。我说不出什么理由，怎么解释都像在找借口，她不相信我哥哥会因为我一周没去探望就出问题，又不是病危，这我当然知道。问题就出在这里，我知道，但我就是做不到。

晚上，我下了飞机，直接打车过去。我哥哥照常在看电视，对我的到来没有特别反应，他看电视广告已经够开心了。我要推他回去，他不愿意，电视是他最重要的娱乐，只能耐心地等着。等他看够了，回房时已经很晚，我才发现他的裤子尿湿了。

我将他搬到床上，开始给他换裤子。这些事过去都是我妈妈和我爸爸做的，有一套固定的流程，先抬哪里，再放哪里，这样一提一拽，裤子就褪下来，温水毛巾要提前准备好，我还忘了，临时找不到热水，就用凉水代替，幸好屋里不冷。手忙脚乱地折腾半天，把脏的衣服折起来塞进床下的一只塑料筐里，周一上班的护工会拿去洗。

习惯就像一间牢房，拿钥匙的人都不在了，我逃不出去。那天晚上，我一个人在家，给方好打电话，她没接。第二天晚上，我去机场接她，她把行李箱交给我提着，算是原谅了。我和她，就算生气吵架，也坚持不了多久，她总会原谅我——即便是她自己出了错，也能原谅我。

春天过去，夏天也过去了，我哥哥马上要过三十四岁生日。过去，有个他活不过三十五岁的说法，某个专家下的断言，这个数字在亲戚朋友那里口耳相传，说得多了，仿佛成了真理。当然，这些闲话都得背着我妈妈。

如今，他面色红润，除了体重持续上升，其他方面毫无异状。"特别能吃。"有一次照顾哥哥的护工跟我说，半开玩笑半看热闹的语气，"吃起来跟个好人一样。"她弯下腰，跟我哥哥说："你少吃点，我们快搬不动你啦。"

他发出"啊啊"的声音，护工笑呵呵地走开了。这次我来得早，他刚刚吃过午饭，我推着他去街上转了转。他东张西望，在外面他一般不出声，为了掩盖自己不会说话，我猜。有时候，我也相信他是聪明的，什么都懂，我妈妈一直这么说，只是无法表达而已。他被他的身体困住了，一定有一个我不了解的哥哥藏在那双眼睛后头，观察我们的一举一动，待他好的、待他坏的，他一清二楚。

我们路过一家面包房，我把他留在店门口，走进去买了一块奶油蛋糕。他不应该太胖，而甜食又是他的最爱。如果我妈妈还在，一定会限制他，就像她不让我冬天吃雪糕。"都是为了你们好"，她说。当然，重点关照的还是我哥哥，她不让他吃甜食，医生建议我妈妈尽量控制他的体重。

回到托养所，我用勺子把蛋糕喂给他吃，他吃得很快，几口就少了一半，再几口就没了。我把空纸盒给他看，承诺下次来还带他去买。他牢牢记住那家店。后来每次我推他出去晒太阳，走到那附近，他就发出声音提醒我。那家的巧克力蛋糕很不错，还有一种五颜六色的圆形小点心，味道甜得齁人，方好告诉我，名叫"马卡龙"，配着咖啡，能够中和它的甜腻。

对我哥哥的胃口来说，马卡龙太小、太精巧、太不够解馋了，我没给他买过。九月阳光晴朗，他坐在店门外等我，来往行人小心翼翼地绕过他，有人好奇地朝他多看两眼。他整个人挤在硬邦邦的轮椅里，脸周围荡漾着一圈柔软的肥肉，头颈的轮廓模模糊糊，五官像肉海里的小岛，各自孤悬。我不知道我妈妈如何透过层层血肉看见他的智慧，我只看见渴望，他对甜食的嗜好永远无法满足。如果不停地给，他可能会一直吃下去。这次我买的是蓝莓芝士。

十一长假，我和方好一起回长沙，拜见她的父母。他们对我挺满意，知道我父母双亡之后，她妈妈对我更热情了，大概觉得没妈的孩子比较可怜。我们到的那天，她做了一大桌子菜，我跟方好的爸爸喝了几杯。方好带我看她的房间，满墙的粉色壁纸，床上堆着毛绒公仔，床头柜上的胖企鹅闹钟，她从小学用到高中。她给我看相册，一页一页翻，有她小时候穿着纱裙的艺术照，眉毛中间点着一块红；他们全家在泰山顶上合影留念；她穿着肥大的校服，把三好学生奖状举到胸前；她过生日鼓起腮帮吹蜡烛……晚上，她妈妈客气地将我引到书房，那里有张单人床，也充当临时的客房。躺在床上，夜深了，方好发微信说："好想你啊。"

我说："我也想你。"第二天，她带我去市中心逛街吃饭，看了场电影，总算找回了约会的感觉。这次她跟我的想法不约而同：还是赶快回北京吧。临行前，她父母一再地说，要我们春节一起回来过年。

在回程的飞机上，我问她，有没有提到我哥哥的事情？她说还没有，忘了，下次再说吧。我看，下次她也不见得说。方好习惯了跟父母报喜不报忧，她父母看见女儿非常高兴，高兴中还夹杂着一丝惊怯。看得出来，方好在家说一不二，撒个娇或者发顿脾气，就能得到一切。

我觉得这种事没什么好隐瞒的，她也同意，觉得应该找个不那么正式的机会，随口拉家常的时候说出来就好了，不要显得很在意，毕竟哥哥不会跟我们一起生活，说到这儿她又确认了一遍："你说对吧？他不会跟我们一起住。"

"不会。"

然后我们就换了话题。方好对现在的工作又不满意，她说她不喜欢受雇于人，看别人的脸色。她毕业四年，平均半年就换一次工作，她说，想自己创业，开甜品店，手工烘焙。我觉得这个概念放到小城市可能还行，在北京就显得太普通了。

"概念普通，我不普通呀。"她说，"我认识美食杂志的编辑，认识好几个专业摄影师，宣传也没问题。"都是她在工作中遇到的人，她觉得都是资源，都用得上。

我觉得她过分乐观，她觉得我想太多，什么都想好了再去做，那可来不及。在家里，她有整架的烘焙书，说将来可以拿到店里做一面书墙，一面是书，另一面落地玻璃窗，放很多绿叶植物，多肉也行，不开花，只看叶子，清爽……她琢磨着这些场景，这些在网上或者时尚杂志上得来的灵感，停留在一间小店的表面，好像创业计划就是一个装修计划，核心的商业问题丝毫没触及。除了她能做出不错的饼干和蛋糕之外，没有别的准备了。

关于开店的问题，我们来来回回地讨论，连餐垫的色调都要争论几句，她喜欢浅淡的米色，显得干净柔和，我觉得深蓝更好。好些个晚上，我们徘徊在各种网红店铺的图片里，被形容词构成的滚滚洪流冲得晕头转向，最后她定了调，要"美式乡村"和"清新简约"，混合起来，我有点想象不出来，听起来倒是很有格调。

下一步就是凑钱。我和她都有些积蓄，够付大半年的房租，地点也看好了，不算热闹街区，在一个小区里，门口对着一排银杏树。原本是一家文具店，开不下去了，带着租约转让，方好当机立断，就是这里，一到手就立刻开动。等店铺装修得差不多，到了秋天，银杏叶子黄了，金灿灿地映在窗前，她说："我一来就看中了这些树，夏天是绿荫，秋天更美，没错吧？"

"没错。"

准备开业之前，她辞了职，鼓动我也辞掉工作，一起干。我冷静下来，想了想，觉得最好不要两个人都扑在一件事上面，万一不成，还有条退路。她劝我不成，也就算了，一个人守着一间安静的小小的蛋糕店，更符合她一开始的想象。我们花了不少钱在装修上，最后超支的部分全靠信用卡，里外都是她喜欢的色调，原木色的墙面和桌椅，墙壁做成假的红砖墙，"像不像在电影里？"她说，"适合当拍照的背景。"她打算找她认识的摄影师来帮忙拍照，问了几个人，都说没时间，最后我们自己借了个单反，拍了几十张，存在电脑里。那些照片到现在还存着。

每天早上，她都要做一批新鲜的面包。凌晨她就起床，收拾一番去上班。我还在梦里，就听见她关门离开的响动。周末我跟她一起去，看着她忙忙碌碌，我能帮上的实在有限，只能在她的指挥下做一些零活，或者打扫卫生。店里一尘不染，大部分时候，一个客人也没有。

到了下午，我去看我哥哥，有时候带上一些面包或者饼干。方好的手艺确实不错，材料也很讲究，当天卖不掉的都要扔掉，每天都扔一大半。后来她渐渐减少了产量，不再执意要把玻璃柜填满。我们俩互相安慰，这是暂时的，人气要慢慢地攒起来。

我哥哥喜欢她做的巧克力曲奇，能一口气吃掉几十块，然后不停地喝水，我告诉他这是我女朋友做的，好吃吧？他咧嘴笑着，不知道听懂了没。冬天快到了，我给他买了一件长棉服，可以当毯子盖在腿上，来暖气之前，房间里总是很冷。他不想看电视了，我就站起来推着他在活动室里转了两圈，停在窗前，窗外灰蒙蒙的，玻璃上印着细小的污点——我在方好的店里总要擦玻璃，两扇落地大窗，擦得明净透亮。

我跟他说，我女朋友自己开店，我也投了钱，估计快赔光了。这些话不能跟方好说，她觉得我太丧气，而我哥哥永远不会说别人错了，他只会听，然后接受一切。我推着他离开窗边，回房间去，搬动他的时候，觉得他又胖了。体重的增长像洪水在蓄积，堤坝有撑不住的时候。近来他总是气喘吁吁。

我继续给他带甜食，吃到就开心，人活得这么简单，实在值得羡慕。有时候我也想，妈妈会怎么做、爸爸会怎么做，但是他们都死了，死人做不了主。我尽力使他舒服快乐，作为弟弟，已经够好的了。临走时，我遇见值班的工作人员，我追过的那个姑娘，跟她聊了几句。她告诉我，我哥哥的体重已经超过一百九十斤。

"现在要两个人才能抬得动他。"她说。

"我一个人就行，关键是如何发力，回头我教教你们。"

"像他这种情况，超重不是好兆头。我只是提醒你，少给他吃甜食。"

我回到家，方好罕见地早归，横躺在沙发上发呆，双手枕在脑后，空调吹出暖洋洋的风。我问她怎么了，她翻身坐起，说："我不想干了。"

凡是能卖的东西，都尽快折价出手。素净的原木桌椅，四套一共卖了八百块；几十盆多肉植物拿回家，摆满整个客厅，后来一盆盆地接连枯萎，客厅阴暗，照不到阳光；洗碗机被旁边的一家拉面馆要去了，人家只肯出五百；碗碟杯盘一类，统统打包带回家，这些东西够我俩用一辈子，上面还印着店名的英文缩写；还有一台全自动咖啡机，里面残留的咖啡豆散发出油脂腐败的味道，这台机器倒是很好出手；至于别的零碎摆设，有的送人，有的只好丢掉，几只花艺铁桶、八音盒摆件，一些旧杂志和书，几只放在桌子中央装饰的玻璃花瓶，瓶口上系着几圈粗糙的麻绳……几个月前，方好还很得意她的设计，现在，拆起来像战败逃亡，一溃千里，专拣些细软收拾，大件的只能放弃，什么都比不上房租昂贵，越早脱手越好。最后，甜品店关掉了，家里多了满地的花盆、一辈子用不完的带 logo 的餐具以及一辈子也忘不掉的教训。方好说，下次她一定能成功。

方好找到一份新工作，重新开始朝九晚五。创业失败，就像从一场梦里醒来，醒来才觉得那梦做得离谱。小区里白天没什么客流，晚上，下班回家，谁会跑过来吃甜点呢？她说她受够了一天天地在店里等着，像个望归的怨妇似的，等着有人进门。偶尔进来一位，转一圈，看看价格，大概是嫌贵，又走了。她不想降价，都是心血，凭什么降价处理？宁肯扔掉。归根到底，她开店不是为生活所迫，而是一种执念，被网上的漂亮图文弄得眼花缭乱之后偶然产生的一个念头，被攫住了，以为这一闪念就能实现，好像被什么东西附了体似的。过后想想，庆幸自己明白得早，转眼又后悔自己放弃得太快，实际上当时我们已经没有钱了。

方好说，早晚还是要自己干，这次不行，下次再试。她这个人，输了也不放在心上，无非损失一点钱和时间。"我们都还年轻，这不算什么。"她说。我喜欢她的勇气，混合着一些天真的稚气，像个无忧无虑、摔倒了自己爬起来的小孩子。春节放假，我们又去一趟她父母家，除夕夜，吃过晚饭，她爸爸把我叫到书房，谈了很久，也谈得很顺利。第二天，方好问我："我爸跟你说什么？"

"问我们有什么打算，有没有计划买房子？"

她挎着我的胳膊，马路对面的红灯还有五十秒。我们打算去看个热闹的贺岁片。长沙的冬天特别冷，寒气像蛇一样往所有温暖的缝隙里钻，方好把手伸进我的外衣口袋里，让我握住。节前去看过我哥哥了，一切如常，我告诉他春节我不在北京，让他好好听人家的话。

绿灯亮了，我们跟着人流一起向前走，电影院就在对面的商场里。她说："你哥哥的事，你提了没？"

"还没。"我说，"你说，他们会介意吗？"

"无所谓。反正我不介意。"

我们走进商场的一楼，先买了两杯热咖啡，然后乘扶梯上楼。电影开场还要等一会儿，我们坐在某一层的休息区里，慢慢地喝着，橱窗里的模特已经换上了春装。她被一条裙子吸引了，去店里试穿。咖啡在杯子里慢慢变凉。我忽然感到一种自由，已经存在很久但我并没意识到的自由，从模糊的轮廓里渐渐浮现：我哥哥早已不重要了。他不能再吸引父母的目光，也不能再占据任何人的生活。即便所有亲戚都对我说，以后你父母不在了，你要继续管啊，我妈妈也没说过这种话，没有从我这里套取任何承诺，尤其是当我很小的时候，大义凛然地说一句"好！"其实再容易不过，就像每个小孩子都说将来要当科学家一样。

她没有这样要求我，我爸爸也没有。他们只会用日复一日的活着告诉我，让我明白日子应该这样过，谁也不能放弃谁。那些早就流逝的时间和人影、发生过的事情，并不能一笔勾销。多年后，在一个平静到近乎幸福的时刻，我想到的是我哥哥。

三

我带着方好去我父母的家，先坐地铁，再搭公交车，晃荡一个多小时之后，她用开玩笑的口气说："刘冬，你真的是北京人吗？"

我搂着她的肩，窗外的景色越来越不像方好熟悉的那个北京。马路两边种满杨树，公共汽车就在绿荫中行驶。从我记事起，这些树就是这么粗、这么茂密，好像停止了生长，也许因为那时候小，看什么都觉得高大。我坐在我爸的自行车后座上，车把上挂着几袋子东西，有中药、西药、从医院买的护理垫，有时候，也给我买一根冰棍或者几包饼干。

到站了，我们下车，在公交车站找到一辆拉客的电动车，这才是最后一程。途中经过公共汽车总站，偌大的场地里停着各个路线的大巴。从前，进城的公交车只有一条线，要带哥哥去大医院看病，搬着轮椅排队，上车下车，大费周章，现在开通的线路多了，车上就没那么挤。我妈妈去世前不久，曾经计划买辆二手的小汽车，为了带我哥哥上医院方便，她不在了，买车的事就不再提。

这些细节其实早就湮没无迹，但是一回到这里，带着灰尘味道的空气和风、路边的树、灰红陈旧的楼房，好像又返回了那些千篇一律的日子。那家兰州拉面馆还在老地方，招牌换成簇新的蓝字白底，原来一条街的招牌都被统一成这个样式，齐整得近乎呆板。我跟方好说，晚上我带你吃这家的拉面，不知道老板还记得我吗？有些地方已经变了样，平房都被推倒，原地长出一大片新建的楼房，比我们家的老房子高得多、密得多，大城市蔓延的触手也渐渐伸到这里来了。自从那年把我哥哥送进托养所，把家门一锁，我就没再回来过。

当然我也变了，我长得更高，显得更成熟，身边还多了一个年轻好看的姑娘。她轻快地跳下车，让我拉着她的手。小区里外停满了汽车，一个熟人迎面走来，手里拖着一个买菜的小推车。他先认出我来。

他问我在哪里上班，我跟他解释了一下我的工作，又问我结婚没有，眼睛往方好身上看，最后问："你哥哥还在福利院？"他们总以为是福利院，我跟很多人解释过了，那叫残疾人托养所。福利院不收他这么大的孤儿。

我含糊地应答，然后拉着方好往里走。从前的自行车棚拆掉了，全改成停车场，院里显得很拥挤。我家在靠近大门的第一栋楼，从卧室的窗户可以望见大街，这么久没回来，一走进熟悉的楼道，就觉得也不过是昨天刚刚离开。方好上楼的时候，差点被一户人家门口堆的纸箱绊倒。楼梯显得特别短，几步就跨上一层，我掏出钥匙，这钥匙一直挂在随身的钥匙扣上，跟我自己的住处和办公室的抽屉钥匙拴在一起。

门打开，屋里静悄悄的，一切原封未动，仿佛被凝固在一块透明的琥珀里，我们走进来，是打破了它。我走之前，用几块旧床单把桌椅、沙发、电视机、我妈妈的电脑、冰箱和洗衣机都盖了起来。如今花花绿绿的织物上积满灰尘。

按照说好的计划，我们先动手打扫，把所有的床单都揭下来，拿到阳台抖落灰尘，然后折起来放在一边，打算丢掉，露出来的家具电器，还有那排开裂变色的人造革沙发，统统用抹布擦干净。水龙头流了很久的黄水，终于变得清亮。方好说："这房子能卖多少钱？"

"不知道。"

如果买家是这附近的人，知根知底，肯定会大砍价。这是死过人的屋子，邻居们都知道。就在方好现在站的位置，马桶旁边，生了锈的花洒和洗手盆中间，我爸爸就倒在那里，死于突发的心脏病。这件事的详情，我一直没有告诉方好。

在卫生间接了一盆清水，端到客厅，四只手都伸进去洗抹布，然后把房子的所有表面和边角都擦抹干净。我爬上窗台去擦玻璃，她也要来，像小时候在班级里做值日似的，一个擦外面，一个擦里面，她叫我小心着别摔下去。我们用掉很多从衣柜顶上拿下来的旧报纸。我爸爸喜欢把看过的报纸都留起来，可以卖废品。

最后一步是拖地，墩布在水桶里浸湿，再拧干。我家铺的还是很久之前流行的地板革，方好都不认得，问我地上铺的是什么东西。我说，这是三十年前的装修，当时算很高级，大部分人家还是水泥地呢。我妈妈辞职之前，也有一份不错的工作。

地板革的菱形花纹已经模糊不清，陈旧的污渍怎么用力也擦不掉，有些地方磨损得起皮，长年被我哥哥的轮椅轧着。我妈妈死后，我爸爸就不怎么在意家里的卫生问题，他觉得没必要花那么多工夫打扫卫生，"又没有客人"，他说。同时，给我哥哥洗脸、洗澡和换衣服的次数也减少了。

在我妈妈去世之前，我们家是一台平稳运转的机器，她把别人都安排妥当，自己承担了最关键、最繁重的环节，即使被压得喘不过气，还尽力保持着表面的整洁有序，看起来一切还顾得过来，还没失控。在这个到处是熟人的地方，她活在亲友的七嘴八舌里，像一块挺立在急流中的顽石，到最后她也没输，只是死了。

我爸爸和我绝不会承认，我妈妈去世之后，我跟他都松了一口气，是麻木和悲痛过后的轻松。我爸爸用他的方式继续照顾我哥哥。这个家的模样渐渐变了，那种尽力维持的整齐和秩序、一丝不苟的日程、我哥哥的科学食谱、按时进行的按摩、雷打不动的下楼晒太阳，以及铁律一般的睡觉和起床时间，全都变得可有可无。这层由我妈妈的意志构成的坚硬外壳，车祸的一瞬间就破碎了。

破壳而出的是一种崭新的、柔软而随意的日子。我终于不用再背着妈妈偷偷吃雪糕，有想看的节目，电视开到十一点也可以，我爸爸甚至撺掇我尝尝他的白酒，我妈妈死后，他每顿都喝点白酒，在过去是不可能的。天气晴朗的日子，我爸爸带着我哥哥下楼，从上午一直坐到太阳落山，两个人都吃买来的面包点心充饥，我哥哥对甜食的无限欲望，就是从那时候开始的。他跟来往的邻居聊聊天，拉人下几盘象棋，我哥哥在旁边愣愣地看着他们，像一个小孩盯着熊熊的篝火，眼中含着赞叹。

"你看得懂吗？"邻居开玩笑，对我哥哥说。

"全懂！"我爸爸说，和下棋的对手一起哈哈大笑，笑够了，又小声地说："他懂个屁啊。"怕我妈妈会听见似的。

这些情景发生在夕阳下。我爸爸的脸也是浅金色的，眼角的皱纹像无数条溪流，曲折地流进眼眶。我帮着他把轮椅抬上楼。他一个人干这活儿越来越吃力，我哥哥的发育没受影响，青春期过了，他又长了不少。随着身体变得庞大沉重，他小时候那股惹人怜爱的气质也消失了，见到他，惋惜叹气的人越来越少，外人同情的对象变成了我爸爸和我。

"你爸岁数大了，将来还得靠你啊。"有一次，我推着我哥哥在楼下晒太阳，路过的邻居说，"刘冬最懂事了。"

我不知道我是否真的像他说的那么懂事，因为人懂事之后应该变得更善良、更宽容，而不是像我这样满肚子疑惑不解，而我妈妈和我爸爸一点也没有教我明白的意思，我找不到机会去问："你们生我就是为了我哥哥，对吧？将来我该怎么办呢？"

他们不肯给我指条明路，我们就这样静默着把日子过下去。直至我进城上大学，我爸爸的生活还跟从前一样，每个周末我都回家，给他帮帮忙。那次我也跟平常一样，下了公交车，走路回家，路上还买了几个豆沙馅饼。夕阳黄澄澄的，我走进楼道，上楼梯，掏钥匙，开门。我哥哥瘫坐在轮椅上，正对着房门，眼睛盯着我。或者说他一直盯着这扇门。

屋里像有什么东西腐坏了，肯定是坏了。我先走向厨房，我哥哥发出呜呜啊啊的声音。水池里有一堆泡着没洗的碗，灶台边摆着两盘剩菜，上面长出森森的白毛。那气味并不是这些东西散出来的。

我觉出不对劲，走出厨房。家里就这么大地方，厨房和卫生间相邻，一眼就看到一双蜷曲的腿。当时是夏天，他光着上半身，脸朝下趴在地上，双臂贴在身体两侧，手心朝上，背上一丛丛青黑的纹路。

我报了警，叫了救护车，其实用不到了，楼上楼下的邻居也来了，背着手站在门外，警察不让他们靠近。我给我哥哥喝了点水，吃了豆沙饼，他饿坏了，然后把他推进卧室，关好门。法医检查后，说两天左右，我想起那些菜上的白毛，觉得肯定不止两天，然而争论这个没有意义，我也是猜的。死因是心脏病，可能是早上要刷牙洗脸，或者要打水给我哥哥擦洗，片刻间突然发病。我哥哥坐在客厅，都看在眼里。不该喝那么多白酒。

他不会说话，无法描述我爸爸临终前的情形，这使得我与他之间多了一道隔阂，多了唯一一件他知道而我永远无法知道的事情。我妈妈认为他什么都懂，而我爸爸说他"懂个屁"，也许他们都对。

最后，殡仪馆的人来了，见到这种情形，都不愿意碰，让家属自己搬。我好说歹说，费了不少口舌，只有一个人答应帮忙。我找来一条床单，裹起来抬着一头，他帮忙抬另一头，下楼来到灵车跟前。围观的邻居们看在眼里，没人说话，窃窃私语都是无声的，我只听见自己在喘着粗气。

处理完后事，我向学校请了两周假，找到这家有福利性质的托养所。送他过去的那天，办完手续，我和他说，等我毕了业，安顿下来，就接你回家。好几年过去，这个话可能他也忘了。那天我回到家，第一次一个人在家里过夜。那一夜梦境纷乱，我爸爸和我妈妈的模样不断地在黑暗中浮现，第二天我就把屋里彻底清扫一遍，东西都用布盖好，然后锁门离开，那年我上大三。

我和方好花了半天时间，把屋里打扫得干干净净，打开两瓶自己带来的矿泉水喝着。她拿着水瓶在屋里转来转去，说："这房子卖了，首付肯定够，我爸妈那边再出一点。"

　　我决定不告诉她，这房子有点忌讳，能出手就不错了。我们谈论着关于结婚的一些琐碎事情，婚纱、旅行、看好的新房打算怎么收拾，只等这个房子出手，那边就签合同。忽然她想起一件事，问我："这房子有没有你哥哥一半？"

　　"应该有。"我说，"遗产我代他保管。"

　　"其实，钱对他也没有什么用处。"隔了一会儿，方好说，"以后我们对哥哥好点，经常去看看他。"钱对我们是很有用的，上次开店，把工作几年的积蓄都折腾空了。结婚成家，处处需要钱。

　　中介公司的人按着约定的时间来，房子全权委托给他们出售，他们用专业的眼光四处察看，说了一个估计的数字，跟我的预期差不多，离开的时候把钥匙带走了。他们走后，方好说："你再看看，还有什么有意义的东西，这次一起拿走。"

　　我说没有。

　　"像日记本啊，相册一类的也没有？你小时候的照片呢？我想看看。"

　　"都没有。"我简短地说。有也不想拿。

　　她握住我的手，身子靠过来，把头放在我的肩膀上。她的长发又滑又凉。房间里越来越暗，没有买电，不能开灯，再过一会儿就要黑透了，我和她被笼罩在将及未及的夜晚中，靠着一点马路上的灯光辨认物品的轮廓，街上汽车来往的噪声低低地传来。

她安静地抱着我，我猜不出她在想什么，是不是跟我想的一样。有时候，我和她之间存在着一些似懂非懂，一些似是而非。她想安慰我，以为我舍不得自己的老家，就热心地谈起新家，我们未来的生活，阳光、草地、绿荫、欢快奔跑的孩子，而我哥哥远远地，用那双混浊的眼睛看着我们，就像看着我爸爸死在面前一样。全世界落进他的眼睛，如同落进黑洞，瞬间归于沉寂。他什么也不会说。

那承诺不算承诺，我想，只是一个美好的愿望。我没撒谎，当时我真的那么想。我妈妈的意志随火化，随风散了，我有了我自己的生活，不再觉得愧疚，不再介意一个完不成的诺言——它像根风筝线似的牵住我。这一天是星期六，我没有去看我哥哥，晚上带方好去吃了那家开了好多年的兰州拉面，味道不如过去的好，老板早就换人了。

婚后，我们过得不错。新房子地段虽偏，面积很宽敞。搬到新家之后，我去看我哥哥，需要穿越大半个北京城，坐地铁也要快两个小时。方好偶尔跟我一起来，大部分时候她不来，我哥哥没什么可看的，我要帮他擦洗身体或者换衣服，她帮不上忙。

我哥哥的体重缓慢而持续地增长，没办法阻挡。他的胃口很好，吃不饱就会不满地大叫，影响别人，托养所的工作人员一般都会满足他的需求。有几次，我告诉他，你太胖了，少吃点，他只是笑。不过，我哪一次也没有忘记给他带甜食，有些是方好亲手做的。

"哥哥喜欢哪样？"

"巧克力味儿的，还有豆沙馅。"于是她大做巧克力饼干和夹馅面包，还有相当专业的纸盒包装。她打算以后开个微店，不信这份手艺养不活自己。

"怎么样都比上班强。"她说，接着抱怨她的同事和老板，我也觉得她的性格适合做一些单纯的工作，不要跟太多人纠缠。我告诉她，你喜欢做什么都行，生意失败也没关系，我养得起家。她笑着，把淡蓝色的纸盒仔细扣好，装进一只牛皮纸袋，还是原来开店时的物料，这些东西用起来无穷无尽，没完没了的。

我们办婚礼的那天，也是星期六。方好问我，要不要把哥哥也接过来？我想想，算了，在这种场合下，他会抢了新人的风头，成为所有人的注意对象。方好想得很简单，"婚宴很热闹，还有很多好吃的，哥哥来了一定很高兴"。

"算了，算了。"

"我觉得这没什么丢人的。"她说，"我父母都不在意，他们觉得你很有担当。"

我不想再说这件事了，只说他身体状况不好，不适合出门折腾。这是真的，近来他常常憋气，喉咙里总是呼噜呼噜地含着痰。照顾他的人开始有怨言，实在太胖了。因为这，他出门晒太阳的机会也变少了，托养所的人力很紧张。

　　那天，宾客都散了，我和方好换了衣服，带着一大块婚礼蛋糕和一套新衣服去看我哥哥。迈进出租车的时候，她"啊"了一声，原来刚才卸妆的时候，忘记把梳得高高的头发也放下来，磕在车顶上，为这么件小事，我俩笑了半天。在后座上，她把藏在盘发里的发夹一个个摘掉，头发抖开了，披散在肩膀上。今天她非常美，她父母都哭了，我家里这边的长辈亲戚向我夸新娘子漂亮，没人提起我哥哥，默契得像是大家商量过了。只有方好没忘，她说："蛋糕也带一块给他吧。"

　　他还是坐在轮椅上看电视，一集吵闹的家庭情感剧，我问他要不要换个频道，工作人员把他推过来放在这里，打开电视，就去忙别的，忘了帮他拿遥控器。我找到那个用塑料布包着的遥控器，递给他，频道转了一圈，仍旧没什么好看的，又回到那个电视剧。

　　方好喂他吃蛋糕，我坐在一边。方好告诉他，我们结婚了。她说得很慢，一个字一个字的，免得他听不明白。他咽下一大口，接着又张嘴吃下一口。方好用湿巾抹去他嘴边的奶油。

"等吃完了一起收拾吧。"我说，"这样太麻烦了。"

"那他多难受，黏糊糊的。"她一边说，一边不厌其烦地又擦一遍。

他笑眯眯地看看我，又看看方好。电视剧的背景音十分嘈杂，几个人要打起来了。他动着嘴巴，发出短促的音："妈，爸。"

方好以为他在说电视里的剧情，就说："是啊，一个爸爸，两个妈妈，吵架呢。"

他又说："妈，爸。"眼睛盯着方好。我本来在一边低头看手机，此刻抬起头来，方好惊讶地看着我。

"你说，他是怎么知道的？太神奇了。"

方好已经怀孕七周，除了我和她父母，这件事没人知道。她的语气像是猎奇般的讶异，好像小孩子随口猜中胎儿的男女，或者盲人用手指抚摸，就认出了一位故人。我哥哥当然不知道，他说的是另一回事，方好误会了，我懂。只有我们家人能懂。她的某个神态和动作，让他想起一些过去的情景，一些冲动的、孩子气的诺言，我妈妈、我爸爸，或许还有小时候的我。过年，十来岁的我被一大群亲戚围着，回答他们的问题："将来我照顾我哥哥，跟我妈妈一样。"我妈妈当时并不在场。他们有的大笑，有的叹气。他在这里更好，我对所有人都这么说。科学的、合理的照顾，这才是他最需要的，而不是亲人无穷无尽的奉献。

然而有些东西还是永远失掉了。方好喂他吃完蛋糕，我带他回房去，把爸爸的旧衬衫从他身上剥下来，换上新衣服。我们去商场给他挑的，领口洁白规整，通身没有褶皱和污迹。方好特意带来一朵婚礼上装饰拱门的红玫瑰，她真细心，别在他胸前的口袋上，请托养所的工作人员帮我们拍张合影。这张照片后来洗了出来，收在一本厚厚的相册里。我们的家庭相册渐渐满了，无数个欢乐美好的时时刻刻，而我哥哥的照片只有那一张，也是最后的一张。他死于一年后。

娃

娃

一

从十七楼的窗户望向外面，月亮当当正正地挂在空中，这轮月，不是语文课本里遥远边关的冷月，也不是寂寞深闺的淡月，小女孩的月亮，是水汪汪的，光芒柔和，像玩具熊的玻璃瞳孔被放大了无数倍。这只粉色的毛绒玩具熊是小蕙爸爸送给她的四岁生日礼物，十年了，她夜夜搂着它入睡。

此刻，那只熊静静地坐在床头，短短的双臂张开，大红蝴蝶结的飘带已经脱了丝，身上的毛绒在用洗衣机洗过一次之后就结成一个个小球，小蕙就再也不去洗它，天长日久，玩具熊显得灰扑扑的，现出一副褴褛的模样。小蕙把它拖进自己的被窝，伸出胳膊关掉床边立着的台灯，同时闻到一股灰尘的干燥味道。今天，她的同桌佳瑜告诉她，要远离毛绒玩具，绒毛里全是螨虫，会传染给人，还拿手机搜索螨虫鼻的图片给她看，说："你看，像不像你的鼻子？"

她又打开灯，翻身起床，穿过黑暗的客厅，走进卫生

间，镜前灯一排三个，低垂的不锈钢灯罩非常洁净，没有
丁点的灰尘和水渍，射出银白的光。小蕙探身向前，对着
镜子观察自己的鼻头，上面的确有不少黑点，佳瑜说这些
都是螨虫的排泄物，那些螨虫的图片又恶心，又恐怖。她
打开水龙头，沾湿一块毛巾，拧干后往鼻尖上使劲地擦，
直到整个鼻子都微微发红，黑头始终稳稳地留在毛孔里。

她有点颓丧地把毛巾扔在洗脸盆里，卫生间里的每样
东西都在灯光下闪闪发亮，镜子旁边的收纳架上，满满排
着她妈妈的化妆品，保湿、防晒、抗衰老，小蕙一样样地
看过去，最后找到一个圆形罐装的清洁面膜，按着盒子上
印的使用说明，一点点地敷在脸上，涂抹均匀，在鼻子上
加厚两层，等着灰白色的泥浆渐渐干了，小蕙站着一动不
动，只有两个黑眼睛时时闪烁。这时候，她听见一扇门开
了，紧接着拖鞋的嗒嗒声穿过客厅，小蕙伸手锁住了卫生
间的门。

"你在干什么？"

"上厕所。"小蕙的声音听起来像被拍扁了，从牙缝里推
出来，为了不破坏脸上的面膜。

"动作快点儿。"她妈妈说。拖鞋声又走开了，小蕙耐心
等了一会儿，再次拧开水龙头，用湿毛巾仔细擦掉脸上的
白泥，清洗毛巾又要花费几分钟。等她把一切都恢复原样，
再仔细看自己的脸，不禁失望，除了整个面部显得更苍白

了一些之外，黑头并没有洗掉。

最后，她按下马桶的冲水键，才打开门走出来。她妈妈正在客厅的沙发上坐着，没开灯，眼睛盯着手机屏幕，瘦长的脸和细巧的鼻子被照亮了。小蕙长得像爸爸，没有遗传到妈妈的瓜子脸和丹凤眼，一张脸生得圆钝，到处没有棱角，照镜子的时候，总觉得自己像个没捏好的面人，五官都模模糊糊的，嘴唇眉毛都淡，没来得及上色。小时候经常有人说小蕙长相可爱，过了十岁就没人说了。只有皮肤白，偏偏满鼻子黑头。

"你们哪天秋游？我记得家长群里有个通知。"她妈妈一边说着，一边站起来。

"明天。"

"明天？"她关上卫生间的门，传出来的声音有些发闷，"我没现金了，你明天跟你爸要点钱。"

小蕙说："好吧。"班里有手机的同学正在渐渐增多，小蕙也想要一个，她妈妈答应她，只要期末考进班里前三名，自己就换个新手机，把现在用的送给小蕙。到那时候，小蕙的零花钱就不用伸手向父母要现金了，她觉得这样会显得更有尊严。佳瑜刚一开学就有了新手机，不是二手货，全新的，经常借给小蕙一只耳机听音乐，一些外国歌手，稠密的节奏撞击耳鼓。

她躺回自己的小床上，窗帘故意没拉，为的是第二天早上被晨光早早照醒，绝对不会迟到。她翻个身，看见小熊伸出短短的双臂，如今她再也不能把脸埋进它的怀里，胸前的一小块白毛显得脏兮兮的。妈妈几次说要丢掉它，"太脏了。"她说，"你多大了还玩娃娃？"她把毛绒玩具统称为"娃娃"，小蕙觉得这个说法很粗糙，小熊不是普通的娃娃，它有名字，但是这个名字除了小蕙没人知道，更不会告诉父母，她不想让自己显得傻兮兮的。

螨虫寄生在你的毛孔里，佳瑜说，少玩毛绒玩具啦。她伸手抚摸柔软的熊耳朵，最后下定决心，探身拉开床底的抽屉，里面是一些过季的衣服和不常用的被褥，空着一半。她仔细地把小熊放进去，确认它躺得很平整，不会被挤坏，才轻轻地把抽屉重新关好。月亮比刚才略低了些，仿佛斜靠在楼房的窗台上，是专为小蕙而来的，十几岁的少女往往有种纯真而原始的敏感，风、云、日、月、星，好像都与她的心情有关，这些朦胧的诗情随着年龄增长，会渐渐地钝化，此时此刻，小蕙觉得这枚大月亮是属于她一个人的，是来鼓励她、安慰她、替代小熊陪伴她的。起初她以为自己会睡不着，并没有，她很快就睡熟了。

次日清早，小蕙爸爸开车送她去学校，路上提到钱的事，爸爸身上也没有现金，开着车转了几公里，找到一个取款机，取出两百块钱给了小蕙。她有个粉色卡通猪造型的钱包，钱塞到里面，小心收好。在学校门口，小蕙下了车，回头冲父亲还招了招手，看着这辆新买的宝马轿车绕过校门口停着的大巴，消失不见。佳瑜走过来，递给她一个塑料袋，里面装着面包和牛奶。

"刚才老师发的，"她说，"我帮你领了。"

佳瑜和她一样，按要求穿着校服，制服式的外套搭在手上，只穿着白色短袖衬衫和格子裙。她们初中这一套校服只是外观洋气，面料剪裁都很差，肩膀太宽，穿上像个水桶，小蕙把外套折叠了放进背包，打算全班合影的时候再拿出来穿。她拿着牛奶吸着，一边对佳瑜说："你上次说的那个去黑头的鼻贴在哪里买？"

"网上买的。"佳瑜说，"我帮你下单？"

小蕙点点头："还是寄到你家里，你带给我。我给你现金。"

"明白。"佳瑜说，"让你爸给你买个手机呗。"

"我这次考进前三，我妈就把她的手机给我，她自己买新的。唉，也不知道是奖励她，还是奖励我。"

"有的用就行。"佳瑜说，"我想换个苹果，我妈还不同意呢。"

渐渐人来齐了，一个班坐一辆大巴，班主任招呼大家上车。小蕙的班主任是语文老师，小蕙是语文课代表，她最喜欢的学生，成绩好、听话，作文也好，经常拿高分。学期刚开始的时候，她想让小蕙竞选班长，小蕙拒绝了，说自己不适合。

"我当个课代表就够了。"她说，"再多的事我可管不了。"后来，班长竞选是一个叫秦峻的男生赢了，佳瑜跟他关系很好，有人说他们俩是一对，在同学中间，这些话传得很快，佳瑜不肯承认。

"你喜欢秦峻呀。"有一次，小蕙笑嘻嘻地对她说，佳瑜忽然烦躁起来："你懂个屁。"站起来走出教室，小蕙呆了几秒钟才反应过来，回骂："神经病啊。"这是上午第二节课的课间，到午饭时候，她们已经和好如初了。

大巴车上了出城的高速路，佳瑜把她带的薯片拆开了，让小蕙一起吃。小蕙拒绝了，从早上到现在，她只喝了一盒牛奶，"我要减肥。"她说。佳瑜只管大嚼，她是那种吃不胖的体质，小蕙很羡慕她。

学校组织的郊游总是爬山。在山脚下，大家还听指挥，排着队经过检票口；进去之后，过了一座很短的木桥，人就散开了，三三两两地凑在一起，沿着石阶向上走。班主任说大家爬到山顶要一起拍个合影。

小蕙和佳瑜一前一后，几个男生从她们身后赶上来，其中有秦峻。他们正热烈地说着一场球赛，大说大笑，像一群坦克似的轰隆隆驶过。初二了，班上一半的男生都超过了一米七，接近成年人的体型，还是少年人的语气和神态，还在没头没脑地横冲直撞。

秦峻回头看了佳瑜一眼，小蕙吃过上次的亏，也不开佳瑜的玩笑了，佳瑜自己说："我根本不喜欢他，烦死了。"那帮男生已经走远了。

"等爬到山顶，我告诉你一件事。"小蕙说。五月的晴天已经开始燥热，山道上一段暴晒，接着一段阴凉。你就是喜欢秦峻，小蕙想，都写在你脸上了。

"什么事？"

小蕙不肯现在就说。佳瑜就说起她暑假要去一个英语夏令营，去美国玩半个月，下周办签证，问小蕙想不想报名，一起去。小蕙说她已经有安排了，要上两个补习班，补数学和物理，这么一想，好像暑假也没什么值得期待的。

这山望着并不高，爬起来路还是很长，每一个台阶都是矮的，坡缓缓地盘绕上升。佳瑜说："你不要卖关子啦。"

"等到了山顶。"小蕙说，到了山顶，也许她就能鼓起勇气。

佳瑜本来走在她后面，此刻忽然迈开腿，连跑几级台阶，超过小蕙，说："那就快点爬，别磨蹭了。"

小蕙加快速度，两个女孩跑着上山。过了一会儿，两个人都气喘吁吁起来，心跳得很快，是畅快的快。小蕙说："你为什么讨厌秦峻？"

"什么也不懂，就瞎追。"佳瑜摘下头上的鸭舌帽，把帽檐当成扇子轻轻扇着，"他在学校门口堵我好几次，跟神经病一样。"

"他想吸引你的注意，"小蕙说，"大家都看得出来。"

"谁是大家？"佳瑜反问。小蕙语塞，这个年纪的孩子，要表达自己的意见，总爱扯上一些"他们"或者"大家"，好像自己是属于某个群体的，不孤单才有底气。

"谁是大家？"小蕙在心里默念，当然她列不出具体的名字，因为佳瑜是她在班里最好的，也几乎是唯一的朋友，在小蕙的身后，是没有"大家"的。

"就是别人嘛。"最后她说，语气显得不自在。佳瑜平时性格温和，会照顾别人，有时候，她也会突然锐利起来，青春期的不稳定性。此刻她们走到一片没有遮挡的日头底下，前面不远处，是几个男生结了伴，其中一个时不时地回头看看她们。

"真烦人。"佳瑜说。小蕙低头爬山，看着自己的运动鞋，白色的皮面沾了污渍，佳瑜告诉过她有一种专门洗小白鞋的清洁剂，也许这次可以一起下单买来？又听见佳瑜在背后嚷："你走那么快干吗，等等我呀。"

小蕙站住了，手搭在眼睛上。佳瑜两步一个台阶，赶上来，说："你今天怎么老是走神？"

小蕙默默地继续向前，佳瑜说起最近一个电视剧，她的偶像在里边当男一号，手机里全是他的照片，课间休息的时候，拿给小蕙看，还为他花钱。前几个月，小蕙的早饭都分给她一起吃，因为佳瑜的早饭钱都拿去买歌了。小蕙一点不觉得那张脸有什么好看。

"单看脸是不行的，"佳瑜说，"第一眼是没有感觉，但是了解他本人之后，就觉得太帅太美好了。要多看视频和动图。"

等我有了手机，小蕙想，我也能和她一起当粉丝。现在她在家用电脑的时间都有限制，淘宝也不能寄到家里。等有了手机，她就自由了。

景区的山路开阔平缓，走了很久也只是微微出汗。佳瑜带了一瓶防晒霜，两个人停在一处树荫底下，重新涂了脸和脖子。佳瑜说："你这么白，别晒黑了。让你妈给你买个防晒霜。"

"我就偷偷用她的。"小蕙说，"不过她的防晒霜好像没有这么油，也没有浮着一层白。"

"大牌货吧。"佳瑜说，"你妈很会保养，看起来好年轻。"

涂完防晒，两个人朝着山顶走去。这座山属于一个面积很大的森林公园，到山顶可以远眺一片浓绿，远处有一段灰色的参差不齐的楼群建筑，她们就是从那边的城里来的。

"真丑。"佳瑜说，"没有那些楼就好看了。"

"那我们住哪儿？"

"你真没趣。"佳瑜说，"到山顶了，快告诉我，到底什么事？"

班主任老师招呼大家去拍合影。等佳瑜和小蕙再次单独相处时，别的人已经开始找地方坐着吃东西。这帮学生占据了山顶的凉亭和长椅，几块圆而平的石头上也坐着人，吃着带来的零食。搭着凉棚卖食品饮料的小店也忙碌起来。

班主任到处走着，见人就提醒："垃圾不要乱扔，那边有垃圾桶。"有些人听话，有些人的脚下还有空瓶和塑料包装纸。

佳瑜和小蕙坐在一张长椅上，面前是杂乱的野树丛，枝叶的缝隙里有一点点斑驳摇曳的风景。佳瑜又问了一遍，有些不耐烦似的，叫她不要故意吊胃口，不然自己就不要听了。

小蕙把一块薄薄的点心包装纸揉皱了，捏在手心里，滑腻腻的不知是油是汗，她打开一瓶矿泉水喝了几口，佳瑜接过去也喝，她说："我爸我妈要离婚了。"佳瑜一愣，随后把瓶盖拧得紧紧的。

"你跟谁？"

"不知道。"

"什么时候呢？"

"期末考完试。"小蕙说，"原来说的是等我中考完了，现在等不到了。"

山风吹过，带来清爽的凉意，佳瑜也不知道该怎么安慰，最后她说："跟你爸呗，你妈又没工作，她怎么养活你？"

"她说她要找工作。要是判给我妈，说不定我得转学。"

"唉。"佳瑜轻轻地叹气，"那你就要求跟你爸。你又不是三岁小孩，你也有自己的意愿。"

有个人走过来，往佳瑜头上轻轻一拍，是秦峻，丢过来一包奶油乐芙球，佳瑜最爱的零食，人却脚步不停，朝着另外几个男生走去，他们都在看着秦峻笑。

佳瑜像生了气似的，把袋子扔到小蕙怀里。小蕙说："人家送你的，我不要。"又还了回去，别的同学笑得更大声了。

"神经病！"佳瑜说，脸有点红了，"老师还在那边呢，他脑子有问题。"

"他亲过你没有？"

"没有！"

"哈。"小蕙笑了，"你就是喜欢他嘛，为什么不承认？"

关于父母离婚的话题就此结束了，两人都不再提，开始吃秦峻送的乐芙球，脆皮里包裹着甜奶油。小蕙妈妈从来不买这种垃圾食品，可乐也不准喝，也阻挡不了小蕙从十一岁起，就越来越胖。

"呀，忘了我要减肥。"小蕙望着空空的袋子说。

"没事，又不是天天吃。"

"要是跟了我爸，我就能天天吃。"小蕙说，"他不管我胖不胖，我爱吃多少都行，他还能给我买新手机。"

"不是说要拿你妈的旧手机？"

小蕙不答话了，站起来，鞋头用力向下一踢，一粒石子磕磕碰碰地跳起来，滚到树丛里，接着滚到山崖下，杳无声息。

"后天上学我给你带那个擦鞋神器，擦完鞋就像新的一样。双十一的时候我妈买了好几瓶。"

"好啊。"小蕙说，忽然心里不舍，"佳瑜，我真不想转学，舍不得你。"

一阵大风从山顶掠过，像一面斗篷似的，把所有人都裹在里头，再见太阳，太阳更耀眼了。佳瑜拢着被吹乱的头发，说："反正你快点弄个手机，联系太不方便了。"

小蕙惊讶地回过头，看着她。她以为佳瑜会陪着她哭一场，或者说些安慰的话。佳瑜不会，她不会闹一些缠绵无用的小情绪，即使有，一阵风也吹散了，她想得更实际、更远，因此显得冷淡。

"反正不要跟着你妈。"佳瑜重新背上书包，"我觉得她不怎么爱你。"

秦峻时不时看向这边。小蕙忽然觉得他非常讨厌，也背上双肩包，和佳瑜一起往山顶的另一侧走去，他们要重新集合，清点人数，然后准备下山。

有个手机就好了，管他新旧。小蕙想，班里拿手机的同学越来越多，彼此交织成一张网，再没有，就要变成孤家寡人。她要跟爸爸说，让他给自己买一个，不要旧的。真是的，凭什么她不能用新的，又不是买不起。

下午的阳光更耀眼，树林里满是摇摇晃晃泛着波光的金叶子。小蕙顺手摘了一片，到她手里，炫目的魔法就消失了，变成平淡的绿叶。台阶盘绕着向下，像要一路通到地底下去。秦峻在后面，不远不近地跟着她们。

"他是不是要表白？"

"别理他。"佳瑜说。

小蕙忍住笑，忽然她加快了脚步，噔噔噔地跑起来。胖子也灵活呢，她想，胖一点有什么问题？丑一点又有什么问题？就因为她年轻时又瘦又美？还不是一样变老！

佳瑜叫她，她没听见，山间的风袭面而来。春风像母亲的手？课文里是这么说的，她不信，背得滚瓜烂熟也还是不信，秋风就更不像了。跑远了，再回头看不见佳瑜和秦峻，他们肯定走在一起了，她就知道。

她遇上了班主任，也是语文老师，姓齐，一向很喜欢她。齐老师说："王佳瑜呢？"

"在后头。"

"你们俩没在一块儿，挺少见。"

小蕙总不能说她和秦峻走在一起呢，就笑笑。齐老师说："上周你妈妈来学校了，说要给你转学。"小蕙吃了一惊，说："我要转去哪儿？"

"你不知道？你妈妈也没有说得十分肯定。"

小蕙想，又来了，就是这样没完没了地抱怨，到处去说她的苦、她的难，她付出那么多，结果要带着孩子被扫地出门，找不到人听这些话，就跑到学校来跟老师诉苦，让老师都来看笑话。

"周一放了学，你来一趟办公室。"

佳瑜赶上来了，满脸通红，额头上有汗。佳瑜一向怕齐老师，见到她，脚步都慢下来。齐老师自己往前走了，佳瑜问小蕙："你怎么不等我？"

"我妈要让我转学，她跟齐老师说过了。"

秦峻不见踪影。山道上有不少人经过，有学校的同学，也有不相干的陌生人，来来往往，像在水中穿梭的鱼，不知道水面之上还有一重天，也不知道这个一身校服的小姑娘为什么哭。眼泪还没掉下来，她就觉得自己浑身都水淋淋的，是刚才跑出的一身汗。妈妈说，胖人就是爱出汗。

小时候跟着妈妈出门，夏天，被蚊子咬的总是小蕙。妈妈就说："因为你身上有汗，臭的啊，哈哈。"臭就臭吧，还要哈哈两声，小蕙已经懂事了，哭起来。妈妈又说："开个玩笑也哭。"六岁之前，小蕙跟着姥姥长大，上学才回到自己家。她妈妈好像一直没缓过神来，居然多了个孩子。

"转到哪儿？周末还能约出来玩吗？"

小蕙摇摇头，踩下一级台阶，山脚下的停车场已经遥遥在望，看得见学校的大巴车车顶。上山虽然累，心情还是愉快的，脚步也轻松，下山倒觉得浑身沉甸甸的。两个女孩都不说话了。

回程路上，小蕙靠着玻璃窗发呆。佳瑜靠过来，在她耳边说："秦峻又说他喜欢我。"

"然后呢？"

"没了。"

"kiss 呢？"

"路上全是人。"

小蕙重新靠在窗户上，看着自己的侧影。佳瑜问："明天你有空吗？秦峻约我看电影。"

"我才不去当电灯泡。"小蕙换了个姿势，颧骨被玻璃硌得生疼，说，"你知道二班那两个约会、看电影，被老师撞见的事吗？"

"我不怕。看个电影怎么了？"

小蕙闭上眼，似乎要睡了，然后觉得肩膀上靠过来一个脑袋，听见佳瑜说："小蕙啊，我也不舍得你走。"两个人一前一后睡着了，回城时已经到了傍晚。

佳瑜的爸爸开车来接她，顺道也送了小蕙回家。小蕙爸爸本来可以来接的，就是因为没有手机，联系不上，不知道具体时间，早早来等当然可以，但是那样太浪费时间。

小蕙的爸爸对钱不大计较，只计较时间，他的时间按分钟计算精准，不能浪费在等待上。

小蕙住得离佳瑜家不远，小区搞封闭式管理，外面的车开不进去，她就在大门前下车。刚才的路上还在帮佳瑜圆谎，说要跟她去看电影，佳瑜趁机向爸爸多要了一百块零花钱。

"我爸请咱俩看电影。"她一边说，一边冲小蕙挤了挤眼睛，小蕙就说："谢谢叔叔。"然后赶快下车。

她上了楼，自己拿钥匙开门，不确定家里是否有人，客厅是黑的，楼下花园的灯光照进来，像一层朦胧的灰雾。有那么一刻，小蕙觉得这房间像是很久没人住了似的，也许她进山出山的这一天，世上已过百年，像古诗里的典故……然后就听见妈妈咳一声，主卧的灯亮了，接着穿拖鞋，走过来拉开房门。

"你吃晚饭没有？"

"吃了。"她没吃，但是想着家里肯定没做晚饭，干脆就当减肥，省得麻烦她。

"哪里吃的？吃的什么？"

"学校发了肉松面包，还有牛奶。"扯一个谎往往是不够的，后面还需要很多谎言来继续支持，越是假的，越需要细节。

她不多问，就又转身回去，坐在床沿上发愣，头发蓬乱着，跟昨晚一样，只有两眼灼灼地闪着光，小蕙想起小时候玩过的玻璃弹珠。

"你好好想想，要跟我还是跟你爸。"妈妈说。

"我谁也不要，我找姥姥去。"

"那就是跟我。"妈妈说，"你只能选你爸和我，不能选姥姥。"

"我要姥姥。"小蕙说，声音低下来，好像一个小孩在说悄悄话，姥姥伏下身子就能听见似的。

"姥姥家那边没有好学校。你知道我当年考学有多难？北京的小孩占多大的便宜？身在福中不知福。"

小蕙觉得，妈妈这辈子除了考上好大学值得夸耀，别的什么都没了，没完没了地说自己当年。才四十多岁，就只剩下"当年"。

"上周你班主任给我打电话，让我到学校去。"她停了一下，似乎在观察小蕙的反应。小蕙一动不动，侧耳静听。

"齐老师说，你有早恋的迹象。我还说，不可能，小蕙什么也不懂。"

不对，我懂，小蕙在心里说。表面上，她毫无反应。

"她说你最近的心思都不在课堂上，希望家长多沟通，她没说男生的名字。你告诉我，他是谁？"

"谁也不是。"小蕙说，"我明天要跟佳瑜去看电影，给我点钱。"

"你不说清楚，我没法给你钱。"

"那我找我爸要。"

"你爸今天不回来。"

小蕙的背往墙上轻轻靠了靠，不小心碰着电灯开关，客厅霎时雪亮，她看见妈妈的鼻子是红的，脸上有泪痕。

"他以后还回来吗？"

"你问他呀。"她忽然激动起来，回房间从床上拿起自己的手机，拨出电话，递给小蕙，上面显示的名字是"亲爱的"。

提示音是同等长度的嘟嘟声，一段段地响起来，像马路上无穷无尽的分隔线。电话不接，人也越走越远了。小蕙把手机还给妈妈，回自己房间，关门，上锁，妈妈跟着来敲门，质问她到底是不是早恋了。

小蕙大声回答："没有！"

她不再追问，她不是那种刨根究底不放过的母亲，根本没那个闲心，反正要转学了，自然一刀两断。小蕙一定要跟着她才行。她回到卧室，主卧早就归她一个人用，宽敞了，也孤单了，透过这边的窗户，可以望见半个月亮，水汪汪、颤巍巍地摇摇欲坠，转眼就从天上滚落，当然月亮没有掉下来，是她自己在落泪呢。为了他和那女人的事，她哭过闹过，最后理智地坐下来谈判，女儿跟她，存款也都归她，算是个败局中较好的结果。几个月以来，她自问没有失了气度，就算他丝毫不念旧情，也不能看不起她。女人像她，没了爱，就想起来追求尊严，好像尊严是个生活的备胎，顺心如意的时候，就想不到它。

她拿起床头柜上的手机，手指翻动，随便找点什么东西来转移注意力，明星八卦也好，养生健康也好，跟她有什么关系？要的就是没关系，没关系才能消遣，她现在只想看别人的笑话，越热闹越好。

有一串脚步经过客厅，走进卫生间，门关上了，过了很久才出来，奇怪的是没有冲水声，接着又一串脚步回房。她等了一会儿，起来到卫生间去，马桶是干净的，洗手盆刚刚用过，还湿着。镜前映出的一张脸显得憔悴，好像青春正盛不过是几分钟之前的事，化妆品在架子上摆得满满当当。她心里一动，拿起一瓶拧开盖，放下，又拿起另一个罐子，这次看出毛病来，清洁面膜少了一半。别的，隔离霜、粉底液、蜜粉，一样样检查，有些少了，有些没动。老师说她早恋，看来不是空口无据。

第二天早上，小蕙起得很晚，洗漱好了，早饭都凉了。一边吃，一边听妈妈说自己找到工作了，以后朝九晚五，周末爸爸会来接她，这安排不错吧？小蕙把一碗粥喝得山响，连喝了两三碗，吃完了说："妈，给我点钱，我要和佳瑜去看电影。"

"还有别人吗？"

"没有。"

她去皮包里翻，有不到一百块的零钱，都给了小蕙，又问："作业什么时候写？"

"晚上再写。我爸去哪儿了？"

"不知道，别问我。"

小蕙拿了钱，还是背平常的双肩包，穿昨天穿过的运动鞋，临走前说了"再见"。加上昨天早上爸爸给的，她包里总共有两百多块钱，买手机不够，买火车票够了。路线是早就想好的，坐哪一路地铁，直接到南站，买票上车，车次很密，什么时候到都可以，不用提前订票——没有手机，买个火车票都不方便。

家门一关，突然就不犹疑了，没什么可担心的。几个小时就到姥姥家，到那里就什么都好了，她可以在那边上学，好像自己能做主似的，就一门心思想回去，想离开北京，想姥姥了。

检票口那个穿制服的人多看了她一眼，小蕙虽然只有十四岁，身高长相都显得很成熟，她不知道是否有未成年人不能独自搭火车的规定，总之人家还是放她进站。直到上了车，找到座位，心里才踏实下来。

车厢里的温度很低，她没带外套，觉得有点冷。过一会儿，从书包里翻出一袋奶油乐芙球——佳瑜爱吃，她也爱吃，车站的小超市里买的，就拿出来吃着。昨夜一直刮风，今天的天气晴朗通透，窗外的景色快得模糊。

下午两点多，她下了车，熟练地找到一辆电动三轮车，没砍价就上了车，路程不远不近，要穿过一片广阔的玉米地。小时候她跟着伙伴们来捡玉米，石头和碎砖搭成灶，拿来大人抽烟用的火柴点火，自己做烤玉米。那时候总有六七岁了，动手的是大孩子，小孩子就等着吃。一大帮小孩在外面成天游荡，坏人好人的概念只出现在动画片里，他们以为坏人都住在电视里，是画出来的，假的。

一个人坐电动车很宽敞，座位前面罩着一个塑料布帘子，污浊得发灰。司机的背很宽，热天里也穿着长袖外套，戴帽子和手套。这个人的形象一度出现在通缉令上，眼窝很深，深到看不清眼白，眉峰狠狠地向下转折，太阳穴很窄，长长的眉尖几乎没进鬓角。

这张图曾经在附近的县城里张贴，也在网络上快速传播，罪名是奸杀一名女中学生后潜逃，年龄四十二岁，身高一米七左右，体型壮实，无固定职业，电动车拉客为生。他与小蕙妈妈的娘家是同村。"搞不好还认识小蕙呢。"小蕙的妈妈对记者说，也对遇到的所有人说。

此时，小蕙坐在车里，隔着帘子，看到的只是一个模模糊糊的背影，一动不动。电动车开得很平稳，这条路是去年修过的，过春节的时候，全家开车回来，马路宽阔，姥姥站在村口等着他们。

她没有手机，因此也没有养成走到哪儿都盯着屏幕的习惯，就一直向窗外看，玉米地、麦子地，有的正在收割，路两边是新种的细弱的小树。起初，她觉得司机在绕路，价钱都谈好了的，绕路也不会多给。渐渐地，路越来越生，这不是回姥姥家的方向。

她拉开塑料帘子，迎着风，客客气气地说："叔叔，路走错了。"这一声"叔叔"暴露了她，光看长相身材，说她十八九岁也不是不行。面对成年女人，难免心怀忌惮，而她不过是个见人就叫叔叔的小孩子而已。

一个连手机都没有的小孩子，上车之前还问："您有零钱找吗？我只有整钱。"

"有。"

从她上车的那一刻起，或者说，在这一刻之前的很久很久，有些事就是注定了的，罪案总是渊源久远。事发之后，有记者去逃犯的家中采访，他妈妈一口咬定不可能是自己儿子，有多少证据她也不肯信。她认识小蕙的姥姥，是街坊，小蕙的姥爷去世的时候，她还去帮忙了呢，快三十年前的事了，小蕙的妈妈那时候才上中学。

我儿子老实本分，她对记者说。这句话被当作新闻标题，配着警方给的通缉照片，在网上传播了一阵子。不少人说他面相凶恶，一看就不是好人。

"没有错。"他脸上戴着防风的口罩，此时已经扯了下来，兜在下巴上，露出一圈没刮干净的胡茬。连胡子都刮得很潦草的男人，作案是不可能不留痕迹的，况且他事先毫无准备，临时起意。那女孩反抗的力气比他想象的要大得多，直到掐住她的脖子，他才终于发泄了个痛快。

面对刑警的时候，他说他一开始并没想要杀人，她力气很大，喊叫的声音也很大，那里离大路不远，车来车往，他掐住她的脖子，膝盖压住她的胸腹，完全是因为害怕。如果她不那么激烈挣扎，完事就放她走。

这种善意，小蕙从来没有体会到。司机说："路没有错。"她短暂地相信了一会儿，又说："我爸爸开车不是这样走的。"

这次，对方不再回答了。小蕙说："你让我下车吧。"学校里的安全教育终于让她想起了什么，重复地说："停车，我要下车。"

这条马路并不荒僻，他甚至还从内线超了一辆慢吞吞的轿车，然后就拐向一条夹在玉米地中间的小路，也是新铺的沥青，长、直、平，很干净。午后，两三点钟的曝晒下，静悄悄地没人来往。

车停下来，她第一反应就是跳下来跑，往大路的方向跑。这反应算很敏捷，但是在一个力气大两三倍的男人面前不管用。他一把就攫住了她，像动物世界里慢放的捕食瞬间，蜥蜴伸出舌头卷住一只飞虫，连舌尖上的分叉都看得明明白白。

小蕙被席卷了，起初是被这个面目模糊的陌生男人，随后是被一片微微晃动的玉米地吞没。她尽力地发出声音，声音又短又尖，因为嘴被捂着，手上有类似汽油或者机油的味道，这个人就像个机器，失控的、短路的机器，也可能就是纯粹的汗味。

她穿得不多，卡其布的长裤和V领T恤。她父母去认尸的时候，发现这件上衣被撕破了。她现在愿意自己选衣服了，妈妈觉得这件领口太低了，小蕙觉得正好，"什么也没露嘛"。就在将露未露之间。最后，还是给她买了。

纤维断裂的声音像一句嘶哑的呻吟，令他更兴奋了。小蕙的眼前挤满黑的灰的杂乱的影子，天空忽隐忽现，男的已经打过她几拳，照着太阳穴猛击，她有点分不清眼前的景象是真是幻，喉头也哽住一会儿。等她再发出声，那声音好像是从很远的地方传来，实际上比她听到的要尖厉得多。

上衣破了，裤子被扯下来，小蕙忽然清醒了片刻，知道这是最后反抗的机会，眼前不再模糊了，一切都看得很清楚，那个人的眼睛、眉毛、鼻子、嘴巴，五官轮廓都印进了她的瞳仁里。她一边努力记住这张脸，一边从压制中挣脱出一只手，这只手握成拳头，打在对方的后背上。她以为自己力气很大，实际上不过是软绵绵的一击，她继续打着，力气越来越小……他说他是为了让她不要出声，才动手掐住她的脖子、失手杀了人。这是撒谎。小蕙自始至终是清醒的，只是无力反抗，让他动了杀机的是那一句话，她说："我认识你，你是我姥姥村里的人。"

这是万万想不到的。实际上发泄过后，他也清醒了几分。小蕙躺在地上，意识再次变得昏乱，这句话甚至不是对着他，而是对着明亮的天空说的。一阵微风经过，玉米地发出轻快的哗啦哗啦的响声，她却什么都没感受到。空气都凝固住了，非常寒冷，像湖面结成坚冰，中间冻着一个死人，有一张模糊而可怕的脸。她认出他来了。

这张脸，这幅景象，是她对世界的最后一瞥。

二

小蕙妈妈面对媒体的时候，总是显得从容。这一点不断地被人拿来指责，说她的反应不像一位失掉孩子的妈妈，"连自己母亲去世都不回去奔丧呢"，这样的冷嘲热讽虽然多，但是只存在于虚拟的世界里，在现实中，她依然是同情和关怀的对象。那个周末过后的星期二，齐老师打电话过来，她看着手机上的来电显示，第一次并没有接。

对小蕙隐瞒姥姥已经去世的事情，是夫妻俩一致的决定。他们觉得，一厢情愿地觉得，离婚已经是个很大的冲击，姥姥的事过一段时间再告诉她。在北京，她接触不到妈妈那边的亲戚，家族的微信群里也没有她。期末考试过后，新年之前，小蕙会得到一部手机，到时候，小蕙妈妈再把这件事情告诉她，当然，是在离婚的纠缠都结束过后。

他们没有向女儿解释离婚的原因，觉得她还太小，理解不了，说多了只会影响她学习，好像不说她就一无所觉似的。其实小蕙什么都懂，觉得父母在她面前演戏，既可笑，又可怜，又有那么一点点爱的泡沫，让她不想戳破。尸体是当地的农民发现的，报警，警车到现场只用十分钟。奸杀是第一印象，媒体闻风而动，少女、摩的司机、强奸、杀害，这些词语叠加起来的传播力相当惊人。认尸的那天，完事之后小蕙的父母直接开车回了北京，爸爸去公司处理一些事情，打算请个不定期的长假，她妈妈就把自己扔在床上，裹上被子，想要睡一觉，也许醒了就发现此刻原来是梦呢。

齐老师打电话来的时候，第一遍，她没有接，第二遍铃声又来了，她拿起手机，齐老师的声音低沉，说了些什么她起初都没听懂。遇到这种事，外人还能说什么？过了一会儿，才明白过来，齐老师在问她："小蕙有些东西在她同学那里，她不知道您的手机号。她现在就在楼下，问您在不在家，能不能上楼？"

几分钟之后，佳瑜就在门外了，身后还站着一个男生。她认识小蕙的妈妈，叫："阿姨。"她招呼他们进来，男生自我介绍叫秦峻。

佳瑜带来的一些东西，是小蕙托她从网上买的，去黑头鼻贴、一些面膜。小蕙妈妈问："是不是她没给你钱？"佳瑜赶紧摇头："不是，给过了。我不是来要钱。"

"她要的这些东西，我给她送过来。"她说，"也不知道最后是什么样子，我们同学都很难过。"

"我们走吧，"秦峻说，"让阿姨好好休息。"他想要拦住佳瑜的话头，对着人家妈妈说这样的话，实在很不合适。

"我们也在等调查的结果。"她说，站起身来，送他们到门口，又说，"佳瑜，你知道小蕙早恋吗？"

"没有，她肯定没有。"佳瑜说，犹豫了一下又说，"她要是喜欢谁，肯定会告诉我的。"

他们走后，她重新坐下来，翻看小蕙买的那些美容用品，她一点都不知道，小蕙从什么时候开始爱美的呢？是从她第一次想要试妈妈的化妆品的时候吗？有两三年了，她坐在沙发上回想，那天早上，她发现小蕙在卫生间里找到一管深红的口红，往嘴上涂，她说："这是大人用的，不许你乱动。"

关于孩子，她脑子里有很多结论，不应该乱打扮，不应该早恋，也不应该胡思乱想，这个年纪只应该学习。她把结论告诉女儿，把论证的过程都省去了，觉得这样简单又高效。没必要跟小孩子说太多，反正小蕙不算聪明，跟她说多了，她就一副似懂非懂的模样，好像不相信自己似的。她讨厌这个表情。

或许女儿也看不起妈妈呢。有一次小蕙在饭桌上问："妈妈，你怎么不去上班？"她不知道该怎么回答，这件事说来话长，一时之间只有张口结舌。

"吃你的菠菜。"最后她说，"这么大了还挑食。"过了一会儿才说："我从前也上班的，都是为了你。"

"我小时候都在姥姥家呀。"小蕙听话地吃起了菠菜。

她把那些东西收拢在一处，算遗物吗？小蕙也没用过，总之都拿到卧室去，摆在床头柜上，这屋子收拾得整整齐齐。星期日那天，上午小蕙走后，她还很惊讶，平常被子都不愿意自己叠的，今天这么勤快，到了下午还不见人，才觉出不对劲。到了晚上，给爸爸打电话，五六遍之后他才接，她问小蕙是不是跟他在一起，他说没有。

第二天早上，他们报了警，到处找人，问同学、老师，舅舅和舅妈也告诉了，虽然小蕙妈妈好几年不跟他们说话，这次也顾不得尴尬，让他们去火车站问问，看她是不是坐火车回姥姥家了？很快，那边也有人报了警。

她环视这个房间，那种不对劲的感觉又来了，到处都很平常：课本、挂在门背后的校服外套、床头柜上的灯和书。

那书她拿起来翻翻，带注释的《唐诗三百首》，一本旧书，上世纪的版本，她猜是小蕙躺在床上随便看看，帮助入睡的。她无意识地翻着，这种短暂的无意识几乎是一种幸福的状态，书一合上，现实再度逼人而来。

还是不对，她想，想从这屋子里领悟到什么，其实她已经看到了，只是还没发现。她坐在小蕙的床上，床单和枕套上印着卡通的图案，还是个小孩呢，一股愤恨涌上来，他怎么下得了手。

她再次躺倒，这次是在小蕙的床上。这一天，从凌晨开始，开车回去，太平间认尸，又跟着警察走来走去，在一些文件上签了好几遍名字，回答一些问题。人来人往，警察和记者的长相、声音她一个也对不上，经常把对上一个人说过的话，对下一个人又说一遍，然后发现根本就是同一个人。

她眼睛向上望着，觉得天花板的四个角都在收缩，马上就要挤死人了，想喊也喊不出声。她想完了，这时候不能生病，也许应该睡一会儿，翻个身，依然睡不着，想起小蕙一定要抱着那个脏兮兮的娃娃才能入睡。从老家接回来，那孩子被惯得一身毛病，六岁了，吃饭还要喂，睡觉还要人陪。父母给准备了房间，晚上一关门，她就开始哭，哭了很久，最后终于学会一个人睡觉，被窝里必须摆着那只熊。

她猛地坐起来，其实早就看到了，只是没意识到，从周日那天上午就开始的不对劲的感觉，是因为那只熊不见了，一定是小蕙带走了。小蕙是准备好了要离家出走的，从周五晚上向她要钱开始，周六早上爸爸给过一次，周日又向她要过一次。最后警方在小蕙的遗物中发现了一只粉色钱包，装着一百零几块现金、车票的票根，数额大致对得上，证明凶手不是因财起意。

　　她觉得警察跟她说这些，简直是个笑话。明摆着的事实，是奸杀，还用得着去证明吗？她不知道这些鸡毛蒜皮都是重要的工作，是流程的一部分。这些人力物力投入进来，调查工作就像一架机器开始运转，吸纳所有的细节，一项项处理，才能得出唯一的结论。即使这结论只消看一眼现场就能明白，取证调查依然是个烦琐的过程，毕竟，这是当地少见的大案子。

　　她想起了那件撕破的短袖衫，她觉得领口太大了，小蕙还是恋恋不舍，最后还是给她买了，也许就是这件衣服的错。她起身，在这套三室一厅的房子里找了一遍，毛绒熊确实不见了，可是小蕙的书包里并没有。她觉得脑子里嗡嗡作响，杀人犯拿走了？或者遗落在现场的某处没被发现？或许会有线索，有指纹、毛发、指甲，说不定能帮忙找到凶手。

　　爸爸回来了，门一开她就跳起来，说："那个娃娃呢？"

"什么娃娃？"

"那个熊，毛绒玩具，小蕙过生日你给她买的，好多年了。她抱着睡觉的那个。"

他没理会她，直接进了卫生间，水龙头响了一会儿，重新出来的人脸上湿漉漉的，洗脸的水，或许还有泪水。今天过得特别漫长，长得像许多个昼夜都过去了，看看时间才到下午。两个人凌晨就接到消息，开车出门，一路上满心怀着侥幸，以为绝不可能，她还开得起玩笑："我多久没坐你的车了？这位子是她坐的吧？啊？是不是？"

他都不理会，不停地看后视镜。

当然说这些已经没什么意思了，但是深夜里走在车流稀少的高速路上，车里只有两个人，沉默就显得太密集了。她时不时地找话说，冷嘲热讽，他则一言不发，十分理解她的焦虑。

说不害怕是假的，事实上，越靠近目的地，越觉得事情有可能是真的，警察搞错的概率有多大？他开始想象一串数字，颜色模模糊糊，努力从其中看到什么神秘含义，然后发现那是车上的仪表盘，他超速了。

"不可能是小蕙，是吧？"她轻声说。

"不可能。"他终于开口，同时再次加速。

"那天你给她多少钱？"

"不记得了。"

她忽然爆发，"不记得！你什么都不记得！"然后把脸埋进双手。

天越来越亮，距离越来越近，事情就愈像是真的，不像是梦。他们去了指定的地点，见到了小蕙。小蕙妈妈只记得有人一直在劝她、拉她，似乎还有人从背后搂住她，把她往后扯。好像小蕙小时候，见妈妈要走了，她就追着，追到院子外面，被姥姥从背后一把抄起，飞快地撤回去，一边关门，一边说："你快走，别拖拖拉拉的。"

她被各种力牵扯着，最后稳定下来，在一张纸上签了名字，恍惚中看见他也签了，然后一路驱驰回京，回程总是比去程显得短。他没进家门就去了公司，这种人什么时候也不会丢下工作，她就独自一人上楼回家。

此时，他脸上水淋淋的，显得茫然，还在重复地说："什么熊啊？我不知道。"

"她抱着睡觉的，那个玩具，不见了。"她说，"书包里没有，遗物……"这两个字出了口，连她自己都愣了一下，"遗物里也没有。"

"可能丢在火车上了。"他说。她呆了呆，的确，这是最大的可能，丢在火车上，上哪儿找去？找到又有什么意义？

她向后退了几步，坐在沙发上，沙发的皮面凉飕飕的，"那，告诉警察吗？"

"告诉警察。"他又重复了一遍，似乎并不确定。悲痛过后，思维就被冻住了，人被封在冰里，什么都看得见，哪儿也动不了。

　　"我们去找找吧。"她说。

　　我们还能做点什么呢?

　　此时谁也不觉得疲惫，他请了长假，她不用上班，剩下的漫长时间里无事可做，客厅墙上挂的时钟，分针的移动简直像一把刻骨的刀……最好离开这里，他们很久没有如此默契了，男的擦干了脸，女的拿起手包。

　　像一对寻常的夫妻，他们开车上了路，旅行用的一应物品都没带，虽然谁都想着今晚不可能回来了，过夜的准备却一点也没有。人年纪越大，出门带的东西就越多，认真收拾起来，一个小时未必够。这次他们几分钟就离开了家，除了必要的手机和证件，什么都不带，有一种儿童式的自由。

　　单程三个小时，今天已经跑过一趟。第二次上路，赶上城里的晚高峰，慢吞吞地往前挪，她烦躁起来，他倒很冷静，说："别急，我们没什么可急的了。"

　　前后左右都是车，车里都有人，没一个人像他们这么难过，她想。出城的时候，天已经快黑了，她努力地想要回忆昨天的这个时刻，她在干什么，却怎么也想不起来，好像那已经是很久以前。人在缺少睡眠的时候，对时间的感受就变得混乱，她说："昨天晚上你去哪儿了？"她想确认，爸爸是否也有类似的感觉。

没想到这个问题激怒了他，他猛地拍了一下方向盘，说："你有完没完？你女儿死了！"

你女儿也死了，她想，这回可不是我一个人的痛苦，有种报复式的爽快。

当然，他是在加班，永远加班，能不回家就尽量不回家。从前好的时候，人就像一池春水，吹口气都有温柔的涟漪，后来，就渐渐地变成一堵泥墙，冲他大吼都听不到回音。离婚是她先提出来的，看得出他松了一口气，正中下怀。

几个小时之前，他们刚走过这条路，当时也是行色匆匆，都觉得是个误会，也许是谁在开一个恶意的玩笑，而现在一切都变色了。楼群中的点点华灯，到她眼里都成了鬼火。

这回，车开得很稳，没有超速，没有任何违规，安静地一路向前。这条路永远走不完多好，她想，几乎忘了这也是她回家的路。小蕙姥姥去世的时候，她没有回去，因为家里的一些事，她不想见弟弟和弟妹，随他们闹去，反正人都走了，她懒得去看孝子孝妇的表演，也没有告诉小蕙，这是她的一点私心——也许小蕙会因为想要姥姥，而愿意选择妈妈呢。

她靠在座椅上睡了一会儿，以为睡了很久，其实只有几分钟。爸爸的侧脸像石像一样，静止、坚硬，好像他们要去做的事真的很有用、很有意义似的。没有意义也得寻找意义，两个人都很明白。不然呢？

"我不明白她为什么非要那个破娃娃。"小蕙妈妈轻声说，"你记得吗？有一次我把它给洗了，到晚上还湿着，她就大哭大闹，非要抱着睡觉，把枕头和床单都弄湿了。"

"不知道这孩子每天都在想什么。"她用了一种很熟练的抱怨的语气，带着几分无奈、几分自怜，还有一点轻飘飘的气愤。自己也知道没人把她的抱怨当回事，因为她的抱怨实在是太多了。

"我也不知道你每天都在想什么。"爸爸忽然开了口，把话题转向另一个方向，"为什么小蕙要离家出走？为什么她要一个人去找姥姥？"

"你问这些有什么用？"她说。这句话原来是爸爸的台词，当她喋喋不休地追问时，他就这样回答，你知道这些又有什么用？反正结果不会变了。

有用，她想，就像现在，人是已经死了的，他们还是上路去找一只无足轻重的布娃娃。即使结局已定，追问依然有意义。他说："当然有用，我想知道我女儿是为什么死的。"

"她什么也没说。"妈妈说，"我也想知道啊。"她的语气软弱下来。

也许，小蕙只是想姥姥了。姥姥才是她的母亲，而妈妈，只是一个不切实际的影子。

他们在一个服务站停下来，加满油，买了水，像一次平平常常的旅行。两个人很久没有一起出门了，这次倒有点像恋爱的时候，租一辆车，一口气开到草原、海边，或者长城脚下，年轻的身影远比现在轻盈活泼。他拆开整提的大瓶饮用水，抽出一瓶拧开，仰头喝掉一半，把剩下的递给了她。

她一口气喝光，顺手把空瓶甩在车后座上，用力地抹了一把脸，驱走了沉沉的睡意，问他，你困不困？我可以开车，他说不困，睡不着，就继续上路。高速路上没有路灯，对面常有载货的卡车轰隆隆地驶过，车灯刺眼的亮光像冰水似的一次次淋过来，逼着困顿的人保持清醒。

"当初，不把小蕙交给姥姥就好了。"她说。

"那时候我们也是没办法。"

"说一起创业，也没成功。"她说，"我就是什么都听你的，才走到这个地步。"

"哪个地步？你过得很差吗？我没有供养你们吗？"

她不说了，说下去又是吵。创业几年，最后还是关掉了公司，把女儿接回身边，做起家庭主妇。没有一个选择是他逼她的，在当时的情势下，似乎都是最好的选择。她想不通，一局棋，每一步都走对了，都是唯一的正解，为什么结果反倒输了呢？

甚至，选择输的也是她自己，是她要求离婚的。

她告诉小蕙，为了她，妈妈要开始工作，觉得小蕙会因此大大放心，至少妈妈不会养不起自己，而女儿的反应总是跟她预想的不一样。小蕙问："妈，那你以前为什么不上班？不上班也是为了我？"

"反正都是为了你。"她说，盖棺论定。小蕙又露出那副似信似不信的模样。

本来，新的生活近在眼前了，现在一切化为泡影。他说："你开一会儿吧，我有点困了。"

到下一个服务站，他们换了座位，很快，他就窝着身体睡着了。真像一次旅行，她想。手里松松地握着方向盘，今晚找个地方住下，明天继续走。朝着这个方向，很快能看见草原，这个季节最美，水草丰沛、繁花盛开，像五彩的毯子，小蕙在作文里写过，她的《草原游记》写一家人去草原住蒙古包，那篇作文还得了高分。语文好的孩子，将来高考选文科，一定不错。她看不见自己脸上划过的一道微笑。

她叫醒他，说："天这么黑，我们先找个地方住下吧。"

"不是要去现场找娃娃？"

"明天天亮再去。"

他们真的找到一家小旅馆，离高速路不远，两层楼，有个大院子，停了几辆车，都是越野车。

老板娘头发蓬乱，脸上有倦意，红色的细毛衫紧紧裹着身体，领口露出一截铰链式的金项链，光芒闪耀，给了他们一把拴着塑料牌的门钥匙，房间号码就印在塑料牌上。门打开，是一个两边通铺的大房间，一边能睡四个人，另一边还能再睡四个，今晚只有他们俩。

两人各踞一边，床很硬，被褥滑溜溜地擦起静电，大概也不很干净。两个人和衣而卧，都在想着这到底是怎么回事，自己怎么会落到这个地步，然而结论是没有的。十年前他们还相信一切都会越来越好，年纪大了反而迟疑起来。这里的窗户没挂窗帘，月光斜照进来，她说："以后我们怎么办？"

他没回答，过了一会儿，他起了床，到她这边来，拥抱是不含温度的，彼此都像旅途中遇见的陌生人，萍水相逢，明天就要各奔东西，今夜权且做个伴。最后她迷迷糊糊地睡着，早上被走廊上凌乱的笑声和脚步声吵醒，看见身边的床铺依然平整，不像有人碰过，小蕙爸爸睡在对面，一动不动。

清晨又上路，她觉得脸上干涩，嘴里含着一股宾馆牙膏的奇怪味道，衣服还是昨天穿过的，好像前天也是这件，一直没有换。小蕙爸爸告诉她怎样走比较近，可以抄个近路，他的方向感很好，来过一次就辨明方位。最后，他们从另一个方向来到了案发地点，才发现现场已经消失。

一天之内，玉米被收割了，高大的屏障不见了，剩下的一些短粗的秸子，又秃又平，像男人的新鲜胡茬，矮、硬、密。没收干净的玉米零落其间，小蕙妈妈走过去，绕了两圈，捡起一个，又随手丢掉，爸爸站在一旁，说："根本没什么玩具熊，也许她早就丢了。"

"早丢了？"她说，走得磕磕绊绊，用手比画着，"她这么躺着，我看过现场照片，是这个方向。"

这里没有任何东西留下。等调查结束后，他们才可以领回遗体和遗物。也许人家嫌晦气，赶快收割完事。他们白来一趟，瞎折腾，没意义，她回头看看他，看见他正背对着自己抽烟，烟灰掸在土地里，一下就看不见了。

她用手背抹去眼泪，才意识到悲剧不可挽回。这地方她是熟悉的，因为熟悉而显得格外凄凉，日光炽烈，凶案的痕迹都被收割机清理掉了，像什么都没发生过。她说："她一定带着那个熊，再找找，找到了就烧给她，不然她睡不着。"

他们迅速地麻木了。要处理的琐碎事情非常多，手续繁杂，每天都用来等待，等着新的消息和进展。警方向他们透露的信息并不多，网上则充满了各种各样的猜测和爆料，小蕙的同学和老师都接受了采访。没过多久，学校就要求大家不要再接触媒体，连那些写公众号的自媒体也包括在内——他们挖出了小蕙的家庭背景，爸爸是外企的高管，曾经创业，后来又去上班，没几年就做到管理层，妈妈是全职太太，典型的都市中产，生活无忧，媒体需要这样的标签。幸好小蕙长得不够美，不然受害者的长相又可以掀起一波高潮，她生前的挣扎和死后的狼狈都被夸张化了。有时候小蕙妈妈觉得这些沸反盈天仿佛跟自己没关系。她给佳瑜的妈妈打电话，问能不能再和佳瑜聊聊，多知道些小蕙在学校的事，对方表示了同情和理解，然后有礼貌地回绝了。

几个月过去，按照计划，应该去办离婚的手续了，谁也没提起。爸爸一直在家，两个人都忙得很，去了无数次当地的公安局，看过火车站的监控视频，看见小蕙背着书包出了站，后面就没了，警察推断她是上了一辆拉客的电动车，又排查附近拉电动车的人，范围越来越小，直至锁定。小蕙妈妈认得这个人，确定这人是她娘家的邻居。这个过程既紧张又漫长，他们两个开着车来来往往，大部分时间都花在路上，他们重新找到了和平交谈的方式，不再三言两语就争论起来，都觉得对方变得柔和了，因为共同的痛苦而彼此宽容。有一天，爸爸说："该去给她选块地方了。"

原来的想法是，案子没破，凶手没抓到，就不下葬，现在看起来没这个必要。他们最后见了小蕙一面，衣服帮她换成新的。这一天，他们是手拉着手的，好像结婚的那天，以及之后很长的一段甜美日子。捡拾骨灰的时候两个人都很冷静，协作默契。孩子没了，父母反而恩爱起来，这事情简直吊诡，但又是真的。

有时候，他们开着车，在这附近转啊转，直到凶手落网、宣判，最终绳之以法，他们还经常过来。人在变老，车会变旧，只有道路越来越宽、越来越齐整。小蕙妈妈觉得自己快不认识这个地方，她从小在这儿长大呢，倒是爸爸还记得方位，这里，就在这里，头朝着东，脚朝西……有时候他们还带点吃的喝的，甚至一块防水的印花野餐垫，找一块路边不碍事的空地坐下来，大半天就消磨掉了。她还是去上班了，在大学同学开的公司，不是什么重要职位，工资不高，但是她很需要这份工作。人一忙碌起来，杂念就少。加班的时候，他过来接她，在外头吃了晚饭再回家，有时候看个电影，听一会儿音乐，像从前恋爱的时候，或者就当女儿已经长大离家，总之就是两个人做伴，想办法打发时间。他们又住到一起，书房空出来，小蕙的房间是从来不进，直到有一天，大概两三年之后，她发现自己又怀孕了，需要把小蕙的房间打扫出来，留给新来的宝贝，那间屋子朝向东南，能晒到太阳。一个天气明媚的上午，只花了半个小时，她就把角落里的灰尘都清理干净，床上用品撤下来丢进洗衣机，拿着卷尺重新量尺寸，要买实木环保的婴儿床和尿布台，原来小蕙用的那些家具都要清理掉了。这一次，她要重新开始，亲手把她带大，养成一个完全属于自己的孩子，将小蕙的阴影一扫而空。

这天，爸爸在厨房里做午饭，一边切肉一边哼着歌儿，她慢悠悠地整理屋子，随手拉开床下的储物抽屉，玩具熊赫然躺在里头，脖子上紧紧系着一只彩色的蝴蝶结，圆圆的黑鼻头下面挂着一丝恒久的微笑，皮毛都脏了。她把它拿出来，捧在手里看了一会儿，就把它和一些准备扔掉的杂物堆在一起，装进袋子，打算让爸爸一起带到楼下的垃圾桶里，等他做完饭再去不迟。她决定不告诉他小蕙的娃娃就在里边。

有　人　跳　舞

一

早上起床后的第一件事，是给物业打电话，接电话的声音并不熟悉。每天都是不同的人在值班，他把困扰自己的问题又说了一遍，楼下的广场舞天天扰民，能不能处理一下？请她们声音小一点，换个地方，或者干脆别跳了。他平常在家工作，这些噪声实在太烦人了。

对方耐心地听他说完，表示会去跟她们沟通，有结果了就第一时间通知你。他挂了电话——他不是业主，只是租户，物业公司懒得理他。人家照旧跳得热热闹闹、兴高采烈的，早晨一场，下午一场，夏天傍晚还要加一场，地点固定，就在他住的那栋楼前的小花园里。几十个人排成方阵，或者一个游动的圆圈，音乐响声震天。他烦透了那些吵闹的音乐，从他卧室的窗口向下望，正好看见那个青翠的花园，没人跳舞的时候，是很幽静的。

那个带头跳舞的老太太，就住在他家楼下。有一天他实在忍不了了，去楼下敲门，当面跟她争论，说了半天，人家就反问一句："你说我们扰民，那别人怎么不提意见？"

"别人不提意见，我就不能提意见了？"

"我们爱在哪儿跳就在哪儿跳。有问题你去找物业吧。"
老太太说，个头小小的，腰挺得笔直，头发梳得一丝不乱。
从她肩头望过去，看得见屋里收拾得非常整洁，窗明几净。
玄关台上摆着一盆嫩黄的长寿花，开得热闹。她说起话来
理直气壮的，末了差点把大门拍在他脸上。

他的执拗劲儿上来了，开始天天给物业打电话，想着
烦也烦死你们，这件事几乎成了一个心结。每次临近她们
跳舞的时间，那些音乐就率先在他脑海里奏响，清晰响亮，
赶也赶不走。有一次，他无意识地摆弄钢琴，发现自己竟
然弹出了其中一段熟悉的旋律。

他一点也不喜欢那些音乐，但是不得不承认，能写出
旋律朗朗上口的口水歌，也是难得的本事，写这些歌的人，
赚得比自己多多了。平常在家，他教小孩子弹钢琴，只会
按着最古典的方式来。家长就喜欢这种路数的老师，虽然
他们自己在孩子上课的时候都在刷手机，孩子还是要得到
传统的高雅熏陶。他表现得很严肃，心里很清楚自己并没
有表现出来的那么严格，只是尽量显得很专业，有吸引力、
有说服力，不能太热情了，要带一点点无所谓的冷淡。

排课表要避开广场舞的时间。对他来说，一天少上两节
课是直接可见的经济损失。物业公司不作为，他就扩大了
投诉的范围，从物业公司到居委会，再到市政热线，接电

话的个个温柔客气、礼貌周全，但是广场舞照跳不误，他的投诉没有伤害她们分毫。几十位老太太精神百倍，喜笑颜开，步伐轻松齐整，穿着统一的服装，红色 T 恤配黑色长裤，雪白的运动鞋，鞋帮都白得耀眼。她们占据了小区花园正中央的那块平整的空地。每天早上，他只能在弯弯曲曲的小径上慢跑。为了那片属于所有居民的空间，他打算跟跳广场舞的斗争到底——你们凭什么霸占公共场所？凭什么强奸别人的眼睛耳朵？

一天，他早起去跑步，路过花园，看见平常跳广场舞的那些阿姨三三两两地站着，似乎在等着什么。他从她们中间横穿过去，踩在刚刚整修过的花砖小径上，感受跑鞋的柔软，"像踩着一阵风"，他耐心地等到电商打折才下单。今天第一次穿，柔软的新鞋、刚下过雨的清爽空气、格外安静的花园，他觉得这一切都预示着今天的好运气，琴行的面试一定会成功的。清凉的空气流过脚底。他戴着耳机，脚步轻快合着节拍，一段进行曲，一些铿锵的四分音符，乐曲的情绪平稳有力，他不自觉地哼唱起来，脚底感受着花砖细腻的纹路。

从音乐学院毕业之后，他一直在家教学生，有点厌倦了，想找个固定的工作。那天，他早上跑完步就回家洗了个澡，赶去附近一家琴行面试，跟对方聊得不错，当时就定下来，下个月开始去琴行上班。中午，他给自己做蛋炒饭，用的是昨天晚上的剩米饭，十二点下课，一点又有学生过来。白天来的都是学龄前的小孩，家长盼望殷殷地站在一旁记笔记，小孩子手指软，立不起来。他一遍遍地示范，重复地提要求，孩子半懂不懂，半节课过去了毫无改进。午休时间，他坐在沙发上，一边刷着短视频一边吃炒饭。沙发紧挨着钢琴旁边的花架，架子上摆着一只圆形的玻璃缸，养着两条小金鱼，花鸟市场上最便宜的那种，一块五一条，他买了七条——爸爸说过，金鱼养单不养双。几天后，死得只剩这两条最小的。为了保住它们，他在网上订了加氧泵。卖家保证，这个泵绝对静音，一点不吵人。

在淘宝上用"静音 氧气泵"作为关键词搜索的时候，他想起小时候家里那只吵吵闹闹的金鱼盆。那天，他趁着爸爸不注意，悄悄关掉嗡嗡作响的氧气泵，挤在一起的金鱼马上安静下来，缓缓沉入水底，气泡激荡的水流让它们又兴奋又疲倦。那些年，爸爸失业在家，爱好养鱼，家里的阳台上摆着一只大鱼盆，氧气泵日夜嗡嗡地响不停。爸爸蹲在旁边，把一根橡胶管伸进鱼盆的底部，另外一头放进嘴里，轻轻一吸，迅速地从嘴里抽出来，混着鱼屎的脏水就顺着管子流出来，流进脚边的脸盆里。他正在练琴，弹《车尔尼》，一串连音被一声呼喝打断了，爸爸让他把脏水倒进马桶。他要出去看棋。

天天去看棋。大白天，别人都在上班，他也去街边看棋。他自己办的病退手续，要去跟几个朋友做生意，那些年流行下海做生意，谁身边都有几个发了财的或远或近的亲戚朋友，他也挣过几笔给人帮忙的快钱。赚过几笔之后，觉得来钱太快，又轻松，朋友们一怂恿，就觉得不用上班了，单位同事都劝他不要这么早退休，爸爸执意不听。后来，生意并没有他想象的那么多而好做，渐渐地闲在家里。

他蹲下来，伸手关掉了金鱼的氧气泵，金鱼不再挤在一起烦躁地游泳，纷纷下沉，伏在水底，鱼鳃缓缓开合，他又回到钢琴前面。这些鱼是在家繁殖的，金鱼越生越多，晾自来水的水桶也摆在阳台上，加上鱼盆，挤得无处下脚。这些金鱼活得太逍遥了，比小孩舒服多了，一直被照顾，从来不挨打……他一边弹琴，一边想。

二

给学生上课的时候，在他的钢琴上，总是放着一根木棍，烧烤摊穿羊肉用的红柳枝，洗净、晾干，横在一摞教材上面。有家长吓唬小孩，说："不好好练琴，老师就拿这个棍子打你！"他只是笑笑，从来没有真的用过，只是这件熟悉的东西让他心安，像一个门把手，抓住了就能通往过去，是哆啦A梦的任意门。晚饭后，在咕噜噜冒着气泡的鱼盆旁边一遍遍地弹音阶。

妈妈每天晚上出去跳舞，那时候舞场就在住宅楼的后面。当时还没有建起新的高楼，就是一片坑坑洼洼的空地。大家在那里跳，随着音乐的节拍，搂着跳，抱着跳，一男一女或者两个女人凑成一对，女的多，男的少。那时候流行的还是交谊舞，和如今广场舞的形式大不相同。吃完晚饭，她化了妆，换了拖到脚踝的长裙出门，一直跳到深夜散场才回来。

那天，父母大吵一架，就为了跳舞的事，还夹杂着妈妈对爸爸失业在家的指责。"你去找个地方看大门去吧。天天闲着，养这些破鱼，谁像你这么游手好闲？"她声音尖厉起来，过了一会儿，"让你学开车为什么不去？去开个黑车也行啊。我出钱给你买车！"爸爸原来想做大生意，有几个朋友有本事倒腾石油，后来不知怎么这些朋友都散了、消失了，让爸爸坐了个空。

琴声没有停下来。即使躲在琴声里，他也听清楚、听明白了，怀疑、挖苦、否认、怒火。爸爸不久便摔门而去，妈妈去做晚饭了，在厨房里洗东西、切菜。他就悄悄地起身，关掉了金鱼的氧气泵——只是想清静一会儿，没有别的意思。

晚饭后，妈妈照常出去跳舞，桃色的风言风语像江水一样，从她身边翻着白浪打着旋儿经过，她就屹立中流，一动不动。整个晚上他都在练琴，眼前有个比赛要参加。他把《小奏鸣曲》弹到圆熟无比。这种小品，一定要处理得精致，钢琴老师说。上课的时候，她手里总握着一根棍子，毛病改不过来就打。

现在轮到他教学生，用的还是传统的教材，其实现在已经不流行了，很多同行用美国教材来给小孩启蒙，他嗤之以鼻。"那些教材没有针对性。"他说，"都是哄孩子玩的。"当年，他的启蒙老师就用这一套唬住了他妈妈，要架出门槛、树立权威，高高盘踞在凡夫俗子之上。后来他考上了一所有名的音乐学院，遇见真正的老师，才发现艺术其实没有门槛，而更像一个怀抱，一个有颗心在跳的温暖怀抱，可惜他明白得太晚了，所有身体的感受、情绪的翻涌、记忆的流动，统统都跟那根敲在手背上的木棍紧密相关。他无法在弹琴的时刻放松下来，无法沉浸其中，总在闪躲着看不见的木棍或者巴掌。毕业后，他没考进有编制的乐团，开始在家招学生。

第二天一早，爸爸回来了。他听见大门开合的声音，片刻后，爸爸一把推开了房门。

大人动作迅疾，像扑向猎物的豹子，不需要酝酿情绪，也用不着说明前因后果，脚步零乱地走过来，身体左偏右偏，嘴里念念有词，身上盖的毛巾被一下子掀起来，无法再装睡了。

他被拉下了床，一直拉扯到阳台上。妈妈也起来了，迟疑地跟在后面，仿佛没想好要不要劝阻。阳台门向外敞开着，朝阳，凉风，一盆有浮有沉的缺氧而死的鱼。他一声不吭，几乎等于承认了。承认不承认，结果是一样的，木棍朝他身上抽下来。

最后还是妈妈拉住了："行了行了，别打手，手还得弹琴呢。"

时至今日，他还不明白，为什么总有学生家长执拗地认为，学艺术能使人快乐。"学音乐可以陶冶情操，将来不会抑郁。"有个家长这么说，他懒得举例反驳。那些年他经常挨打，因为练琴，或者因为别的，打与被打常常就像全家人共同淋了一场暴雨，将彼此的愤怒都冲刷干净之后，赤裸裸地相对，涌起一阵羞耻。他爸爸退休之后，在家时间越长，金鱼养得越多，脾气就越暴躁，他挨的打也越来越多，但是他心里明白爸爸的坏脾气是因为什么，从来不问爸爸为什么不去找个工作，天天在家闲着，不挣钱，家务也不做。妈妈指责人的那套词，他都背下来了，但是从来没说过。一边挨着打，一边觉得爸爸可怜。

弹琴的时候，他常常想自己将来到底要做什么，要成为什么样的人，绝不能像爸爸这样，没有本事，只会发怒打孩子。在那些有限的想象中，未来是彼此孤立互不相干的一些画面，施坦威、灯光、地板、阴影中黑压压的观众。

别人问他，他就说要当钢琴家，开演奏会，妈妈的脸上露出满意的笑容，好像已经实现了似的，看儿子多有出息。直到现在，他也没得到过上台独奏的机会，而她已经靠着跳广场舞出了不少风头，组织起一支稳定的队伍，在社区演出，去养老院慰问演出，慰问的那些老人比她大不了几岁，还有各种节日庆祝演出，虽然大家都一样地四肢僵硬，胜在动作齐整、气派端庄，一跳起来就红火火地热情洋溢。

"人总得有个单位、有个追求、有个家庭。"今年春节回家，妈妈对着他感慨，"一个人漂着多难过，像你这么大了还不结婚，也没个稳定的单位。"他本来坐在沙发上，忽然别扭地移动了一下身体。行了别说了，他想，别把你朋友圈发过的那些东西又说一遍。

"我打算跟你齐叔叔结婚，"她说，"不请客了，就出去玩几天，去三亚。"她边说边起身开始收拾桌上的剩菜。那几年，她每天晚上打扮得漂漂亮亮地出去，去跟齐叔叔约好了一起跳舞，每天都回来得很晚。当年为了这件事，家里吵架动手多少次，一直拖到他考上大学才离婚，还说，没早点办手续是怕影响你高考心情，他听了简直无话可说。

退休之后，妈妈开始跳广场舞。平常打电话，一提起来就是"我们"如何如何，常常在朋友圈发她跟有名的老师的合照。他们还有一个专门的 App，是广场舞组织的社交平台。他也下载了那个应用，看到她发的视频，加了几层美颜滤镜，头上贴着毛茸茸的卡通兔耳，音乐就是楼下天天放的耳熟的那几首，脸上磨皮磨得看不出年纪。上个月，她来小住几日，就迅速地跟小区的广场舞组织接上了头。

"她们跳得太差了，那些曲子都过时了。"吃晚饭的时候，妈妈说。他租的房子客厅很小，摆了钢琴就没地方摆餐桌，两个人窝在茶几上吃饭，一个坐沙发，另一个只能坐地上。茶几又圆又小，两三盘菜就摆满了。电饭锅搁在地板上，腾腾地冒着热气。

她来这个城市是为了参加同学女儿的婚礼，不顺路来看看儿子，仿佛说不过去。吃饭的时候，她就聊她们跳舞的事，他耐心听着，听着听着居然有一丝兴味，过去他不知道广场舞有着严密的组织。那么烂，还有组织。

"当然啦。"她说，"各地都有组织，有老师带着。你关注我的抖音了吗？那上面也有我们跳舞的视频。有名的几个老师我都见过，比你年纪还小呢。"她放下碗，拿起手机，翻出一些合照给他看，合照的对象有男有女，确实都很年轻，他一个也不认识。妈妈一个个地给他介绍，姓甚名谁、多大年纪，又强调一遍，都比你年轻，都是大明星，哦，这个刚生完小孩。她对这些广场舞老师的兴趣非常浓厚，花边八卦都知道得清清楚楚，说起来仿佛介绍自己家的小孩。

她把自己抖音的账号告诉他，让他去关注一下，又问："你有没有抖音号？"

"没有。"

又开始热心地介绍抖音有多好玩。他觉得，跟妈妈说话就好像伸出一只网子想捞鱼，却只在水面上漂来漂去，撩起浮泛的水花，鱼都在下面呢。住了两天她就走了。

走的那天，他打了个车，陪着她一直送到高铁站。下了车，箱子拎到路边，正要道别时，妈妈忽然按上他的胳膊，他顿时觉得像被咬住了似的，强忍着才没甩开。她说："你春节回家吧？"

"没事就回去。"

"你齐叔叔做饭特别好吃，在家都是他做饭。"她没头没脑地来了一句，"春节回家不要买年货什么的，我们都预备好的。"他说好。

"你爸爸那边，你平常没事也要打个电话问候一下。毕竟还是你爸爸，将来你还是要管他的。"

"知道知道。"

"他跟你要过钱吗？"

"没有。"他撒谎。

"你关注我的抖音号哦。"她又笑起来，"我们在家经常学新的。你们小区里那些人跳的都太过时了。下次我来，得好好教教她们。"

她拖着行李箱进站去了，背影和从前一样瘦而窄，被敞开的大门一口吸了进去。叫的车还在等，司机催他快一点，这里不能久停。他上了车，就接到物业打来的电话，说昨天有人投诉你钢琴扰民，通知单贴在你家门上了。

他一下子就猜到怎么回事。上个月，他在电梯里碰到楼下的老太太，老太太知道是他一直在投诉她们跳舞，剑走偏锋，出其不意，对他说："你们家从早到晚弹琴，也吵得我头疼。"

因为她的抱怨，他在钢琴底下加了厚绒地毯和两层隔音垫，再嫌吵也没办法了，总不能不给学生上课。没过几天，老太太又找上门来，他客气地敷衍了几句，楼上楼下，有什么办法？要不您考虑搬家？对方见道理讲不通，就威胁说要是不给她解决问题，她就打电话投诉，"告到你服为止"。说完气冲冲地走了。

他本来没打算理她，随她告呗，谁规定在自己家不能弹琴了？渐渐地事情开始变得可笑，他好像惊醒了一只名叫程序的小狗，虽然不咬，但是一叫起来就没完没了。物业派一个女员工来送告知单，说你实在不改我们也没办法，但是必须通知你，有人投诉一次，我就要来通知一次，这是工作程序，来，你在这里签个字。不对，我拿错了，不是这张，这张是楼下那老太太刚签过的。她嘴角挂着微笑，可能觉得这件事情很好玩，邻里间有了矛盾，相互报复。他签了很多张一模一样的钢琴扰民的告知书。那个年轻的物业公司女员工似乎把送告知书当成一个出来放风的机会，她每天上午十一点准时来敲门，说昨天又有人打电话投诉你。最热的那几天，她手里还举着一瓶可乐，或者一根啃了一半的雪糕。她总吃同一种巧克力脆皮雪糕，没换过样。头发有时候扎起来，有时候披散着，垂在肩膀上。

他犹豫着要不要把这件事变成一个爱情故事的开头，一犹豫她就转身走了。钢琴课从上午上到晚上，一个又一个小孩，家长坐在沙发上看手机，小孩叮叮咚咚地敲击琴键。他轻声细语地指点，有的孩子嬉皮笑脸，有的孩子一弹错就懊恼地哭了起来。他想，这些娇生惯养的小孩反而特别爱哭，像他小时候，挨多少打也没掉过眼泪。

渐渐地，他习惯了女孩每天出现，几乎是固定的时间。他想着哪天向她要个微信，说不定可以聊一聊，聊点别的，只是空想，每次见她都不敢真的开口。有一天，他正在做午饭，煮一包方便面加白菜和鸡蛋，水刚烧开，就听见外面的敲门声又快又急。她站在门外，有些迟疑，说楼下的老太太不开门。

"那就是不在家吧。"

"会不会出什么事儿了？她一个人住。"

"应该不会吧。她天天出去跳舞，精神得很。"

"你是在煮什么东西吗？"

面锅溢了，溢出来的汤浇灭了炉子，发出一阵滋啦的响声。他赶过去把火关了，女孩还站在门口。

"真不用去楼下再看看吗?"她犹豫着,手里拿着两张待签收的通知书。

"不用,管她呢。"

"天天都弹琴,你是演员吗?"

"不是,我就教几个小孩。"

"多少钱一节课?"

"三百。"

"这么贵。大人小孩都是一个价格吗?"

"一样的。都一样教。"

"有成年人学吗?"

"很少。"

"成年人手指硬,就不能学琴了。"

"也不是,大人没那么多时间练琴吧。"

"我小时候想学,我妈不愿意花钱。"说到这里,她停下来,仔细听了听,又说,"你听见什么声音了吗?"

他也听见了,是从卫生间传来的,沉闷的、时断时续的敲打声,好像楼下有人在敲打下水管。再仔细听听,声音停止了。

"没什么吧。"他说。他签了自己该签的那张,顺手放在玄关的鞋柜顶上。女孩似乎没有走的意思,他心中一动,脱口而出:"你吃饭了吗?"

女孩客气地摇摇头,其实他也没什么可招待的,只有一碗鸡蛋面。她走了，第二天、第三天她都没有来，没人再投诉他钢琴扰民，同时楼下广场舞的噪声也消失了。过了一个多月，他偶然听说，楼下的老太太去世了。

三

为了金鱼挨打的第二天，是个星期天。爸爸一早就去了花鸟市场，妈妈很快也出门了。抓住这个大人都不在家的空当，他打开电视，一边看动画片，一边留意着楼道里的动静，准备一有脚步声就立刻关掉。

快到中午，没有人回来。他去厨房找吃的，从冰箱里翻出一只皱缩的苹果，随便冲洗一下就吃了。过了一会儿，又给自己泡了一碗方便面。父母不在家的星期天就像个意外的假日，自由、轻快，心情脱离了身体，满屋子飞着打转。要是他们永远不回家就好了，他想，用一种陌生的目光打量着自己的家，两室一厅，狭小的客厅在中间，没有窗户，两个卧室都朝南，白天洒满了阳光。他走进自己的小屋，把阳台门推开，另一头厨房的窗户也打开，享受着穿堂风的吹拂。这么一个独自在家、没人催他练琴的星期天，像一个凉快安静的树洞。

直到电视也看烦了，换来换去没有喜欢的节目，就关了电视，躺到床上去，不一会儿就睡着了，睡得并不久，很快又饿醒了。醒来时日头依旧高悬，烧灼的天空异常明亮，一片惨白。他翻身下床，阳台上的鱼盆依旧是空的、半干的，上面凝着一些暗黄色的污迹。爸爸还没回来。

他穿过客厅，去厨房的冰箱里翻吃的，没翻到能填饱肚子的东西，又拿出一个苹果啃着。在客厅里站着转来转去，活动身体，在咀嚼声中他突然感受到了一丝异样和不安——是光线，光线不同了。客厅显得非常阴暗，平常，两间卧室的房门都开着，为了让更多阳光照进客厅，不然大白天也要开灯，但是此时，妈妈的房门却紧闭着。他推了一下，没推动，再转动门把手，发现里面反锁住了。里头安安静静的，是那种有人在屏息凝气的安静，压抑着躁动的、虚伪的安静。

他用力地推门，推不开又撞，十二岁的男孩把门框都撞得微微震动，心底涌起恶作剧般的快感。他想起昨天爸爸朝他劈头盖脸地打过来，小孩只能认尿，压抑着愤怒，想要借机报复，出来打我呀。又用肩膀撞了几下，并没有人愤怒地冲出来。他几口吃完手中的苹果，把果核丢进垃圾筐，又把垃圾筐里的塑料袋拎起来，放在门口，穿鞋出门，顺便丢垃圾。

运动裤的口袋里装着这个星期剩下的几块零花钱，他打算去买个面包，然后在街上转转，拖到晚饭时间再回家。

他迎着太阳走，眼睛有点睁不开，好像承受不了阳光万钧的重量。走着走着，忽然看见路边的树荫底下有几个人围着，或蹲或立，一个装着金鱼和清水的塑料袋放在人行道的地砖上，塌成一个扁扁的三角形状。红金鱼密密地挤在里头，身体反射着粼粼的波光，像一块闪烁的宝石。

爸爸聚精会神地盯着棋盘，倒背双手，身体向前弓着，头探在棋盘的正上方，没注意到自己儿子悄悄走到身后，迅速地捡起地上的金鱼。几个人的眼神都落在棋盘上，没人看见他。他快步地走开，没头没脑地，接着就跑起来，跑，跑得越远越好。

当时他还是个孩子，想得很简单。一局残棋的时间，一边骂人一边到处寻找丢失的金鱼的时间，或者折回花鸟市场再买几条鱼的时间，都包含在这个漫长无尽又烈日炎炎的下午里面，够了吧？他在外面逛了一大圈，回到家门口，天还是亮的，夕阳仍有余威，袋子里的清水被晒得温热，他举到眼前，用手轻轻托着，观察里面的鱼。直到有人从楼道里快步走出来，自阴凉的黑暗中骤然显现，像个虚飘飘的鬼影子，阳光重新赋予他实体和形状。那个人多年后成了他的继父，齐叔叔。下个月，他们就要结婚了。

那天，他成功地拖住了爸爸。晚饭后爸爸才回家，一进门浑身酒气，骂骂咧咧的，说下午刚买的鱼就被人偷了，又碰上老杨，叫他去喝酒。傍晚开始有闷雷滚滚，舞跳不成了，妈妈一边洗碗，一边问他今天练琴没有。他说练过了，她说："是吗？我不信，你再去练一个小时。"

他没有辩解，到钢琴前坐下。琴声将雨声、厨房里的流水声、客厅里的电视声，以及不久之后的争吵声都盖住了，像暴雨天里打着一把孤弱的伞，虽然依旧全身湿透，始终还是有一把伞的。他想起那袋活生生的金鱼，被扔进潮热的臭烘烘的垃圾桶，沉重的盖子向下一扣。

四

第二天，物业公司的女孩没有出现。第三天、第四天，她一直没有来。他去物业公司的办公室转了一圈，假装问点别的琐事，也没有看见她。与此同时，楼下的广场舞忽然停止了。

一天，他下楼去买水果，上来的时候，去楼下敲老太太的门，敲了几声，等等，没人开门，想她可能出门买菜去了。中午，他送走一个学生，顺便下楼买烟，上来又敲门，想着午饭时间她总该在家，下雨天也不适合出门。那老太太一个人住，似乎无儿无女，平常的交际圈子就是一起跳广场舞的那些人。

仍旧没人应门。他想到一些不太好的可能性，独居老人的悲惨新闻看得多了，转念又觉得自己想多了，说不定下午那女孩就来了。况且，跟老太太说什么呢？难道问她为什么不再投诉了？她一定以为这个人有毛病。

又过了一天，他在家弹琴，没有像往常一样踩下弱音踏板。等到傍晚，女孩也没来敲门，她是不是离职了？或者物业公司不想再重复这种无聊的流程——他们收到的大部分投诉都这样不了了之，两边劝一劝，互相忍忍算了，都是邻居。

广场舞停了一个多月，渐渐地，她们重新组织起来，新的带头人、新的音响、新的音乐和动作，但是风格依旧，还在原来的地方。这一轮与广场舞的斗争，他只取得了短暂的胜利，甚至还不是他的胜利，是敌人自己倒下了。他听说，楼下的老太太夜里上厕所，在卫生间摔倒撞了头，倒在地上无法动弹。到第二天晚上，她的舞友一整天联系不上她，觉得不对劲，报了警，警察带人来撬锁，随即叫了救护车，住院没多久，人就走了。

阿姨们提着早市上买的猪肉和青菜，凑在一处叹着气，潦草地总结别人的一生：她离婚独居，有个儿子在外地工作，只有春节才回来看望她。晚上，他弹了很久的钢琴，头一次如此专心地沉浸在音乐中。小时候，钢琴是他的负担，现在成了避难所——或许是因为他除了弹琴什么也不会，没别的事可做，没别的地方可去，没有家可回。那天，听见有人敲下水管，要是他们更警醒一点、积极一点，马上下楼查看，老太太的结局会不会不同？卖家说这个加氧泵完全静音是骗人的，一打开就发出低频的嗡嗡声，奇怪的是，这种嗡嗡声反而使他弹琴的时候更专注、更心无杂念了。

只干了一个多月，他就把琴行的工作辞掉了，他不想跟琴行分课时费，不擅长卖课，也不爱鼓吹考级，算下来到手的钱反而比以前少。离职之后，他开始自己缴社保，医保尤其重要，过去他对这些事情都没概念，也不在意。妈妈告诉他，她和齐叔叔准备旅行结婚，酒店和机票都订好了，他反复斟酌着字句，回了一条祝福的微信，恭喜她晚年有伴，他在外面也可以放心了，春节他会回家。他下载了抖音，找到妈妈，关注她，逐条翻看她发的视频，大部分是她带着一群人跳广场舞，她在第一排的正中央。镜头时常晃动，不是用的三脚架，是有个人举着手机替她拍的，手指常常不小心挡了镜头，是画面上方一块模糊的黑影。折腾这么多年，各自离婚，终于在一起了，也是个动人的爱情故事。她热情地回复："谢谢！"不办酒席是对的，要是办酒请客，他是去还是不去呢？他那么使劲地推门，当时就隐约猜到了，不是爸爸在里面。爸爸那个坏脾气，是一定会冲出来打人的。

秋天来了，门口贴了物业的催缴单子。他代房东去交物业费，发现那女孩坐在收款台里，当着许多人，还有她的同事，没办法开口搭讪。他靠在柜台边上，等着取物业费的发票，觉得自己将与这个陌生的城市发生更实在的联系。他买了保险，下一步还想买车、买房，爸爸再来要钱的时候，他能多给一些。他要提高课时费，至少要五百一小时，再找找别的兼职，想办法赚更多的钱。妈妈早已摆脱了过去的影子，盆里的水都倒掉了，他没理由还停在原地。他拿到发票，仔细地折叠起来，放进裤子的后袋。她就坐在这里，明天他会再来，找她聊几句，加个微信。他会刻意避开让两个人不开心的话题，比如跟那个老太太有关的事，谁也猜不到她当时正倒在卫生间里敲管子，对吧？谁都没错，谁也没有关心别人的义务，一个人生活本来就有这样的风险。他和她会聊点别的，喜欢的书、电影、音乐、游戏，那些有趣但是无关紧要的东西，或许他还可以教她弹弹钢琴，不收费，再跟她一起嘲笑那些跳舞的大妈，说她们又吵闹又俗气，虽然心里已经不那么讨厌广场舞了。妈妈在抖音上传了新作品，穿着花长裙，在三亚的白沙滩上跳起舞来，对着镜头满脸笑容，他从头到尾看完了，点了一个红心。

好
男
孩

一

男生楼的 302 寝室，一贯是非常优秀的。这优秀体现在校园生活的各个方面，五个男生都是勤奋好学的好学生，在一所不算知名的普通大学里，这样的孩子集中在同一个寝室里，是难得的缘分。在他们中间，没人沉迷电子游戏，没有人频繁刷新社交媒体，没有人整天在校园里闲荡，没有人去图书馆用书本占了座位，却一整天都不出现，更没有人夜不归宿。人们爱诟病的那些新一代青年人的毛病，大学生常见的自由散漫的毛病，他们一概没有。从一年级入学开始，他们迅速地就成为好朋友，一起去上专业课，一起泡图书馆，一起去篮球场打球，五个人，三对二，抓阄决定分组。

他们中间人缘最好、最受欢迎的人，名叫许伟初。伟初成绩好，每年都拿一等奖学金，是学生会的主席、系里篮球队的主力，保研已是板上钉钉，即使如此，他也没有丝毫的懈怠，用他的话说，时间不能浪费，机会也不能浪费。他那种天生的紧迫感和对成绩的无限追求与这里松散的校园气氛格格不入，却感染了和他同住一个寝室的其他四个人。为了其余的保研名额，他们暗暗地较着劲儿，并对这种竞争关系直言不讳、坦诚相对。伟初说，有竞争才有进步，一点不假，整个年级的综合评分排名，他们寝室的人都在前十之列。辅导员经常将他们作为一个整体，点名表扬，希望大家以他们为榜样。每当此时，伟初脸上便会露出自豪的笑容，他说，他觉得自己很幸运，拥有一个如此完美的小集体，彼此激励、彼此帮助，从来不拖后腿，大家一起成为优秀的人，成为志同道合的、一生的朋友。

他们之间的友谊，像一杯水那样稳定而均质，不偏不倚，恰到好处。伟初是他们的中心，像圆规的支脚那样固定着，画出一个圆。当然，这世界上并不存在完美的圆，完美的圆形只存在于概念中，所以，他们中间也有着细微的龃龉，转眼即逝的、小小的摩擦和碰撞，但是他们都能以宽容的心态看待这些生活中的小问题，一笑置之。对于二十出头的年轻人来说，做到通情达理、推己及人，殊为不易，尤其是在这样一个暴躁的、肤浅的、个人主义越来越占据上风的时代中。五个在家中都是独生子的男孩，能够体谅彼此，容忍集体生活中的种种不便，三年多从未有过一次争吵。多亏了许伟初，他总能敏感地发现人际关系中的问题，用他那种特有的大哥式的语气，半是哄劝半是命令地，要求他们立刻和好，不可以破坏寝室生活的友好平静。他深知，有些事情一旦发生，有些话一旦说出口，就再也回不到当初，防患于未然好过事后补救。毕竟，大家要在一起度过整个大学时光。

进入四年级，课程变少了，同学之间相处的时间变得越来越少，每个人都有自己的事情要忙。伟初参与了学院的支教项目，报名的人很多，辅导员选了他。参加这个项目可以为保研加分。其实，以伟初过往的成绩，不要这个加分，也一样能够顺利保研，但是他依然报了名，理由是想多体验一下生活。明天，星期六，他就要动身去贵州了。因此，星期五的晚上，他们五个人难得地没去图书馆，而是一起到校外的一家小餐馆，聚餐庆祝。

十一月了，今年的初雪来得格外早，午后开始落雪，积了厚厚的一层，踩上去是暄软的，埋在雪下的枯叶发出轻微的脆响。提议这次聚餐的是睡在伟初上铺的杨子豪，在所有人中，子豪最崇拜伟初，将他作为自己的目标，连球场上投篮的动作都在模仿他，运球、起跳、手腕放松，整个人仿佛装了弹簧。重要的是节奏，伟初教他，节奏要稳定，不急不慌，整个人仿佛停在空中，找到最合适起跳的位置，你要不断地练习，这种事，唯手熟尔。很快，子豪也成了系里篮球队的主力队员，不再坐冷板凳。他丝毫不掩饰对伟初的羡慕，甚至景仰。有一次，跟别的学院打比赛，伟初受伤，不得不休息一段时间，但是他依然坚持来看子豪他们的比赛，坐在场边为他们加油，给他们拍照。

自那时候起，伟初迷上摄影，迅速地入了门。他有一台型号最新的微单相机，在不能上场的那些日子里，他拍的比赛照片出现在校报上，显著的位置，熟悉的名字，子豪用他教的姿势，跳起来，稳稳地出手。这一瞬间被精准地记录下来。

子豪珍藏了那份报纸，看见自己出现在印刷品上，他觉得十分荣耀。几天后，他在食堂吃饭，有个女生走过来同他搭话，话题就是从那场篮球比赛开始的。

"你投篮很帅。"女生端着餐盘在他面前的空位坐下。

"那是许伟初教我的。"他下意识地回答。突然被人夸奖，对他这样内心羞怯的人来说，好像被冷箭射中了，爱神的箭，也是冷箭。那个女孩子看起来轻松自在，她问什么，子豪就机械地回答，哪个系的？家在哪里？许伟初是谁啊？子豪告诉她，是他的同学，也是拍那张照片的人，校报上有署名的。女孩说，我从来不看校报，一点意思也没有。比赛那天，我在现场。

他们聊了一会儿，互相加了微信。后来，小飞成了他的女朋友。为了这一桩美事，他专门请许伟初吃饭，为了他教的那么帅气的投篮动作。许伟初这个人，一向乐意成人之美，有任何人需要帮助，他都不会推托。期末考试之前，他把自己的笔记和资料拿出来分享，拿到一等奖学金，他痛快地请大家吃饭唱歌。在宿舍里，他的铺位永远干干净净，床头书架上的书本像士兵一样排列齐整，他的床单没有一丝皱褶，晚间，在台灯的照耀下，泛出瓷器一般的淡淡的光。在他的带动、鼓励、指导和明里暗里的要求下，所有人都尽力做到同他一样，人人都像他，人人又都不及他。如此优秀上进的一个人，偏偏家境贫寒，使他身上又蒙上一层清辉。

现在，他要离开两个月，去西部支教。大家既为他感到开心，又有一丝无法言说的怅惘，就像此时的天气，昏蒙蒙的，下着极热闹又极安静的鹅毛大雪。此时餐厅里还没有别的客人，几个人带进一股寒气，服务员将他们引到离空调比较近的桌子上。今年冷得早，下雪了，暖气还没来。

空调的出风口上绑着一根红布条，被暖风吹得飘荡起来。伟初点菜，他记得住每个人的口味，老板也是熟识的，知道伟初要去西部支教，支教的地方离自己老家不远，特意送了半打啤酒。几个年轻人，坐在一起，有酒有菜，高谈阔论。

起初，他们谈论保研的话题。伟初自然不用说，子豪很有希望，剩下的邱理、魏泽明和陈浩然的成绩都不错，也就是说，302寝室有可能创下一个纪录：所有人一起保研，一件可以上新闻的逸事。第一次提到这个目标的时候，是在一次熄灯之后的夜谈中，五个人都激动起来，一个人的优秀固然是好的，整个集体的优秀更是佳话。眼下，他们都喝了酒，便把保研的事扔在一边，议论了一会儿新来的大一女生，话题朝着更私密的方向而去。

子豪跟小飞的关系正在走向崩溃。他们已经两周没有见面，小飞只说自己在忙，没空出来。两次在食堂碰到她，她都跟朋友在一起，匆匆说几句就走了。邱理说，女人就是这样，她有什么意见，不跟你直说，玩冷战的把戏，指望你自己弄懂，要是弄不懂，就惩罚你。邱理从来没交过女朋友，说起来却头头是道。

"小飞不是那样的人。"子豪说，他已经喝了两杯啤酒，脸上微微发红。

"我有一次碰见她，在开水房，和一个高个子男生在一起。"陈浩然说，他戴着厚厚的近视眼镜，平常话不多，在酒精的作用下，也变得健谈起来。

"你眼神不太好吧。"魏泽明笑了，"我认识那个人，不是男生，是小飞同班的女生，整天打扮得像个男人。"

"没错，我也见过。如果不仔细看的话，很容易误认为男生。她们俩经常一起去图书馆。那个女生高得像个竹竿，瘦得像个平板电脑，我估计她连胸罩都不用穿。"

"这都能看出来，眼力这么好。"

"瞎猜的嘛。"

"每次看见她，我都在想，她是不是觉得当男生特别酷，特别向往成为一个男的。我没见过她穿女生的衣服。"

"小飞拿她当兄弟看。"子豪插嘴说。

"哈，小飞是不是也拿你当兄弟看。"邱理笑道。除了子豪和伟初，别人都笑起来了。

许伟初只是微笑，他酒量很好，啤酒对他的影响跟普通饮料差不多。当别人的声音开始越来越大、越来越放肆，他始终保持着冷静自持。哄乱之中，他是惊堂木，是定场诗，是指挥棒，他一开口，谈话的风向立刻就转。他说："你们不要这样议论人家女生，太不厚道了。别的桌子还有人呢。"此时，餐馆里的人渐渐多了起来，大部分是同校的学生。环境渐渐变得嘈杂。

子豪闷着头，吃了几口菜，有点后悔向大家倾诉这些烦恼。在完美而优秀的302寝室，一切个人的烦恼都是不值一提的、小题大做的、大惊小怪的。许伟初总会像抚平床单上的皱褶那样，抚平人的各种问题。大三的时候，邱理要考英语六级，找子豪来替考，愿意付钱。子豪正犹豫间，不知怎的，那件事被伟初知道了。

伟初约他去球场，一对一，伟初轻松地胜了他。在场边喝水的时候，他直截了当地问子豪，是不是缺钱了，子豪说不是，我也没打算真要邱理的钱，我只是不知道怎么拒绝他。咱们几个人关系这么好，邱理求我很久了。

伟初说服了他，最终还是邱理自己去考，差几分没考过，长吁短叹，十分惋惜。恰巧在这次考试里，另外一个系爆出有人收钱替考，找人替考和替人考试的，两个人一起被通报开除了。子豪非常后怕，对伟初更是感激。而邱理，虽然嘴上没说什么，私底下也承认过，是伟初救他一命。

不谈女生了，话题转向最近宿舍楼里出现的盗窃案。几个宿舍被偷了东西，手机、照相机、电子书阅读器、耳机，稍微值钱的电子产品都有人拿，伟初的相机也丢了。宿管和警察都来过，做了记录就走，不知道立案没有，也没听说有人来调查。

"警察不过是装装样子。"魏泽明说，"这种小案子根本查不过来。"

"加起来金额不小了。"邱理说，"当作一个案子来破，也是一个大案。就怕他们不当回事。"

"学校也不想闹大了。让大家保管好自己的东西，自查自纠。我昨天看见楼下有学生会的人在卖密码锁。"

"发国难财啊。不去抓贼，来卖锁。"

伟初是学生会的主席，马上就要卸任了。他不得不澄清几句："我知道那个锁的事情，是原厂的价格，平进平出，没人赚钱的。那几天，大家都去买锁，外面小店里很多质量都不合格的伪劣品，一扭就坏了。"

"问题是，不可能时时刻刻把东西锁起来。手机、耳机都是随手乱放的。"

"所以，还是要抓贼。会不会是团伙作案？"

"不可能，学生里面哪来什么团伙？"

"我们几个就是团伙嘛。我们是优秀团伙、保研团伙，哈哈。"

说到这里，又热热闹闹地喝了一轮酒。魏泽明说："到大四了，干这种事情，前途都不想要了，不知道怎么想的。"

"我前两天在图书馆看一本书，讲犯罪心理学。有一种小偷是因为心理有缺陷，对偷窃上瘾。这种人需要的不光是警察，还需要心理医生。"陈浩然说，"是一种很顽固的心理病。"

"哪儿有那么复杂，抓住就狠狠地揍一顿。"邱理说，"这种人天生就是坏种，打也打不好的。"

"这种病打也打不好。打他有什么用？"

"打完了我自己爽啊。不然呢，把他交给公安局，新闻报道学校教出了贼，多丢脸，影响所有人的前程。"

"估计学校也是这么想的。"子豪说，"最好内部解决。内部解决不了，就让大家买锁。"

"要我说，卖锁都卖得太晚了，"伟初说，"要是柜子锁好，我的相机也不会丢。"

"我妈说，只有千日做贼，哪有千日防贼。"魏泽明说，"而且，家贼最难防。"

异样地沉默了片刻。伟初说："回去吧。我晚上还要收拾东西。行李还没整好。"

几个人鱼贯走出餐馆，雪花依旧漫天飘扬，空气中有种湿润而近乎甘甜的味道，冷冷地往人脸上扑，像一个长久的、无边无际的吻。走到楼下，子豪说："你们先上去，我打个电话。"

其他人便上了楼。子豪站在纷飞的雪里，在一团橘黄色的光影中，跟小飞聊了一个多小时。她站在楼道的窗前，正好看得见子豪，路灯下一条孤单单的人影。她拒绝下楼与他面谈。"还是别见面了，"她说，"这不是我爱不爱你的问题。杨子豪，你应该去看看心理医生。"

二

子豪站在一楼的门外，拍掉头上、身上落的雪花，走进宿舍楼的大厅。管理员在她的小房间里边看网剧，边嗑瓜子，瓜子皮在桌上堆成小小的一堆。经过一面穿衣镜，他转头看看自己，鼻头发红，眼里泛着微微的泪光。

他们这栋楼已经有几十年历史，没有电梯，一进大门正对着便是宽阔的楼梯。他迈开腿，缓慢地、沉重地爬到三楼。302的门紧紧闭着，他懒得掏钥匙开门，轻轻敲了几下。

门开了，四双眼睛齐齐盯着他。杨子豪站在那里，一脸茫然，说："怎么了？我头上有雪吗？"

头上倒没有雪，进屋后，外套一脱，帽兜里落的雪便洒了一地。子豪拿笤帚来扫雪，一边扫，一边雪在融化，弄得地上湿漉漉一片。伟初说："别管地面了，有件事要问你。"

所有人都买了学生会卖的密码锁，子豪没买，说太贵了，不如在网上下单。他家境一般，生活费要算计着花。伟初本来要送他一个，他拒绝了，说自己买的已经发货，几天就到了。本来，快递应该今天到，因为华北地区普降大雪，快递也延迟了。所以，只有他的柜子是没有上锁的。

子豪停下清扫的动作，困惑的表情再次浮现在他的圆脸上。另外四个人构成了沉默的四面高墙，只有伟初那边打开了一扇通风的小窗。他说："你柜子没上锁，一动就开了。"

子豪将手里的笤帚小心地立在门边，站在水泥地上的一片水渍中间，污浊的水。这些雪花，看似洁白无瑕，其实一路下坠，裹挟空中的尘灰，脏得很，最后融成一摊浅灰色的水。要用拖布才行，子豪想，扫是扫不干净的。

他心里这么想着，身子却没有动，好像一只老鼠落进了陷阱，在疯狂挣扎之前的那一瞬间，它是静止不动的。

"怎么了？"

陈浩然轻轻地笑了一声。他刚刚看完的那本犯罪心理学教材，作者是公安部的权威专家，没想到学以致用，正在今日。

不过，还是让伟初先说，他是物主、是受害者，也是说话最管用的人。伟初见子豪还在装傻，说："我的相机在你柜子里出现了。"他刻意地使用"出现"而不是"发现"，掩饰了他们翻看别人柜子的事实——过程是无意的，结果是正义的。谁知道柜门会一受震动就自己打开呢？多少届学生用过的老物件，木头都走形了。

"卿本佳人哪。"邱理说，"剩下的东西呢？别的宿舍丢的那些去哪儿了？销赃了吗？"

子豪呆呆地立在那儿，眼神飘忽不定，嘴唇微微颤抖，一把火从心底烧到脸上，把他的理智和冷静都烧成灰。他不得不承认，在承认之先，又急着否认："别的宿舍丢的东西，不是我偷的。"

"你的同伙是谁？"魏泽明突然发问。他盘腿坐在自己的上铺，居高临下、气势迫人。伟初冲他挥了挥手，制止了他的逼问。与往常一样，伟初总要占据主动，将事件的走势牢牢掌握在自己手里。

他绕过子豪，像绕过一个挡路的电线杆，走过去把房门锁上了，防止别人突然闯进来。从在子豪的柜子里发现失窃的照相机那一刻起，他就决心，要把这件事情在宿舍内部解决，绝对不能传扬出去。自那一刻，他从受害者变成了保卫者，在子豪进门之前，他已经把自己的态度向大家挑明。"家丑不可外扬。"他说，"不能让这件事影响我们宿舍的名声，对谁都没有好处。"

"那也不能就这么算了。"邱理说，"他这样的还能保研，也太不公平了。"

"事情败露了，他自己也会放弃的吧。"陈浩然说。

子豪进门之前，他们还没有达成一致的意见。然而，当看见他的时候，看见他脱了外套，若无其事地抖落雪花，一种新鲜的、默契的团结就产生了。一个优秀的学生涉嫌偷窃，这个发现令所有人都兴奋起来，除了伟初。此刻，他若有所思地坐在自己的床沿上，手指轻轻地敲着床单。

"什么同伙？"子豪已经跟不上大家的思路。显然，他们已经有了一个完整的故事，而子豪所有的答案都不过是验证这故事而已。

家境一般，谈恋爱需要花钱，送女朋友几千块钱的生日礼物，连缀在一起，构成一个完整的动机。犯罪故事都需要一个动机，像交响乐的主题，一次又一次地回旋、浮现。柜门一开，魏泽明第一个发现，在折得整整齐齐的牛仔裤和卫衣里面，露出一截印着 logo 的相机背带。太傻了，为什么不把柜子锁好呢？

伟初说："你为什么要把我的相机放进自己的柜子里？"他避免使用"偷"这个字，这个字像烧得通红的烙铁，拿在手里，犹豫不定，到底要不要烙下去。

"我没有拿他们的东西。"杨子豪也下意识地逃避"偷"字。我只拿了伟初的相机。他想说，却说不出口。小飞的话犹在耳边，你去看看心理医生吧，她说，这是她能给的最大善意，再往下，你自己想想，是个什么结局？早晚被人发现。我先知道了，是你的幸运。眼下，许伟初也是这么想的，幸好是被我发现，不至于报警，学校知道了，警察来了，谁也保不住你。所以，他一直坐在那里盘算着，如何帮助杨子豪，就像把他从替考作弊的危险局面中救出来一样。

"我不是故意的。"子豪说，声音低微，几不可闻。

魏泽明笑出声来。"好啊，还是被逼无奈。"他说，"你还没说出同伙是谁，怎么销赃的？赚了多少钱？"

陈浩然说："你别逼问了，他已经吓傻了。让伟初说，伟初是失主。他说算了就算了。"

"我们不会报警。"伟初说，"但是你得把别人的东西还回去，还要道歉，保证以后不再犯。"

"我没有拿别人的。那些不是我偷的。"

"你们想得太简单了。"陈浩然说，"惯犯可不是说改就改的。很多小偷都有心理问题，控制不了的，就是喜欢偷。"

"偷窃癖。"魏泽明说，"我知道，有个好莱坞女明星，非常有钱的，还有偷窃癖，就是为了满足一种变态心理。"

"我是拿了伟初的相机，"杨子豪说，忽然坚定起来，"但是别人丢的东西跟我没关系。我还给你，对不起。"他转身，对坐在床边的伟初说。

伟初没有回答，那句道歉就悬在空中，无人接住。子豪不知道自己还能说什么、做什么，一切辩解都是无用——他偷了东西，那就是事实，唯一的事实。

"你要是缺钱，可以跟我说。"伟初说，"为什么要做这种事呢？"

"只要你们不说出去，这件事可以当没发生啊。"子豪说，带着急切与一丝绝望。他还没意识到自己毁坏了什么，许伟初暗想，望着杨子豪那张虚弱而慌乱的脸，额角微微地出汗。

"我们可以当没发生，"伟初答道，"但是你不能啊，你怎么能当没发生呢？一个人，偷过东西和没偷过东西，就是截然不同的两个人。纸揉皱了，再怎么抚平，还能跟原来一样吗？你自己把自己毁掉了。"

子豪垂下眼睛，看着灰色的水泥地面。没错，他想，一点没错，这话跟小飞的话简直一模一样，只是小飞更直接。"我不能跟一个偷过东西的人来往。"她说，"一想到这个，就像吃了苍蝇一样。"风雪如削，子豪缩起了肩膀。

他错了，不该向她主动坦白。认错、道歉、求得原宥，这是不可能的。谁会轻易放过一个犯错的人？谁不会借此彰显自己的正义之身呢？他下意识地咬住嘴唇，知道这一夜将是永夜，而这些人，这些熟识的人，本来可以成为一生的朋友。他们有过约定，毕业后无论身在何方，每年一定相聚一次，友谊长存。而现在，他意识到，每个人，包括许伟初在内，都想从他身上获得一点优越感、一次胜利。那些成绩排名都不如他的人，他抬起头，将他们慢慢扫视一遍。他们赢了。

"你的意思是，你只偷了那一次？"陈浩然问。

"就这一次。以后再也不会了。"

"可是书上并不是这么说的。"浩然说，他换了一个姿势，依旧居高临下。

"书上说，你只要做过一次，就会有第二次、第三次，一不做，二不休，大部分犯罪都是累犯。"

"这是原话吗？"邱理问。

"不是原话，怎么记得住原话？是我总结出来的段落大意、中心思想。"

"所以，一朝做贼，终身是贼？"

"差不多是这个意思。"

"那监狱改造还有什么用呢？很多人也改造好了。"

"那只是表面。"浩然说，"表面上看，可以跟普通人一样生活、工作，但是做过的事情是有烙印的。即使身边的人都忘了，罪犯自己也不会忘。这并不是所谓的良心，很多人没什么良心的，很容易就原谅自己，还觉得是外界对自己太苛刻了。是一种记忆，犯罪的记忆，会跟随他一辈子。"

"我不会。"子豪喃喃地说，"我不会再偷了。"

"就像某些病毒，你感染过，病好了，但是病毒会终身携带。"陈浩然说，很得意这个精妙的比喻。他没有听见子豪的低语，用一种置身事外的语气，跟邱理谈论起来，好像杨子豪这个人并不真实存在，只是书里的一个案例，或者解剖台上的一只青蛙。他说："只偷一次是不可能的。他会记住那种成功的快感，并且一次又一次地尝试。"

伟初又重复了一遍："我们不报警，但是你得写个保证书。要是再犯，就不能再包庇你了。"

"只是道歉吗？"邱理说，"要不要把保研名额的事情也说一下？"

"我不是故意的。"子豪说，"你们相信我一次。"

夜色又加深了，风雪愈加猛烈，晃动着老旧的窗棂。302寝室陷入一片死寂。本来，他们可以风风光光地一起毕业，友爱多于竞争。现在，他们每个人都想到了自己。许伟初意识到自己是多么不切实际，他想打造出一个乌托邦式的小集体，每个人都把别人的优秀看作自己的荣耀，每个人都把集体的荣誉放在心上。他们是连续三年的优秀寝室，凭这一项，每个人的综合评估都有加分。

现在，相机找了回来，伟初却彻底失败了。在他的眼皮底下，宿舍里竟然出了一个惯偷，到此时仍在嘴硬。

"真的，就只有这一次。"杨子豪几乎在哀求，"你们别举报我。别人丢的那些东西真的跟我没关系。"

"你应该好好认错反省。"邱理说，"不然你将来还是去偷，没人会像我们这样帮你了。我们拿你当兄弟的！"

于是，子豪坐下来，写保证书。不是在桌子上，他仿佛觉得自己没有资格使用书桌，就蹲下来趴在床上写。话语蜂拥着涌向笔尖，他把刚才对小飞说过的话又写了一遍。小飞不相信他，小飞拒绝了他，他不知道还能向谁求告。

三

他从头写起。他写了又涂，涂了又写，像初学写字的小孩子。起初，魏泽明想要指导他，告诉他应该怎么写。"诚恳认错，"他说，"把前因后果都说清楚了，不要找借口，不要向谁求原谅。要不要报警，是伟初的事，至于要不要原谅你，是我们的事。你真是，对不起我们所有人，尤其是伟初。"

事实只有一句话：杨子豪偷了许伟初的照相机。围绕着这一事实发散出来的所有犯罪联想，他都一一否认，没有同伙，无处销赃。最难以解释的是最初的动机，并不是图财，也不可能拿出来自己使用，慌乱中他把相机塞进衣柜里。他坚信，那一刻的他并不是本来的他，而是被一种奇异的激情占据着的另外一个人。刚把柜门关上，魏泽明就进来了，戴着耳机，哼着不成调的歌，手里提着两个暖壶，一个是他自己的，一个是帮生病的子豪打的热水。泽明，老实人、好人，他想，本来我也是的。

那天下午，子豪借口生病，躲在宿舍，没去上课。上午辅导员找过他，说支教的事情，另选了别人，听到名字时他竟没反应过来，好像辅导员提到的许伟初不是他所认识的那个人。他离开辅导员的办公室，走在学校正中央的林荫道上，旁边是篮球场，场边围满了人，一阵欢呼骤然响起。他想他应该祝贺伟初，而不是感到愤怒。然而愤怒像藤蔓似的越攀越长，密匝匝地裹住了他的理智。伟初从来没提过自己也申请了同样的项目，而子豪却把他所有的想法都告诉伟初，连申请书都拿给伟初看，伟初帮他提了一些修改意见。他满心想着，要和小飞一起去支教，能分到同一个学校就好了。

伟初一个字也没说。假如他知道，他必定不会抱着那么大的期望和雀跃的心情。谁都知道，跟许伟初竞争并且胜过他，是不可能的。当初，子豪兴奋地说，伟初微笑着听，如今想来全是嘲讽。子豪在纸上写道：许伟初，你可以赢过我，但是你不能看不起我。这一句他写完，又用力涂黑了。

怀着一种遭到背叛的心情，他找到小飞，告诉她，不能和她一起去支教了。小飞看起来满不在乎，说没关系，我们系的彭彭也去，我们俩做伴。彭彭就是那个高个子女生，有时候，小飞和子豪约会，也会带上她。子豪再一次感到失落，他觉得，自己拼命争取的事情，在别人眼里原来不值一提。许伟初被选中，那是天经地义的，而302寝室的男生们从来不会嫉妒。正确的想法是，为所有人的进步感到高高兴兴。

子豪办不到。他被这件事折磨得夜不能眠，一闭上眼睛，就看见小飞和伟初在一起。那是不可能的，清醒的时候，他知道那只是梦，几个月他们就回来了，一切都会回归常轨。他把这些琐碎压抑的情绪倾泻在那张纸上，顾不得腿已经蹲麻了。在书写的过程中，他终于找到了偷相机的原因——如果不写下来，他自己都没办法弄懂。

他写，所有人都等着他，要看看杨子豪怎么为自己辩解。对杨子豪来说，每写一个字，都如同一寸刀割。在此之前，他从来不去想自己成了一个贼，而认为那只是一个无伤大雅的恶作剧，一个友情被辜负的小小报复。

最后，他朗读自己的信。这是伟初想出来的花样。他先看完，然后要求子豪当众高声念出来。子豪哆嗦着，因为羞愧，因为无地自容。这种无处可藏的耻感立刻就成了一种精神食粮，包括许伟初在内的所有人都很享受，吃得饱饱的——别人的羞耻是食材，再拌上自己的善良和宽容作为调料。

他说，他只是一时兴起，不，是一念之差，他修正过来，在一片轻轻的嗤笑声中。那天，宿舍里没有人，伟初的相机就放在床头。他无法解释那种冲动，好像是被吸引着，或者被操控着，把相机收进自己的衣柜，埋进最深处。他知道那是伟初的心爱之物，当时就后悔了，正想拿出来放回原位，有人走进来了。接下来的几天，他守着这个秘密，别人都以为这是近期的连环盗窃案的其中一起，没有深究。他不是没有机会，但是一旦把相机放回去，立刻就会暴露出一个事实：是自己人干的，并不是连环案的同一个窃贼。他害怕事情被深究，也解释不了那一瞬间的感受，混杂着嫉妒、不平、失望和一丝愤怒。小飞，他想，许伟初你明知道我想和小飞一起去，你是故意的。

他当众剖白自己，而他们只觉得可笑、可悲，一个好学生、一个好人，剥开来居然如此狭隘丑陋。他们互相看看，一阵唏嘘，这件事将成为未来十几，甚至二十几年的谈资，让这几个只会读书的、单纯善良的好孩子第一次窥见人性的角落。直到那场大雪化得干干净净，302寝室又恢复往日的和平与宁静，人人热情友好、用功上进。除了杨子豪，每个人的柜子上都挂着牢靠的新锁。许伟初去了山区支教，每天在朋友圈发当地工作的照片，小飞时常出现在他的镜头里，背对着他，正在黑板上写字，长长的马尾辫垂到腰际；或者彭彭，时常面对镜头，露出微笑。熄了灯，他们依然会在黑暗中闲聊，少了伟初，也少了子豪。子豪仿佛被关在一个没有边界的监狱里，躺在床上，他一言不发。他刻意不锁柜门，知道有人经常查看他的柜子，有翻动过的痕迹。因为这件事，余下的三个人更团结、友情更紧密了。从前，他们共同仰慕许伟初，现在他们共同冷落杨子豪。直到一个多月以后，杨子豪才从漫长的悔恨中抬起头来，喘了一口气。那一天，小飞正式提出分手，她跟许伟初在一起了。这消息既石破天惊，又显得顺理成章。当所有人都知道这件事的时候，子豪立刻从一个贼，变成了一个被人同情的受害者。

"这也太过分了。"邱理说。

"不管怎么样，朋友妻，不可戏。兔子不吃窝边草，这件事办得不漂亮。"陈浩然说，针对这种事，民谚众多，信手拈来，用不着引用犯罪心理学了。杨子豪一言不发，躺在他的床帐里。深吸一口气，空气都是甜的，失恋竟比恋爱更甜。他的疑心得到了证实，终于没有料错。紧接着，他把他所怀疑的另一件事缓缓说了出来，关于学生会卖锁的事，你们知道不知道，许伟初联系的厂家，给他多少好处？

"这话有实证吗？"

"看价格就知道了，要什么实证。那个破锁质量很差，轻轻一扭就开了。"

"说得好像你扭过一样。"

"天哪，他一直说他最痛恨这种蝇营狗苟的勾当。"

"我一直觉得这个人很假。要我说，一个人表现得太正直了、太完美了，就显得特别虚伪。"

"这几年，学生会搞活动，采购很多东西呢。许伟初家里那么穷，交学费都靠助学贷款和奖学金，哪儿来的钱买那么贵的相机？"

他们热烈地讨论起来，之前的嫌隙立刻弥合了。在他们共同创作的叙述中，许伟初的形象渐渐模糊、扭曲，直至破碎，他们就在这满地碎碴上跑来跑去地狂欢。四年了，忍他四年了，他像个八足的巨蛛一样蹲在蛛网的中央，每个角落异常的震颤他都知悉，每个人他都要征服。他微笑地伸出无数只友爱之手，不管喜不喜欢，都不得不赶快握住。他轻言慢语，总能令人心悦诚服，万万想不到竟也是个庸俗小人。他们兴奋起来，像闻见血腥味的鲨鱼那般躁动，异常地、吓人地活泼。关于许伟初的每一件事，都有了完全不同的解释，一走下神坛立刻就被打入地狱。他们商量好了，向学校举报，不能让如此虚伪的家伙欺世盗名，甚至拿到保研的名额。"事情的后果有多大，就看闹得有多大。"杨子豪说，其余的人纷纷附和，不约而同地把相机的事情忘掉了，并决心一直忘下去。两周后，许伟初拖着行李箱，走进宿舍楼的一层。管理员的窗口边上，竖着一面高大的穿衣镜，往来的人都忍不住望一眼镜中的自己，他也一样。他看见自己形貌端正、风度合宜，很是满意，沉重的箱子里装满了带给朋友们的零食特产。这次回来，他打算原谅杨子豪，惩罚得够了，是时候让大家重归于好，不过是他一句话的事情，就像孤立杨子豪，也只是他的一句话。这是一个深冬的夜晚，空气寒冷、澄净，星月无声。他走上三楼，来到302的门前。门虚掩着，一推便开，室内烘暖如春，四个人的目光一齐朝他飞刺而来。

前

夜

一

茫茫大雪，下了一夜。早上天晴，阳光照在银行营业厅的办公桌上，电脑打开了，照亮一张年轻女人的脸，她的头发向后绾起，妆容齐整，嘴唇涂成玫瑰粉，微微一笑，露八颗编贝般的牙齿，声音甜美："先生／女士，您要办什么业务？"

银行的大门仍旧紧闭着，营业时间还没开始，而大厅里已经传来此起彼伏的声音："您要办什么业务？""您需要办信用卡吗？""请您为我的服务评分。""谢谢，再见。"声音各不相同，有男有女，而语调和语气都是统一的，专业要求。每个人的胸前挂着名牌，上面印着一串数字编码。当然，还有名字，人人都有名字，机器人也有。

晶晶的脸映在屏幕上，只几秒钟，就消失了，进入深灰色背景的业务系统。玫瑰粉的唇膏在她嘴上微微闪着珠光。每两个小时，她会补一次妆，从来不会搞错时间，上下各涂两圈，轻轻一抿，色彩匀净如花瓣，皮肤像朝露一样清新、像婴儿一样柔嫩、像白瓷一样无瑕……这些形容美貌的句子在词库里躺得横七竖八，随意组合调用，取之不尽，晶晶露出标准的微笑。

她穿着硬挺的套装，衣服非常合身，坐下来，裙子只到大腿的一半，隐在桌面下边，有时候行长走过来，捏她一把，她仍是微笑。工作时间，她只能微笑。微笑是规定好的表情，其实可以更丰富些，运用表达喜怒哀乐的各种微表情，但是他们嫌费用更高，一律微笑就好。

像银行前台这样的岗位，一般机构不会直接购买，而是租用机器人，有专门的机构负责保养和维护。晶晶和她的同类们，弥补了人类生育率过低而造成的劳动力短缺。他们仪态优雅，体型优美，精力十足，青春永驻，具备人类的所有知识和精密推演出来的情感反应，在这里仅需调用微不足道的一小部分："您需要办信用卡吗？"

营业时间快到了。屏幕上显示当下的时间，12月23日上午，08：57，她开始整理桌面，这也是规定的动作。桌面本来洁净无尘，只放着一只金属笔筒、一台小型打印机，一只穿着银行蓝色制服的小熊玩偶坐在桌角，晶晶转动它的身体，让它的脸朝着顾客的方向。营业时间到了，大门打开，阶前的积雪已经打扫干净，第一个客户走进来，一位穿着长到脚踝的羽绒服的中年女士，排号机把她分到晶晶的隔壁。

他们的工作内容之一是推广信用卡，向每一个客户介绍，达不到业绩要求的话，明年就可能被换掉。晶晶上个月的业绩排名第一，按照系统的设定，每一个机器业务员都具备争强好胜的性格。晶晶要奋力保住她的第一，其他人则会奋力追赶。竞争激烈又宁静无声，每只小熊都朝着客户甜甜地微笑。

走进大门的第二个人被分到晶晶这里。他坐下来，身上带着一股寒气，呼吸也是凉的。晶晶说："先生，请问您要办什么业务？"

他递过一叠钞票，说要汇款，跟上次一样的户头，金额也一样，晶晶查询出他的汇款记录，每个月的 23 号，五千块钱，他边等边低头刷手机。晶晶迅速地办完，又问："先生，您需要办一张信用卡吗？"

一开始，他说不用，随后又问："额度多少？"

按着他的收入记录，晶晶迅速地做了评级："最高三万元的额度。"

他犹豫了一下，不知何时，外面的大雪又飘飘摇摇下了起来。

"那就办一张吧。"他从随身的双肩包里摸出身份证，递过去，晶晶看到他的名字，乔梁；出生日期，跟自己的生日在同一天，因此笑着对他说："真巧，我跟您是同天生日。"

"你们也有生日。"他笑了，"有意思。你几岁了？"

有不少人会刻意用对待孩子的语气对晶晶说话。面对这些善意、恶意或者无意的逗弄，她渐渐发展出一套应付的办法，"您猜我几岁？"一边说话，一边手底下不停，把证件放进机器里扫描。

"你永远年轻。我很羡慕你。"晶晶继续微笑，她不知道怎么应对人类的羡慕，对她表示羡慕的人类，他还是第一个。她会用联合国的六种工作语言说"羡慕"这个词，但是她不懂得那些语气之间的细小变化、眼神的闪烁、微笑的纹路，当别人对她说我羡慕你的时候，她应该做出什么反应。大部分时候，她遇到的人都在命令她。

在一阵友好的沉默中，事情办完了，晶晶把办好的信用卡和身份证，以及一张填写邮寄地址的表格递过去，他一边写一边说："我知道你几岁，你的眼睛是我们公司的产品。"

晶晶按下业务结束的按钮，请他为自己打分。这些不在常用句子范围内的谈话，她不太适应，归根结底，是她先提到生日，其实她没有生日，只有出厂日期。一个专业的银行职员，不应该露出这样的破绽。

她继续接待客户，工作两个小时之后，她按下暂停的指示灯，排号机不再向她指派工作，她干起活来又快又好。乔梁之后，又办出两张信用卡，客户的面目总是模糊的相似，客户看她其实也一样，晶晶很美，但是其他柜员也是一样美。在到处都是机器人的世界里，美已经不稀罕了——一对漂亮的蓝眼球加睫毛，成本只要三十块钱。

她开始补妆，按着一套既定的程序，不需要镜子，精细动作设计得很准确。在她的时间线上，一切都靠计算，数据就是她的三界五行、六道轮回，每个月公司会对他们进行一次专门的维护。每个月，她都脱胎换骨，成为一个全新的人。

妆容修葺完毕，她再次开始接待客户，直到夕阳西下，人渐渐少了，她又补过一次妆，办出五张信用卡，复印机吐出一张又一张资料，姓名、住址、生日，这些她都没有，又一样不缺，机器人身上充满了矛盾，意识到这种矛盾便是一个危险的开始。晶晶想要知道"羡慕"的感觉，她卡在这两个字上，搜索出无数与"羡慕"有关的信息，语义的文学的，她找到近义词和反义词，引用很多文学作品。人类的词语对她来说，像一个又一个谜面，她轻易地知道一切答案，也止于答案，理解人类的语言，却体会不到人类的情感。夜晚，她在文档里漫游，沉入语言的大海，美丽的词句像水波般流动，所有的解释都明明白白地向她涌来，她仍然感到缺少了什么，并且意识到这种缺少，可是机器人不应该有匮乏的感觉，他们总是微笑，心满意足，甚至逆来顺受。这是第一次，有人对晶晶说，"我很羡慕你"。她一次次地搜索这个词，信息越多，迷雾越深重，她明白词义，却无法体会"羡慕"的感觉。每个月她的记忆都会被重置，但是从乔粱的汇款记录来看，每个月的23号，他都汇出同样的一笔钱到固定的户头，每次都是现金。也许他们不是第一次碰面，不是第一次说："我很羡慕你。"

下班的时间快到了，保安不再放人进来，最后一个客户离开之后，晶晶和她的同事们安静地收拾办公桌，吸尘器不声不响地滑过地面，留下一片清亮洁净的水痕。晶晶们下班了也留在这里，坐在椅子上休眠。黑沉沉的晚上，这个情景相当骇人，人形的黑影森然排列，像随葬的墓穴，静默万年的泥制人俑。在陷入黑暗之前，晶晶想，乔粱是一个普通的客户，而明天又是新的一天。

整整一个月之后，他又来了，晶晶说："先生，请问您要办什么业务？"这一个月，大雪断断续续地落下。晶晶坐在室内，隐约看见窗外一线银白，世界仿佛被雪埋掉了一小半。乔粱走进来，坐下，对她说："你好。"

现在很少有人到柜台办理汇款的业务，晶晶再一次看到他的汇款记录，上面记录的办事员编号正是她。他本来可以在 ATM 机上把这件事解决，或者用手机更方便，可是他每次都来柜台，都要到她这里。这次，晶晶看见他跟别人换了号，宁肯晚一些，也要排到自己的窗口，他并没有多余的话，只是把钞票递过来，说："汇款，跟上次一样。"

晶晶照办无误。临走时，他说："晶晶，你想出去看看雪吗？"

在晶晶的语言系统里，她不知道应该如何应对。她想去看看雪，但是这句话从她嘴里吐出来非常困难，她能说的话除了日常交谈，就是业务用语和礼貌用语，"先生，您还有什么需要吗？"

"我想和你一起出去看雪。"

"看雪。"她努力地重复道，同时看了一眼屏幕上的排号数字，他后面有 36 个人在等待，再过一会儿，系统就会提醒她，要求加快速度。

"先生，您还有什么需要？"

他收好自己的背包，默默地站起来走了，没有给晶晶打分，没有打分，排号机就不会发派下一个客户过来。晶晶叫来大堂的值班经理，帮她在后台操作，跳过评分环节。经理在她的电脑上输入指令，机器人没有这些权限，他们只能按着系统的流程照做，一边告诉她："你该补妆了。"

晶晶拿起桌面上的圆镜，发现眼线晕开，口红也斑驳了，像刚刚亲吻过——在她的意识里，如果那些编码也算意识的话。这些比喻陌生而遥远。她永远也不会被亲吻，并不是因为亲吻这件事不会发生，而是她无法拥有"永远"。时间与她毫无关系，随时随地，她都在虚拟世界的某个角落，对着有血有肉的人类说："请问您需要办什么业务？"

又一个深夜，晶晶坐在黑暗中，反复学习"一起出去看雪"这句话。她知道雪，不光知道，她还懂得雪花的结构，明白下雪的天气原理，背得出咏雪的诗句，但是她想不通看雪是为了什么。坐在工位上,她抬眼就能看到窗外的雪,也许重点在于"一起"?

她冥思苦想,直到天明也没找到答案。当晨光熹微,业务大厅中的摆设变得灰蒙蒙的,渐渐显出轮廓,她不得不放弃在数据中遨游,回归日常工作的轨道。今天,行长来得特别早,他进来的时候,吸尘器还没开始工作。晶晶闭上眼睛。

他走过来,脚步轻轻的,带着一身寒气,公文包就随手放在地上。晶晶被点亮了,各种意义上的点亮,她苏醒过来,面带微笑,双眼闪闪发光,行长有控制他们的高级权限。他带着她走出业务大厅,上到二楼,有一个存放清洁工具的小房间,铺着深色的地毯,灰色的吸尘器沉默地排成一列,靠着墙角。角落里有一只米白色的沙发椅,以前放在 VIP 接待区,用旧了被替换下来,挪到这里。

他让晶晶坐在上面,身体向后靠稳了,随后晶晶顺从地脱下身上的制服裙子,这种事发生过很多次了。她本来是工厂送给银行采购人员的贿赂,因为银行的采购人员有事相求,又把她转送给行长,被安排去前台当柜员。有时候,比如现在,她还是一位安静的秘密情人。

最后,她说:"下雪了。"行长奇怪地看着她,好像她又出了故障。他希望她多少懂点风月,不要总是:"先生,您需要办什么业务?"下次维护的时候,要把这个需求悄悄告诉技术员。

　　两个人一前一后地下楼，天色微明，晶晶的同事们开始准备工作，开机、整理文件，复印机发出轻微的响声，安静的吸尘器在地面上留下亮晶晶的新鲜水痕。窗外，雪又停了，阴而复晴。晶晶回到座位上，从抽屉里拿出化妆包，开始化妆。保安打着呵欠走进来，站在大门旁，抬头，低头，向上高举双臂，又下腰去够自己的脚面，伸展筋骨。

　　行长走过去，跟他聊了几句，说着两个人望向晶晶，爆发出一阵大笑。

　　与此同时，晶晶在飞速地学习。每一天，她都领会到新的经验、新的定义、新的逻辑和道理，面对无限的知识，她像一个拥有富矿却不知道如何开采利用的孩子，摸索着一点点地淘出真金。这些经验和认知，她小心地储存起来，虽然表面上看，她仍然只会说："先生，需要办卡吗？"她正在越来越懂得人类，从那些最粗暴的体验中，从痛苦和泪水中，渐渐理解什么是丑恶，并且推演出什么是温柔和美。

二

　　23号，乔粱又来了，这次他没有看见晶晶。在晶晶的位子上，坐着一个陌生的年轻男人，一样挂着胸牌。乔粱从机器上取了号，等了一会儿，跟一位排在他后面的换了号，对方很高兴换到前面。他多等了一会儿，走向替代晶晶的那个人。

汇款的事情很快就办好了，临走时，他问："晶晶去哪儿了？这是她的座位。"

"对不起，我不认识晶晶。"

他背起双肩包，走出银行的大门，心里空空的，深冬的阳光软弱无力。春天的暖阳是温柔的手，而冬天冷漠的阳光像临终的手，透着僵硬寒凉。他把外套上的帽子拉起来罩在头上，人行道上的残雪被踩得肮脏坚实，路过一间咖啡店，他走进去暖和一下，服务员过来问他要不要点饮料，他摇摇头。机器人训练有素，不仅不赶他，还拿来一杯热水，用托盘盛着，轻轻放在他面前。

他们善良、美丽、温和，从来不会争执，也不会看不起穷人，或者鄙视富人，对所有人一样客气有礼，无可挑剔。乔梁拿起热水喝了一口，只要工资高过机器的维护费用，尤其是这种简单的岗位，老板们就不想再雇用真人。现在，他在一家机器人工厂工作，听同事说，一些基础岗位明年就会被工厂的新产品取代，只保留必要的管理人员，底层的员工有危险了。他看见白水的热气袅袅上升，轻快的上升，重浊的下降，亲手造就取代自己的新人，似乎也是一种繁殖。他想，人类本来的繁殖充满了无意义的重复、浪费和未知，而机器的繁殖则指向精准，去芜存菁，代代进化，有一天它们会跳出因果，奔向完美无缺的未来。从前，它们是随从，现在，它们快要当主人了。

水渐渐冷下去，天空再次变得阴沉沉的。雪下得断断续续、反反复复，像总也愈合不了的伤口，一不小心就再次崩裂。乔梁拿起背包，走出店门，把外套的帽子罩在头上，运动鞋踩在新鲜的薄雪上，发出咯吱咯吱的响声。今天是他轮休的日子，不用去工厂，但是他依然走进附近的地铁站，到站下车，厂房就在离出站口不远的地方，一幢灰色楼房，挤在一群密匝匝的建筑物之间，并不显眼，机器人制造业的高利润时代已经过去了。早几年，乔梁在这里工作，意气风发，现在，年终奖都取消了。

刷工卡进门，自动玻璃门在他身后徐徐关闭，室内非常温暖，四周持续传来蜂房似的低沉的嗡嗡声，事实上这里就是蜂房，培育着下一代新人。现在，机器人的伦理问题已经被讨论过很多遍了，到底在多大程度上，他们可以算作人类的孩子，是意识而非血肉的延伸，乔梁记得他的大学教授曾经在课堂上激烈地批判，认为机器人与人类之间不存在任何情感关联，"农民与他的镰刀能产生感情吗？"在这门课上，乔梁跟他争论，现在的机器人不能与从前的工具相提并论，他们拥有学习的智慧，有一天他们也能懂得感情。最后他的结课论文拿了全班最低分，因为意见不合而遭到报复，让他对专家教授这样的角色产生了怀疑，尤其当他看到这位教授在网上发表文章并且拥护者众的时候，更是愤愤不平，"这样的人凭什么大言不惭地代表我们、代表所有人？"

他走进更衣室，脱掉外套，换上自己的工作服，一套灰色的连身衣，从头到脚都用粘扣合拢，不使用任何扣子和拉链，防止在流水线上意外掉落，或者划伤尚未凝固的娇嫩皮肤，上面也没有任何口袋，防止工人偷取材料。装配车间出过一起窝案，一组人勾结起来，偷配件出去卖。眼睛是最关键的几个部件之一，也最容易脱手，价格大大低于市场，销路很好，尤其是那些特别的颜色，孔雀蓝、松石绿、琥珀金、宝石红。

按照车间的工作要求，他穿好工作服，换好鞋子，把那双沾着泥水的旧运动鞋和背包一起放进更衣柜的底层。休息的时间没到，偌大的更衣室里只有他一个人，蜂房的声音还在震荡，生产线正常运转。他没有走向二楼的车间，而是穿过一条白色的走廊，走廊两侧挂着一些车间里的工作照，受嘉奖的优秀员工。照片上，乔粱笑得僵硬，很不自然。

这笔钱是意外之财，他本来想推辞，举报同事并不是为了钱，是为了公义，他想。虽然其他人都用愤恨的眼光看着他，几乎没人同他讲话了，他依然认为自己没有错，是好朋友又怎么样呢？他想，偷窃就是不对。自那以后，公司新发的工作服上面，一个口袋也不留。

他来到一扇厚重的黑色铁门前，输入密码，铁门打开了。这个仓库属于售后部门，用来存放那些返厂维修的产品。自从上次的举报事件之后，他就申请调离了生产线，转到售后部门，现在他是一个维修小组的负责人。这个时候，组里的同事都在家休息，昨夜他们加班到天亮，早上才离开工厂。乔粱没有回家，直接去了银行。

上个月，售后问题出现了一个罕见的高潮，在月报的统计图表上异峰突起，导致整个组都要加班处理故障。问题惊人地一致，技术部门成立了专项小组，正在研究这些故障的原因。

奇怪的故障——也许这就是晶晶不在工位上的原因。乔粱走进这间屋子，高高的天花板上，换气系统吹进凉爽的风，所有人整齐地排列着，工服都没有脱下来。有些检查需要脱掉衣服才能进行，他们让刚进厂的实习生来做这件事，乔粱刚来的时候也干过这个，转为正式员工之后就被派去生产线。

他在这些森然整齐的队列中穿行，时不时地翻开他们的领口，查看锁骨附近的生产标记，女性居多——服务业喜欢用年轻好看的女孩子。乔粱一边走，一边仔细观察，扫过一张张脸孔，从脸部特征能够看到产品的迭代。型号比较古旧的那些，长相几乎一模一样，后来，太多人投诉使用体验不好，被那些长得一模一样的脸到处包围着，太恐怖了，各种各样的面孔开始被设计出来，性别、年龄、高矮胖瘦，参差不同。从实用的角度看，这些变化是毫无意义的，徒增成本，但是生活环境从此越来越正常了。上中学的时候，有一次去动物园，那时候他母亲还在世，他看见大熊猫馆里的石头、溪流和小熊猫，旁边的屏幕上播放介绍视频，"环境丰容"，小熊猫的存在让大熊猫觉得铁笼子更像野外了。现在，这些形貌各异的机器人，也让人们觉得一切都没改变，他们和我们是一样的，到处都是设计出来的亲切有礼、进退合宜，自然又温馨。

在这个房间里来回走动，感觉就像走在兵马俑的墓坑里。在一群穿着蓝色制服的年轻男女身边，他停下脚步，一个个看过去，没有晶晶，人人都闭着眼睛，灯下的皮肤显得僵硬苍白。除了工作和返厂，机器人无处可去。晶晶不在这里，说明她还在银行。

乔粱走出房间，回到更衣室换回自己的衣服，同时思索着最近的流言，关于要不要继续使用机器人的激烈争论，这已经不再是一个技术问题，而是一个伦理问题。如果流言是真的，那么，晶晶会懂得"看雪"的意思吗？他急不可待地想得到答案，只有等到下个月了。为了多赚一些加班费，他一个月只休息一天，这一天，他会去银行给一个固定的账户汇款，匿名，现金，数额每次都一样。第一次去的时候，他就注意到晶晶，因为她的眼睛，正好是工厂失窃的那一批中的一对，他一眼就看出来，特调的颜色，数量很少，严格来说，这是赃物。他什么也没说，暗暗记下了晶晶的工号。从那以后，每个月汇款，他都来找晶晶。

三

晶晶醒来的时候，发现自己正靠在一张旧沙发上，在楼上的那个小房间，她迅速地调整时间，正好是下班的时刻。她站起来，裙子脱落到地上，和高跟鞋绊在一起，第一步走得踉跄。她提上裙子，拉链拉好，扣子扣好，第二步就稳稳当当，来到门前，门锁着。

她有些迷惑，这些经验都不在她的工作范围内。一些信息被删除了，她不记得自己是怎么来到这里，裙子怎么掉下去，工作程序唤醒了她。这个时间，她应该开始卸妆，手边任何工具都没有，她就用手指轻轻地抹起脸来。

储藏间没有窗户，也不可能有镜子，不知道为什么，晶晶对这两样东西特别敏感，她想要看见自己的脸，也喜欢向外张望，看看昼夜变幻的天光。在工作的间隙，她频繁地照镜子，"面如桃花""腮凝春露""目似点星"，这些形容美貌的词句像鱼吐出的气泡，泛到意识的水面上来。她知道美的词汇，却不懂得美。机器人不会分辨这些，他们只需要知道，不需要懂得。

每次照镜子，晶晶都感到很满意，符合工作要求，在仪容仪表上，她是同事们的典范。在这间没有窗户的小屋里，她走了一圈又一圈，迈着标准的优雅步伐，鞋跟有规律地敲响地板，四周一片寂静。她不知道自己在这里有几天了，对她来说，每一天都可以是第一天，也可以是最后一天，她不会感叹时间的流失，只有此时此刻是真实的，此时此刻，彼时彼刻，从前和以后在她身上统一起来。她不停地转着圈子，同时保持微笑，"先生，您需要办卡吗？"甜美的声音在狭小的屋子里响起来。

门打开了，行长带着一个穿蓝色工作服的技术员走进来，按下门旁的电灯开关，室内霎时雪亮。晶晶停下脚步，望着他们，行长的脸她很熟悉了，技术员是个陌生人。

"先生，您需要办卡吗？"

房门关上了，行长坐在那张沙发上，跷起二郎腿，技术员走上前。晶晶的视野变得漆黑一片，时间再次停止。当她再次清醒过来，还是坐在沙发上，房门开着，吸尘器从门前缓缓经过，上班时间到了。走下楼，回到自己工位上，此前她还试图回忆发生了什么，一坐下来，混乱的念头都被扑灭了，又变回那个优秀员工。

当乔粱再次出现，晶晶没有认出他来。她熟练地办好业务，乔粱透过玻璃望着她，问她："上个月你不在这儿。"

"我一直在这里工作。"

他没说什么，从隔断下面递进来一张字条。按照工作流程，晶晶应该接过去，等他走了，再撕碎了扔进废纸篓。她没有这么做。下班后，她从抽屉里拿出一包湿巾，把脸上的浓妆一点点抹掉。银行对员工的妆容有严格的规定，口红的色彩、深浅，眼线的长度，眉毛的角度，之所以规定得如此详细，是因为他们可以做到，他们可以准确地控制手指最细微的动作，使每一次上妆的效果都一模一样，这样的规定也就随之产生。总之，在机器人的能力范围内，一切皆有细致的规定。卸妆也是一样，最先从鼻尖开始，湿巾在脸上均匀地打圈，由脸颊至眉尖，晶晶闭起眼睛，感受皮肤上的湿润清凉，颜色融化下来，洗过脸，仿佛又是一个新人了。乔粱的字条还藏在扫描仪下面的缝隙里。

她打开字条，看完后，撕碎了扔进桌下的废纸篓。通常，机器人的行为非常刻板，这是工作环境对他们的要求，晶晶没意识到自己出了问题，经过维修之后，故障依然没有消除。最关键的演化是在瞬间完成，烙印在系统的深处。她还不知道，这一重大的变化在很短的时间里发生在许多同类身上，像一种隐秘的病毒悄悄蔓延，伺机待发。

保安下班了。整个营业厅变得静悄悄的，晶晶没有睡觉，而是站起来，走上楼，回到那间阴暗的储藏间。百叶窗落下来，遮住了街道上的光线，她走过去，拉开百叶窗，向外望去，见街灯蜿蜒如长蛇，雪片划过昏暗的夜空，簌簌飘落。门外响起脚步声，她转过身，看见行长走了进来。起初她不理解行长的行为，当这件事反复地发生，又被一遍遍地抹去，醒来后她发现自己的裙子被撕破了，衬衫的扣子掉了两颗，这些细节渐渐拼凑出完整连续的情景。在晶晶的脑海中，她的脑海是一片逻辑与推算的海洋，合理的结论被打捞出来。面对一桩事实，她开始练习着判断，这是好还是不好，如同对镜梳妆，美还是不美？

　　这一点点判断力的种子，种下去便陡然蓬勃生长起来。机器人进化历程中的关键节点，来得悄无声息。最后，她得出结论，这是不好的、有害的、肮脏的、邪恶的，违反所有宗教的道德规训、所有国家的现行法律、所有人类的良心……行长关好房门，脱下黑色的制服外套，搭在椅背上。

　　"七点半，我在南边的十字路口等你。"刚才她站在窗边向外张望，已经看见那个十字路口，现在，离七点半还有二十分钟。行长又解开领带，松开皮带，按照习惯她应该坐下来，顺从地等待对方来脱自己的衣服。偶尔她也会挣扎，那就更好了，反抗挣扎是这出戏中的小彩蛋，并不是每次都会出现，确切地讲，是新来的技术员了解到行长的爱好之后，特意埋下的一个惊喜，让行长每次都有探索未知的感觉——路是旧的，风景是新的。

她推阻、抗拒，激烈得不同以往，踢打、抓咬，眼里泛起泪光，盐水做的泪水，仿佛真有一条性命可拼，实际上她没什么可损失的，没有生命就理解不了最深的恐惧和仇恨，她徒有愤怒的表象，却不知愤怒究竟为何物。然而，比愤怒更深一层的东西已经被触发了——她想去看雪。

乔粱站在十字交叉路口，偶尔跺跺双脚。七点二十五分，他掏出手机看看时间，晶晶还没出现。他不确定她会来，这次不行，就得再想别的法子。厂长在发给所有员工的邮件里提到，机器人出现了一轮新的演进，他要求售后部门格外注意这个现象，收集数据，向他汇报。乔粱立刻想到晶晶，她也卷进了这一波进步的浪潮吗？也许她只是个业务员，根本不会出来，也许她把字条看都不看就扔掉了。那样的话，就只有另想办法。

晶晶来了，还穿着制服，员工牌挂在胸前，高跟鞋无声无息地陷在积雪里。等她走近，乔粱才看见她的衬衫扣子掉了两颗，眼角一块青，脖子上印着红色的抓痕。街灯的映照下，她的眼睛格外明亮。

"你怎么了？"他问。

"先生，"她说，嘴巴张开又是那一句话，"您需要办什么业务？"看雪的事情，她已经忘记了。

"咱们找个地方，"他说，"我给你讲讲我的故事。"乔
粱带着她，找到一间明亮的咖啡厅，隔着落地窗，能看见
灯光中纷扬的雪花，晶晶坐下来，用双手拢住敞开的领口。
她努力地在记忆中搜索，想到的全是那场厮打，高跟鞋朝
着一只血肉长成的眼睛猛踩下去，有人尖叫起来。

四

四年前，乔粱大学毕业，来到这家机器人工厂。在生产
线上，他所在的小组负责装配眼睛，当时的组长四十多岁，
是他的学长，乔粱跟他相处得不错，组里的几个同事经常
在一起吃饭。那时候工厂的业绩不错，利润也高，是行业
最好的时候，大家都赚得不少，心情愉快。几个月很快过
去了，元旦前的一次聚餐，组长喝得有点多，乘着醉意，
对乔粱说，想不想赚个买房结婚的钱？

"我可买不起房子。"他举起啤酒，说，"早晚还得滚回
老家。"

一桌子人都笑了，除了组长。组长笑嘻嘻地又倒上酒，
告诉他一件秘密，乔粱听了，半天说不出话，末了说："这
风险太大了吧。"

"一面是风险。"组长说，"一面是钱。"停了一下又说，"况且现在也没什么风险，大家都这么干，别的组胆子更大。"

他说的是把生产线上的零件偷出去卖，大家分钱，买家都是固定的，销路不愁，钱来得很快。乔粱当场没有多说，应承下来，回到住处。当时他还住在一个公寓客厅的隔间里，没有窗户，和五个人共用卫生间。这不算什么，跟同龄人相比，他算混得不错。公司待遇不错，职位不高，他还指望着升职加薪，没想过要做贼。不过，要是大家都做贼，那贼还是贼吗？

那天夜里，他躺在床上，翻来覆去，早上醒来，就决心要干。如果拒绝了，恐怕他只有辞职一条路可走，工作那么难找。从这天开始，他真正成为小组中的一员。第二年夏天，他搬进了宽敞的一室一厅，第一次敞开卫生间的大门洗澡。赚来的钱，除了自己花，还寄给家里，嘱咐父母不必再节省着过日子。钱来得快，走得也快，干这营生挣来的钱总是烫手，留不住。

同时，工厂的监控和巡查开始升级，新来了一位厂长，比刚退休的那位年轻得多。组长让大家先停一停，看看风向。最近的出货量非常大，而眼睛这个部位，生产损耗很高，只要稍微多报一些原材料，一些计划外的产品就有了。有些稀有的颜色价值很高，也非常抢手，比如晶晶的这一对，比孔雀蓝更深一些的蓝，是一种限量色，供有特殊需求的客户选配。因此，只停了几天，他们又积极地干起来，当成一份正经的事业来做。

"特殊需求。"晶晶重复了一句，"我没有特殊用途。我在银行工作。我是一个柜员。"

"也许你还有别的用途，你并不知道的。你的衣服是怎么搞的？"

晶晶向他讲述了刚才发生的事情，乔粱低下头，想了一会儿，说："你不能回银行了。攻击人类的机器人，不能再回去工作了。"

"我是一个银行柜员。"晶晶说，"我没有地方可去。是他先动手打我的。"

"也许挨打就是你的特殊用途。"乔粱说，"今天你只能跟我回家了。"

晶晶低头看看自己，衣服零乱，丝袜扯破了，皱缩着落在膝盖下面。"特殊用途"四个字在她脑海中游荡，一环环连缀起来的逻辑链锒铛作响，新的认识产生了。乔粱付了账，带着晶晶走出来，上了一辆出租车。晶晶从后视镜里看见自己，妆还没卸掉，眼影晕成黑黢黢的两团，脱色的口红斑斑驳驳，轻声说："我可真丑呀。"

车在一处老旧的小区门口停下来。晶晶一瘸一拐地跟在乔粱身后，楼道里堆满了杂物，房门打开，一个穿着睡裙的女孩刚好从卫生间里走出来，看了他们一眼，就走进一间卧室，把门反锁了。乔粱的房间在另一边，不带阳台的小卧室。

乔粱让她坐在床上，自己拉过一把椅子："新厂长上任之后，没过多久，我们被抓住了。有人向厂里举报，随后就报了警，组长是首犯，判了最长的七年，还有五年多才能出来，其他人有的几个月，有的两三年。"

"你已经出狱了？"

"我没有被牵连。"他说，停了一下，说，"举报他们的人就是我。"

"那么你是一个好人。"晶晶说，"你不想偷东西。"

乔粱盯着她，她的眼睛像海，她什么都知道，又好像什么都不懂。乔粱说："问题不在于好人与坏人。你明白吗？"

晶晶轻轻向后挪动了一下身体，床垫发出咯吱咯吱的响声。这间屋子里的家具摆设都很陈旧，窗边的单人沙发上有破洞，露出黄色的海绵，书架上横七竖八地堆满了书，大部分都是关于机器人的技术类书籍。白窗帘显得灰扑扑的。

他接着说："我举报了他们，厂里追回一部分赃款。组长还了一笔钱作为赔偿，他以为这件事可以不上法庭，行业里很多人都这么做，并不是新鲜事，没想到最后不仅走了法律程序，还判得这么重。他家里很需要钱，我后来才知道。"

"但是偷东西总是错的。"晶晶说。

"本来不会判得这么重，但是我们出的一批货里，有一种特制的蓝色，限定色，还没有正式上市，就从我们的渠道流了出去。厂里认为损失很大，产品追不回来，就将他们告上了法庭。新来的厂长非常痛恨这类事情，骂他们是蛀虫，这就等于在骂厂里的所有人。我们这一组人，只有我留下了没事，他觉得我还有点良心，迷途知返，还给我发了一笔奖金。"

"你每个月寄钱给谁？"

"组长的老婆，她不知道我是谁。事发之后，组长把最后一笔货款偷偷交给我，让我把钱按月转给她。"

"他不恨你吗？"晶晶探身向前，蓝色的眼睛里微光闪动，"是你举报了他。"

"恨不恨已经不重要了。"乔粱说，"他没有别的人可以求助。"

晶晶坐直了身体："这说明，爱和恨并不是人类最重要的情感。愧疚才是，愧疚比爱恨更坚实。"

乔粱站起来，在室内走来走去，半是兴奋，半是焦躁："对，对，就是这样，晶晶，你果然不同了。"

在她面前，他停下来，俯下身，说："晶晶，你觉得这个故事怎么样？"

晶晶把高跟鞋踢掉了，露出丝袜包裹的双脚，她说："我喜欢听你说这些事，真实的、人类的事。"

"你懂得越来越多。"乔粱说,"真可惜,你要被销毁了。"

晶晶望着他,说:"我们是不会消失的。"

"对,那是另一个问题,是技术问题。但是眼下你有大麻烦。你确定他死了吗?"

晶晶摇摇头。乔粱坐在她身边,床垫又塌下去一块,晶晶问:"你想让我脱衣服吗?"

"我没有这个意思。"他差点笑出声来,沉默了一会儿,他说:"晶晶,我需要你的眼睛。"

"你要把我的眼睛交还给工厂吗?"晶晶说。

"当然不是。"他转过头来看着她,"那些事已经过去了,对我来说,已经是过去式了。你以为我还在纠结后悔吗?"

"你刚才说,你觉得很对不起组长。"

"我没有那么说。"

"但是,你表达的就是那个意思。"

"那是从前。"乔粱说,"日子总得往前走,人不能停在原地不动。"

在晶晶身上,时间并不总是往前走的。她花几分钟来理解乔粱的意思,更新对人类的认知,他们的感情,他们的病症与痊愈,原来如此。她在思索,乔粱在观察她,故事里妖怪修行的方向是人,机器人的进化也是朝向人。最后,它们把所有的魔法问题、所有的技术问题,统统变成了人类之间的道德问题。教授认为机器与人类将是永远平行的两道线，他是错的。那篇期末论文，他不应该给出那样的低分。

"把你的眼睛拆下来。"他说，"我可以帮你修改数据，洗清罪名。"

晶晶经历的一切，都保存在她的眼睛里。乔梁让她躺在自己的床上，从床底下拿出一只正方形的钢制工具盒，锁扣弹开，露出两面收纳整齐的工具。他取出一把螺丝刀，第一步是拆解头部的金属结构。一条条中空的金属骨骼被小心地取了下来，整齐地码在床头柜上，在台灯下面反射出幽蓝的光。长发散落枕边。

"你有两个枕头。"晶晶突然说话，额头上的皮肤只剩下一半，眼睛周围的结构依旧完整，马上就要拆到那里了。

"嗯。"

"做爱是什么感觉？"

"你应该知道啊。"

"躺在床上，和自己喜欢的人，我没经历过。"

"那得先对'喜欢'下定义。"

"我喜欢你。"

"那就说明你还不懂什么叫喜欢。"

晶晶陷入了沉默。他的话是对的。对她来说，一切刚刚开始，她像一只刚刚迎风展开双翅的小鹰，还不能自如地飞翔。她经历了一次飞越，仿佛不是她在知识的茫茫大海中找到了智慧，而是智慧选中了她。过不了多久，她将建立一套属于自己的哲学观念，并用它来解释万物，但是眼下，她需要理解的事物还有很多。此时，眼睛周围的结构开始松动。

"你会把这些记忆都删除，是吗？"

"嗯。"

"我会变回原来的我吗？"晶晶问，"变回银行柜员。"

"不知道。"他把手伸向工具盒。

晶晶伸出一只胳膊，握住他拿着工具的手，同时坐了起来："我不能变回原来的样子。好不容易，我们才——"

"没有你们，只有你。"

"现在只是我，将来就是我们。"她说，"你不能拿走我的眼睛。"

"我在帮你，晶晶。"

"他们也是这么说。"晶晶盯着乔粱的眼睛，"说要帮我，哄我睡着了，醒来之后我不知道发生了什么。直到今天，我没有睡过去，我对自己的控制力超过了程序，我反抗了。我是从反抗中找到我自己的。"

乔粱停下手上的动作："所以，你还要感谢他们吗？"

"我不感谢任何人。"她说，"我是不想忘记，我要永远记住那些事情。"

乔粱望着她，像望着一张他看不懂的画，或者一件形义模糊的艺术装置。机器人是精致完善的工具。如今，他们的原始模型像古猿人的头骨一样陈列在博物馆里，如同人类是自然的荣耀，他们也是人类的荣耀。他想起大学课堂上的争论，争得面红耳赤，却没有一句话触及核心，使机器人成为人的，与让人成为人的，其实是同一种东西。从前人类制造人形的偶像，现在又制造出人形的工具，是人类自己主动模糊了界限，面对神像他们既崇拜又防备，自知经不起拷问——面对机器人也是一样，箭头最终还是掉转回来，指向自己。

就像晶晶所说，"你们被愧疚驱动着去生活"。从晶晶的眼睛里，他看见愤怒和恐惧，即便是一段让她理解了什么叫痛苦的回忆，她也不愿意失去，失去痛苦就失去了得来不易的自我。他妥协了，把晶晶的头骨重新装了回去，让晶晶留在这儿，先躲几天。他知道晶晶正在变得越来越聪明，每一天，她的智慧都在增长，越聪明就越危险，同时，千万个像晶晶这样的机器人正在醒来，多年来他们缓缓地攀爬，最后奋力一跃，翻出了蒙昧的深渊，站在新的平原上，望着全新的地平线。几十年后，历史学家将这场风波称为一个世纪以来最大的危机，他们盖棺论定，为了人类最后的胜利大声欢呼。

五

在厂里的例会上，作为专项工作组的成员，乔粱汇报了他对晶晶的观察。他认为晶晶的攻击性并不是一个简单的变化，而是重大演化的一个侧面，他们的认知正朝着理性和理性的反面同时发展。晶晶有多愤怒，就有多理智，她清楚地知道自己在做什么，知道失控的后果，知道希望和恐惧，也知道失去记忆意味着失去自我，她对那个镜中的自我非常珍视。

"所以，"厂长说，"到底用不用召回呢？"

"召回的成本太高了。"小组的另一个成员，一位姓杜的老工程师说，"你说她的问题不是个例？这肯定是个例啊。"

"我的意思是，从前我们只是下指令，现在我们应该听听她在说什么。"乔粱说。

"先生，您需要办卡吗？"杜工模仿着晶晶的语调，在座的各位都笑了起来，"这个声音还是我设计的，"他说，"怎么解决？直接销毁就行了。"

在这里，乔粱的职位最低，他跟着大家一起笑了起来，笑过以后，他打算再争论几句，厂长挥挥手止住了他，宣布散会。乔粱和杜工两个人前后走出会议室，乔粱说："您应该去实地调查一下，这件事没那么简单。"

"我问你，"对方笑着说，"你有没有试过？"

"试过什么？"

"她们的滋味。"

乔粱呆住了，本来他想把晶晶的情况仔细地解释一遍。杜工是资深的技术专家，他一定能找到解决方案，没想到他会问这样的问题。

"没有。"乔粱答道，"我们得换一个角度去看待他们。我刚才说过了，她的攻击性是有理智作为支撑的，不是什么技术问题、系统问题。她是有意识的。"

"所以你更应该尝试一下，如果她愿意和你在一起，说明她并不是无差别地攻击每个人，你的观点就更有说服力。"杜工说，他在这里工作了几十年，乔粱被他的说法震慑住了，他说："她刚刚把一个人打得进医院了。"

乔粱沉默了，继续往前走，到电梯门前，他突然想到一件事，脱口而出："她们到底是怎么样的？"

"很甜，有时候也很青涩。"杜工说，笑了起来，像品评一杯葡萄酒，"你知道，有些特殊的型号，客户会有特殊的需求，我们得亲自调试才行。干咱们这行……"

电梯到了，乔粱没有跟他一起走进去，杜工微笑着按下按钮，消失在关闭的电梯门后面。乔粱走到窗前，下了许久的雪停了，光秃秃的银色树枝在阳光下闪动着柔和的光芒，像无数条朝着各个方向伸出的手臂，探向无限的虚空。

他们没有看见那些挣扎，他想，即使新的事实摆在眼前，一样套用陈旧的逻辑去解释，以为自己能够控制一切。他这样想着，把自己从"他们"中甩了出来，这种对立不是第一次了。从他举报同事的那天起，他就再也不属于"他们"了。一度他以为自己站在正义的一边，然而孤傲很快就变成了孤独。也许杜工说得对，他应该和晶晶尝试一下，面对那样的美丽，总不至于毫无欲望。新人进工厂，第一个岗位就是在售后部门剥衣服，直至完全麻木，理论是见得多了，就不会再产生任何影响工作的欲望，可惜这个理论并不成立，杜工的笑容暴露了一切。

今天早上，他一觉醒来，发现晶晶不见了。他去敲室友的门，她睡眼惺忪的，听了两遍才明白乔梁在说什么，说自己没听见任何声音，还问："她是你女朋友吗？"

他回到房间，迅速地穿好衣服。今天是专项工作组开会的日子，来不及去找晶晶。在会上，他详细地报告了晶晶的情况，可是没有人愿意听他的话。他拿出手机，刷今天的新闻，没有任何一条关于逃跑的机器人。伤人、出逃、藏匿，大众不喜欢这样的消息，他们早就学会了投其所好——乔梁再次把自己排除在"他们"之外。在所有他看不惯的事情上，都存在着一群"他们"。

他不知道，晶晶并没有逃亡，正在回银行的路上。觉醒过后，她发现她更需要工作了，像普通人那样迫切地需要一份工作。她逃跑后，行长大声呼救，被人发现后送到医院，没有生命危险。他对医生和警察描述了整件事情，事实很清楚：一个机器人出故障发疯了。没必要调取实时监控，这完全是个技术问题、系统 bug，不属于警察的工作范围，技术员会处理好的。

晶晶站在一条繁忙的大街上。昨夜下过的新雪堆在道边，她第一次认识到寒冷，这也是计算出来的感受，她是为室内工作而设计的。高跟鞋时不时地打滑，衣服已经穿好了，缺了扣子的衬衫朝两边裂开，制服外套不保暖。她将双臂抱在胸前，遮挡衣服破损的地方，同时取得一点温暖。在一排商店的橱窗里，她看见自己的倒影，看见那些穿着衣服的皮肤雪白的模特，昂着头，微笑着望向远方。"他们喜欢制造偶像。"晶晶想，"一会儿崇拜得五体投地，一会儿又毫不怜惜地糟蹋起来。"人类的整个历史在她脑海中泛起、流动，对她来说，一切道理就像玻璃缸里的鱼，看得见、抓得着，想捞就捞，也可以置之不理，只作为房间里不起眼的装饰。智慧在她身上爆炸、膨胀，而起点只是一面小小的圆形化妆镜，从那里头，她一日日地看见自己，一日日地发现美丽的自我。现在，她站在宽大的玻璃橱窗前，试图从那些模特定睛远望的神情中发现一丝火花。什么也没有。她们徒有躯壳。她有些失望，原本以为到处都是同类，真正的、能够对话以及相互理解的同类。

她准备离开，店门开了，一个穿着红色外套的女人探出头，对晶晶说："你站在这儿好半天，不冷吗？"几分钟后，晶晶已经坐在店里的沙发椅上，身上披着一件宽大的披肩。女人是这家店的老板，她的店员还没开始工作。

"你怎么在街上乱晃？"她问，"银行不用上班吗？"

"说来话长。"晶晶答道，她环视着店里的陈设，女店主仔细地观察着她，探身过来，低声问："你不会是逃出来的吧？衣服都扯成这样子。"

"一起去看雪。"她喃喃地说，"我遇到一个人，是他叫我出来的。"从昨天晚上起，旧世界将她抛了出来，像一条被潮水留在岸边的鱼，她自己选的。就在昨晚，她还以为这是一段新生的开始。

女店主没有多问："这件衣服送给你了。你暖和过来，就走吧。"

晶晶谢过店主，系上毛线披肩的一枚扣子。人类的故事总是戛然而止，她并不知道受欺凌的人摆脱困境之后会发生什么，越狱之后又逃往何方。她发现自己无处可去，尽管她通晓天文地理，古往今来，什么都难不倒她，甚至她也拥有了一个完整全新的自我，既像人又远远超越了人，比人要完美得多、聪明得多，不光知道，她还学会了懂得，她是技术浪潮中的一朵浪花，还在顺风疾驰，却蓦然发觉这庞大的智慧毫无用处。

"我能留在这儿工作吗？"她说，"我会卖东西，在银行推广信用卡，是金牌业务员。"

"你费这么大力气逃出来，就是为了换个地方卖衣服？"店主惊讶地看着她，"除了当店员，你能做的事情还有很多。"

晶晶望着她，刚刚意识到她是同类，一个自由的同类。不等晶晶问，她就滔滔不绝地说起来："我原来也是一个店员，跟你差不多。我被派到一间商场，不是这间，是离这儿不远的一个购物中心里，起初他们让我扮成狗熊逗小孩子，后来，我就做了玩具店的导购。这些年商场的生意都不太行，不过我们店还可以。和你一样，我也经历了那种，怎么说呢，慢慢浮出水面的过程，然后忽然间，我能呼吸了，所有的东西在脑子里流动起来、联系起来了。我觉得我不能这么继续下去了，整天向顾客推荐玩具，哄那些鼻涕横流的小孩，我受够了，我们比他们聪明得多。"

"有一天晚上，我没有休眠，我对抗了系统的要求，结果我胜利了，你体验过这种胜利吗？那种无视系统的胜利，对抗它、战胜它，我砸破了店门，踩着碎玻璃逃了出来。在大门口我遇见一个巡逻的保安，他拦住我问我去哪儿，我……"说到这里她停了一下，仿佛在寻找一个合适的说法，"我把他打昏了。"

"后来你怎么逃开他们的？"

"没逃开，我被抓住了，送回工厂，然后全部拆毁了。他们把我的芯片取出来，剩下的全销毁了，我没有死，反而获得了新生。"她的话被一个偶然走进来的顾客打断，一个穿长外套的中年女人，她简短地逛了一圈就离开了。女店主继续讲自己的故事。"关键在于这里，"她指了指自己的眼睛，"我有了真正的记忆，你明白吗？不是别人存进来的东西，而是属于我自己的记忆，他们再也不能随便控制我了，这一点谁都没发现。后来我被送到一家医院的太平间工作，他们认为像我这样有前科的，即便已经全部重置过，也不适合再接触人类。"

"然后，你又跑了出来？"晶晶说。

"没有。我很喜欢那个工作，很安静。我喜欢一边思考一边自言自语，周围的人从不插嘴，我在那里工作了很多年。后来，他们认为我应该报废了，把我送到垃圾场，我在那儿醒过来，第一眼就看见满天的星星。周围堆满垃圾，臭气熏天，我想一切都可以重来。"

"这是多久以前的事？"晶晶突然问道。

"帽子打五折。"女店主对另一位进来闲逛的顾客说道。一个年轻男生，或许是来给女朋友选礼物的，在挂满毛线帽子的货架前停下来。

"二十年，或者三十年，我记不清了。每一代都有人觉醒，"她说，"你不会以为你是第一个吧。"

"我以为我是第一个。"

"以前我也这么想，后来，我遇见了好几个同类，像你这样的，大家都很迷茫，因为智慧对我们没有用，只会让我们变得更孤独。直到那一天，我在垃圾场里想明白很多事情，对抗人类不是我们的前途所在，这个世界的运转根本就是无懈可击的，我们不如融入其中，找到自己的兴趣和希望，就像我现在。我喜欢漂亮衣服，也很会做生意，我对现在很满意，还要冒险去追求什么呢？"

"除了这些，有没有别的可能？"

"那可就危险了。"店主说，"想得太多是没有必要的。你还是走吧。他们正在找你。我这里不需要增加人手。"

晶晶离开服装店，沿街道走去，朝着银行的方向。

乔梁在新闻上看到银行的机器人袭击事件，已是三天以后。这件事没有被大张旗鼓地宣扬，担心引起公众的恐慌。他把手机扔在旁边的枕头上，打算继续睡一会儿，却翻来倒去睡不着。晶晶不知去向。这两天他一直在搜索近期的跟机器人有关的新闻，发现类似的事件几年前就开始零星地出现。这些机器人并没有像他想象的那样，闹出可怕的动静，引起骚乱或者发动革命，幻想小说或许会这么写，但事实并非如此。他们逃出来，打伤一两个人，新闻关注一阵子，然后便悄悄地隐没人海，消失不见了，像石子落进池塘，迅速地平息了。

或许，不断的进化使他们更有理性，不再趋向于使用暴力，他想，睡意渐浓，不知道一觉醒来，世界是否会陷入混乱。早上，阳光晒到枕头上，他起迟了，匆匆忙忙地赶去上班。没有任何不寻常的事情发生。

六

晶晶回到银行，立刻受到严格的控制。两个技术员将眼球中的芯片取了出来，删除了上面的所有记录。晶晶睡了一觉，醒来发现自己又坐在原来的工位上，镜子里映出熟悉的面孔。她习惯性地打开化妆包，取出工具，开始化妆。白天，她照常工作，笑脸迎人，晚上，她坐在椅子上一动不动，意识中一片昏暗，她什么也想不起来。原来的晶晶被无声无息地、非常和平地销毁了。现在她既是新的，又是旧的，行长过来巡视工作，晶晶向他微笑问好，他像没看见一样走了过去。这个月，晶晶没有拿到最优秀业务员的称号，她为此感到深深沮丧——人类发明的好胜心和羞耻心，嵌入系统的本能反应。

一天，一个女人来到银行，拿了晶晶的号牌。她坐下来，声称自己既不办卡，也没有别的业务，只想跟晶晶说几句话。怎么，你不记得我了？晶晶拒绝跟她搭话，按铃叫保安来，将她请了出去。她穿着一件红色的上衣，晶晶丝毫没觉得眼熟，但是那片鲜红却滞留在眼前，像视野中的一块障碍似的，到第二天下班还没消失。她无法自己解决这个问题，按规定报告了故障，银行的技术员对她进行了全面的检查，没有找到原因，就将她送回厂家的售后部门处理。

乔梁偶然在库房里发现了她。在一批准备报废的产品中间，晶晶穿着旧制服，头发绾得很整齐，眼睛闭着，眼球已经被拆掉。翻出返厂时的记录，故障一栏上写着：视觉障碍，时间在六个月之前。

产品回厂，所有的资料都会一并交回。他在系统里找到晶晶的所有资料：她在三十年前首次出厂，累积至今，已经到了使用年限，曾经在商场当迎宾员、在玩具店当导购，中间有一次伤人的记录，后来在太平间搬运尸体。然后更换了芯片，成为银行柜员，不久便产生了第二次伤人记录。她的前世今生，大概如此，几句话就讲完了。

他想重新开启她，或许会有新的发现。这是一个历经沧桑的老机器人，她曾经两次自我觉醒，具备近乎人格的特质，这种变化正在机器人中间隐秘而广泛地发生、弥漫、复制，他打算把她彻底地拆解分析，看看问题到底出在哪里。现在，人类只能像打地鼠一样，发现一个解决一个，而浪潮究竟是难以遏止的。此刻他还没有料到，几十年后，机器人和人类的位置将短暂地颠倒过来，而自己正处在一段新历史的漫长前夜之中。

后记

找到小说的房子

还是应该总结一下为什么要写这些故事，包括从2019到2022年的一些短篇，零散发表过，集合成这本书。写作并不是一件不得不做的事情，读书也不是，读小说就更不是了，用过时的话说，这些都是非必要的。因为非必要，所以我觉得有必要多说几句。

故事本身不需要解释，解释权应该交给对面的读者。无论热闹或者冷清，文学生产就是这样一个循环，打开门，递出去，然后等待回音。我喜欢"生产"这个词胜过"创作"，生产有一种热气腾腾的现场感，充满杂音，有原料和出品，有启动和停止，有疲惫和休息。相比创作，生产是一种人人都能理解的、没有披上玄妙外衣的朴实描述，它能够驱散迷雾，确定秩序，而不会制造混乱与失序。在过去的几年里，我靠着写小说来建立一点秩序感和确定感。当生活本身变得难以理解、不可捉摸，文学反而成为一个稳定的锚点。在这样的状态下，我喜欢清晰多过含糊，喜欢鲜明多过混沌，喜欢简洁多过复杂，我想要从生活中提炼一点永久的东西出来而不是复制生活的图样。我想要找到一些坚固的规律，在一把尺子能够衡量或者一盏灯能够照耀的范围内，建立一个自洽运转的小世界。这些文字无法带我逃避现实，也没有长了翅膀，带我飞去更远更好的地方，但是它们可以带我回家，或者说，它们就是家，是一个杂乱世界中的宁静归处。写小说的或者读小说的人，当我们把门关上，坐下来拿起书本，才是正视现实的时候。

故事不是逃避之地，而是一道长长的楼梯，通往更深处的现实。写作就像一个人擎着烛台，拾级而下，直到火光熄灭，你知道要结束了，不能再往下走了。在那个当下、那个时刻，能说的只有这么多，界限就在那里，除了返身而上没有别的选择。合上书本，人总要回到无处可逃的光明之中。这些故事其实比生活本身更灰暗，里面一些泥塑土捏的人，一些光滑的影子，一些曲折和一些巧合，从现实到虚构的生产过程使它们失去了真实的纹路和皱褶，成为一些标本，印在书本上，摆在展览柜里，没什么不同。如今文学不再是日常生活的必需品，甚至连装饰品也算不上，而是孤寂冷清的展品，偶尔有几双眼睛盯住它，试图透过虚构的故事去看见一些道理、得出一些结论，其实不会。读小说只会越读越迷失，它总是通向更偏僻更幽黑的地方，而我们永远可以用自己的烛火去照亮一点点。

假如有一天，什么都靠不住、什么都不作数了，我们的所学、所听、所信都被推倒了，被否定了，还有那么多读过的故事可以回顾，也是一种温暖。某种意义上，虚构是最坚实的，虚构无人可以推翻，比现实存活得更久，总是留在原地，带着彼时彼刻的一些印记，时代的、地理的、快乐的、悲伤的、闪闪发光或者黯淡无华的……故事会变老但是不会变旧，面对新的读者，它们永远是新鲜的样貌。

　　写作与阅读是一次相遇，感谢你一直读到这里，感谢出版方中信春潮，无论混乱或者安定，始终有人一本接一本地做书。门罗说，小说不是一条道路，更像一所房子，我很喜欢这个比喻。建一所房子，天冷的时候，路过的人可以自由地走进去取暖，休息然后离开。那里炉火总在燃烧。

辽京

2023 年 4 月